Daniela Astor y la caja negra

Marta Sanz

Daniela Astor
y la caja negra

EDITORIAL ANAGRAMA
BARCELONA

Ilustración: foto © Joaquín Alcón, 1972, del archivo personal de la autora

Primera edición en «Narrativas hispánicas»: mayo 2013
Primera edición en «Compactos»: octubre 2015
Segunda edición en «Compactos»: diciembre 2015
Tercera edición en «Compactos»: octubre 2018

Diseño de la colección: Julio Vivas y Estudio A

© Marta Sanz, 2013

© EDITORIAL ANAGRAMA, S. A., 2015
   Pedró de la Creu, 58
   08034 Barcelona

ISBN: 978-84-339-7783-0
Depósito Legal: B. 19462-2015

Printed in Spain

QP Print, Miguel Torelló i Pagès, 4
08750 Molins de Rei

A Ángeles Martín,
por la supervivencia, la compañía, la persistencia

Imaginar un tiempo de silencio
o pocas palabras
un tiempo de química y música

los hoyuelos por encima de tus nalgas
que mi mano recorre
o el pelo es como la piel, dijiste

una época de largo silencio

alivio

procedente de esta lengua   el bloque de caliza
un hormigón reforzado
fanáticos y mercaderes
arrojados a esta costa   de verdor salvaje   de arcilla roja
que respiro una vez
en señales de humo,
soplo de viento

el conocimiento del opresor
éste es el lenguaje del opresor
y sin embargo lo necesito para hablarte

ADRIENNE RICH

Me llamo Catalina Hernández Griñán. Tengo doce años. Mi madre es de pueblo. No me gusta el pescado frito. Como pollo y migotes. Estoy flacucha. Saco muy buenas notas. Mi color preferido es el verde esmeralda. Mi chica más guapa del mundo es Amparo Muñoz.

–¿A quién prefieres, a Blanca Estrada o a Susana Estrada?

Las mujeres de nuestro mundo son la combinación de un nombre y un apellido: Susana Estrada, Blanca Estrada, Rocío Dúrcal, Mónica Randall, Silvia Tortosa.

–¿Qué nombre te gusta más, Silviatortosa o Rociodúrcal?

En la leonera me llamo Daniela Astor.

–¿Daniela o Gabriela?

–Daniela Astor.

Tengo veintitrés años. Nací en Roma. Mis medidas son 90-60-90. Soy rubia natural. Llevo pestañas postizas y tengo un lunar sobre el carnoso labio superior. Mis ojos son de color violeta.

–¿Violeta o azul?

–Violeta. Definitivamente, violeta.

Hablo tres idiomas, aunque dos de ellos los hablo mal, y esa imperfección convierte mi acento en gracioso y atractivo. Sé conducir. Tengo un coche descapotable y un apartamento enmoquetado con un gran vestidor de paredes tapizadas en raso azul. Luz tenue. En una esquina del salón hay una barra de bar y unos taburetes. El alcohol no me afecta. Desprendo un aroma magnético que hace que los hombres se queden prendidos a mis curvas, pero también a mis ángulos. Ésa es la gracia. Hago películas. Mi cama tiene dosel. Guardo secretos. Me desnudo por exigencias del guión. Me encanta esquiar en los Alpes.

—¿Los Apeninos o Los Andes?

—¡Los Alpes! Te he dicho que los Alpes.

Y los ascensores. Me encantan los ascensores. Sobre todo los que suben a la azotea de los rascacielos como una vena exterior sobre la musculatura del edificio. Tengo un perro que se llama Bob en homenaje a Bob Niko, bailarín del ballet Zoom, con quien tantas veces he compartido plató y escenario. Veo su melena que sube y baja como una peluca traslúcida con la luz de los focos. Puedo asegurar que, en el siglo XXI, Bob será un hombre ya completamente calvo. Un magnate me ha pedido en matrimonio, pero yo aún quiero disfrutar de la vida. Tengo una aventura con un poeta autodestructivo que quizá sea mi amor verdadero. Sólo por él afloran mis lágrimas. No se las merece. Tengo otro amor secreto cuya identidad aún no puedo desvelar. Les pido un poco de paciencia a los chicos de la prensa que están esperando una exclusiva. La exclusiva llegará antes de lo que esperan.

Aunque parezco otra persona, con la cara lavada estoy igual de guapa que cuando me pinto para salir a tomar un cóctel y me pongo vestidos negros con la espalda al aire cuyo escote me llega casi, casi hasta la rajita del culo. *Casi* es una palabra muy importante en mi vocabulario. A menudo uso pendientes colgantes y me descubro la nuca. Me recojo la melena en un moñete que deja a la vista las concavidades de ese punto desde el que, como un río, nace un blanco cuello de cisne que desemboca en el cráneo. Son concavidades sexy.

—¿Muslo o pechuga?

—Pechuga. A la plancha, *garçon.*

Soy muy amiga de mis amigas. Estoy enamorada del amor. Siempre acompañan mis pasos canciones del hilo musical o de anuncios de perfumes.

—¿Nardos o jazmines?

—Rosas, querida, siempre rosas.

Daba-daba-da. Estoy fotografiada en color: no me puedes soñar en blanco y negro. Los hombres se desmayan a mi paso. Mi plato preferido es el caviar. Presento un programa de variedades en la primera cadena de televisión. Ahora mismo llevo una minifalda, botas que me llegan a mitad del muslo, un abrigo de zorro rojo, una blusa semiabierta que insinúa la redondez de mi pecho, no demasiado voluminoso, nada desprendido y perfectamente ubicado, una manzanita pink lady. La justa abertura de mi escote, ni poco ni mucho, *casi* revela la calidad de mi lencería.

—¿Pink lady o Golden?

—La Golden es para las tartas. No seas pesada.

Colón descubre América en 1492 y Guillermina Ruiz Doménech es Miss España en 1977 y finalista de Miss Universo. Pero en el primer certamen yo soy nombrada Miss Simpatía, Miss Elegancia y Miss Fotogenia, y los hombres del público, indignados, gritan: «¡Tongo, tongo!» Esto sucede porque las mujeres me suelen odiar a causa de los celos. No importa. Tengo buen perder. En el filtro de los cigarrillos que fumo siempre queda un cerco untuoso de carmín rosado. La huella de mi boca es la promesa de ese beso del que todos querrían disfrutar. Yo lo guardo para los hombres especiales.

—¿Rubio o negro?

Mi mejor amiga se llama Angélica. Pregunta mucho. Sus preguntas siempre tienen dos miembros. Como las oraciones, las ecuaciones y las anatomías humanas: dos orejas, dos manos, dos pies, dos agujeros de la nariz. A Angélica le gusta el orden y duda constantemente. Quizá eso le ocurre porque sus padres son intelectuales. También va a un colegio público porque sus padres son intelectuales. Viven en mi barrio por la misma razón. Es como si sus padres se estuvieran castigando por cometer un delito que ni Angélica ni yo podemos adivinar. Yo no entiendo nada y ella todavía menos. El padre de Angélica es propietario de una editorial, pero ella no es buena estudiante. Su madre da clases de sociología en la universidad. Su color preferido es el fucsia, quizá el malva o el lila. Su chica más guapa del mundo es Blanca Estrada.

—¿Blanca o Susana?

—Blanca, Blanca.

En la leonera, Angélica, mi mejor amiga, se llama Gloria Adriano. Estudió en el liceo francés. Es la hija única de una familia muy adinerada. Una rebelde. Tiene veinticinco años y hace dos vivió en una comuna hippie y viajó por toda Europa. Sus amigos fuman en pipa. Algunas veces a Gloria Adriano se le va la cabeza y no puede acordarse de qué hizo la noche anterior. Entonces enreda el ensortijado pelo caoba entre los dedos finos y hace un esfuerzo por recordar. Pero no lo consigue. Tiene varios amantes. No ama a ninguno, porque, en el fondo, Gloria Adriano espera a su príncipe azul y sabe que ésta es una etapa, tan pasajera como insustituible, de su vida. Con el paso de los años será una mujer intensa y cargada de secretos que deberá guardar celosamente si no quiere perder su reputación. Los amigos de Gloria Adriano son estudiantes de antropología, oyentes de la escuela de cine, directores de escena, prometedores escritores, dueños de locales nocturnos, que admiran a Gloria por su belleza y por su libertad. La nombran musa. Gloria y yo nos conocemos en un *casting*. Soy yo quien obtiene el papel, pero Gloria no se pone celosa. Entre nosotras no caben los sentimientos mezquinos. Hemos prometido —incluso hemos jurado con gotas de sangre— que jamás nos pelearemos por un hombre. Que ningún hombre nos podrá separar jamás. Gloria Adriano conserva en el refajo del corazón el deseo de volver a casa. No a la casa de sus padres, sino a un hogar fundado por ella, que no sea la casa de sus padres pero que se le parezca mucho. Gloria, que se cree más moderna que yo, es mucho más conservadora. No se lo voy a decir. Gloria Adriano quiere volver a casa cuando esté aburrida. Fatigada después de haber triunfado. Llena de satisfacciones y experiencias. Dentro de un tiempo, pero no demasiado tarde.

Le tiendo a Angélica el papelajo que he escrito. Naturalmente, algunas cosas me las he guardado para mí:

—¿Te parece bien?

Ella mueve la cabeza abajo y arriba. Después, Gloria y yo, con los labios pintados, besamos la página. Es una rúbrica.

Cuando oímos que mis padres abren la puerta de la calle, escondemos el papelucho entre el colchón y la cama. Tenemos doce años, estamos solas en casa como todas las tardes y en mi cuarto suena una emisora musical ininterrumpidamente.

Tenemos doce años y nuestros sueños son una auténtica mierda.

Al mirar el papelucho, certifico, sin embargo, que mi caligrafía de entonces era un auténtico primor.

La caja negra. Un documental de Catalina H. Griñán
MMXIV
A Inés Marco. Y a Angélica, se encuentre donde se encuentre

(Imágenes de Raffaella Carrà que canta y baila en un programa de variedades. Lleva un maillot oscuro y unas medias negras de costura que estilizan sus piernas. Una chaqueta de caballero y un flexible que se quita y se pone al ritmo de la música. La cantante echa hacia atrás la cabeza, muestra la línea del cuello, la tensión de la garganta, menea su melenita, tan europea y rubia, y se lleva a la boca un micrófono que es un instrumento fascinante al que ella aproxima los labios como si fuera pene, piruleta, hortaliza, algo de comer entre horas. Raffaella canta, en un excelente *playback, Explota explota me exploó.* Sobre las imágenes de la Carrà, en sobreimpresión, se muestran páginas de google donde aparecen noticias de la Transición española. Aproximadamente 79.100 resultados de los que únicamente se recogen los que caben durante el periodo de tiempo de la actuación de Raffaella. Esto es lo quedará de la HISTORIA. Con mayúsculas. Lo grande contraído en lo minúsculo. Cuando la canción acaba, la cámara se aleja del vídeo de Raffaella y vemos que las imágenes se enmarcan en el recuadro de una pantalla televisiva puesta sobre el escenario de un café cantante. Tras un fundido en negro, se abre la Caja 1.)

Caja 1
Una teta intelectual

(Voz en off sobre foto fija: la cámara se mueve sobre la foto analizada deteniéndose en detalles al hilo del off. Los detalles fotográficos se transforman en dibujos coloreados en el momento en que la cámara se centra en ellos. La persona se hace personaje y la realidad se convierte en representación.)

El 14 de febrero de 1978, día de los enamorados, Susana Estrada recibe de manos del futuro alcalde de Madrid, Enrique Tierno Galván, uno de los premios concedidos por el diario *Pueblo*. Por si alguien tiene alguna duda sobre el merecimiento del galardón, Susana Estrada se saca una teta. El viejo Profesor reacciona: «Señorita, no vaya usted a enfriarse.»

O «No vaya usted a coger frío». Las fotos no retienen las palabras, pero, en cualquiera de los dos casos, la frase de Tierno abulta el inventario de respuestas ingeniosas pronunciadas por un personaje público dentro o fuera de una campaña publicitaria. Recordamos a Marilyn –la recordaremos muchas veces–: «Sólo duermo con unas gotas de Chanel Nº 5.» O a Mae West: «Cuando soy buena soy muy buena...» O a María Félix: «Me gustan los hombres y los peces...» Podemos recordar incluso el zapato de Jrushov y el petulante «¿Por qué no te callas?» del rey de España. «Yo hago lo que me da la gana y lo que piense la gente a mí plin...», gime la duquesa de Alba entre los andamios que apuntalan sus pómulos y le mantienen rígida la lengua. La fibra de vidrio, tal vez un plástico de última generación, logra que sus rodillas soporten el peso de su carne. Parece que la duquesa estuviera a punto de llorar. Y, sin embargo, es una mujer que tiene más de un motivo para descuajaringarse de risa. «Un pequeño paso para el hombre, un gran paso para la humanidad...» Respuestas ingeniosas de un personaje público, hitos históricos, *trending topics,* mojones para pautar los instantes que dan forma a la línea del tiempo y a la memoria humana. Palabras, fotos, que nos obligan a compartir cosas a la fuerza. Incluso aquellas de las que nos avergonzamos.

(De la boca de Tierno Galván sale un bocadillo de texto: dentro de él se dibujan las palabras que supuestamente pronuncia.)

El viejo Profesor habla —«Señorita, no vaya usted a enfriarse»— y la opinión pública corrige su percepción del viejo Profesor: un hombre inteligente pero falto de esa seductora simpatía de los vividores. Se multiplica el prejuicio sobre la agudeza del viejo Profesor porque el público se convence de que se ríe por dentro a todas horas. Cada vez que Tierno Galván encoge la papada o ensaya un ademán modosito, la gente está segura: «Se está riendo por dentro.» Al viejo Profesor ya no sólo le adornan la sabiduría y el punto medio en el que se encuentra la virtud, sino que además se hace simpático y chisposo en su corrección y su ocurrencia versallesca y, a la vez, castiza. Galante. De otro tiempo que era ese mismo. Y éste. Y mañana. Desde entonces hasta hoy muchas son las cosas que perduran. Aunque el instinto de supervivencia nos empuje a exaltar lo que ha cambiado: las innovaciones, el avance, la dependencia de objetos, entonces inexistentes, que ahora se nos han hecho imprescindibles. No hablamos de bragueros ni de metanfetaminas.

Susana Estrada y la mayoría de los asistentes al acto ríen. La sonrisa de Susana es contagiosa, sincera, natural. Le marca hoyuelos en las mejillas que parecen cinceladas a fuerza de sacarse molares del fondo de la boca. A lo Marlene Dietrich. Como se dice que también hizo Raquel Welch con sus costillas flotantes. Al día siguiente, la escena aparece fotografiada en distintos periódicos. La foto, en blanco y negro, con un encuadre apropiado, los personajes justos, una composición casi pictórica en sus líneas de fuerza y en su juego de sombras y de luces, refleja distensión. Enseguida los hombres con traje que aparecen en la segunda fila de la foto se aflojarán la corbata. Foto de cumpleaños. Foto de pompa y circunstancia. Foto finish. De recepción oficial.

Susana Estrada ríe abiertamente, aunque su pecho parece triste. Hambriento. Muchas mujeres, al ver la foto, opinarán: «Tiene las tetas caídas», «Tiene pechos de cabra», «Parece una pasa». La teta de Susana le cae hacia el estómago y muestra una areola de aspecto masticable. Es una teta que tiene algo líquido y escurridizo. Años después, Susana retocará sus pechos como puede apreciarse en las fotos del reportaje «Susana Estrada se rasga la camiseta»: las tetas de la actriz asturiana se han inflado y redondeado. La bomba hincha –*masturbatoriamente*– la rueda de la bici y los espectadores se colocan las manos muy cerca de los oídos temiendo una explosión. Una debacle. Una destructiva ventosidad.

En la foto de los premios del diario *Pueblo,* el pecho de Susana puede verse gracias a que ella misma desabotona su casaca bordada. En segundo plano, los señores con traje aplauden. No se asoman para mirar la teta libre de Susana Estrada, que, en ese momento, les da la espalda. Tampoco mira a Tierno ni al objetivo del fotógrafo. No se sabe a quién mira Susana Estrada. A un amigo. A una compañera. A un familiar. A la opinión pública. Los hombres que leen los periódicos del día siguiente y los señores que aplauden en segundo plano piensan cosas que no tienen tanto que ver con el sexo como con las bandas negras que se acumulan debajo de las uñas. Se cuidan de estirarse en un escorzo para ver la teta de Susana porque saben que los fotoperiodistas están al quite. Así que los hombres con traje se fijan risueños en el viejo Profesor: «Qué sentido del humor», «Qué finura», «Qué púdica picardía», «Parece inglés», «Oxoniense».

Hay quien dice que la revelación de la teta de Susana Estrada, su búsqueda de la luz en el mes de febrero, fue una estrategia para desprestigiar al político socialista. Rumores. Da la impresión de que Susana actuó motu proprio. Susana Estrada, además de su casaca abierta, lleva pantalones vaqueros y el pelo con raya al lado. En su cuello reluce una gargantilla. Quizá sea una pieza de bisutería o una joya que Susana compró con su dinero. No se aprecia con claridad en la foto de internet.

(Sin fondo musical.)

Ésta es una historia sobre el adulto que llevan dentro todos los niños. Vuelvo la vista atrás y tengo doce años. Soy una niña que ya tiene dentro de sí a la mujer de cincuenta que será, aunque es muy posible que entonces fuese más vieja que ahora. Los viejos guardan dentro de la tripa al niño que fueron, es más, lo ponen a menudo encima de la mesa porque, a cierta edad, uno sólo se acuerda de su niñez, del calor del escote de su madre, de su perfume a leche hervida o a rositas tempranas. Yo, a mis doce años, tengo dentro de mí a la señora de casi cincuenta que soy ahora o, más exactamente, a otra mujer que ya no conozco pero que, a los doce años, me susurraba al oído lo que debía hacer.

Nunca me he sentido en mi esplendor o plenitud. En el cenit de mi vida. Siempre he tenido doce años o cincuenta, y las elecciones nunca han sido fáciles. No es como cuando le das vueltas al rabito de una manzana, repitiendo en cada giro las letras del abecedario, para conocer la inicial del hombre con quien te vas a casar. Una vuelta, a de Alberto; dos, b de Benito; tres, c de Claudio... En el último giro, cuando por fin el rabito se desprende, nada ha tenido que ver la suerte o la predestinación, sino una presión mal disimulada, un tironcito de los dedos cuando se llega a la d de Daniel que es la persona con la que

21

quieres compartir tus días y tus noches de ratita presumida. ¿Y por las noches qué harás? Dormir y callar, dormir y callar.

Pero hoy vuelvo la vista atrás, tengo doce años, y estoy en la cocina de nuestro piso en un barrio de clase media de la ciudad de Madrid. Me llamo Catalina Hernández, pero sólo me llamo así cuando estoy en la cocina o en el pupitre. No de noche, no a la caída del sol, cuando Angélica y yo cerramos la puerta del cuarto de juegos. La leonera.

Ahora soy Catalina o Cata o Cati y mi madre analiza una foto del periódico mientras fríe trocitos de pescado a la romana en una sartén de aceite hirviendo.

—Qué guarra, la tía.

Mi madre sabe hacer muchas cosas a la vez. Empana filetes y lee. Cose y canta. Prepara el café y fuma un cigarrillo. Mi madre siempre me hace la comida y por la tarde se va a trabajar. Es enfermera en la consulta de un odontólogo. A veces me deja su uniforme para disfrazarme y juego con Angélica en la leonera con la puerta cerrada a cal y canto. Allí Angélica se quita las gafas de miope que le achican los ojos y ya no es ella, sino una mujer de ojos inmensos, apabullantes, que, después de sufrir muchas desventuras, va a comerse el mundo. Angélica suele ponerse el rostro de Blanca Estrada. Como una capucha cuando llueve o como la máscara con que los ladrones se cubren para robar los bancos. Angélica se la pide: «Yo me pido a Blanca Estrada.» Y a mí no me parece mal, porque tengo otras preferencias. Angélica y yo no discutimos nunca.

Siempre que mi madre me hace la comida, me imagino sus dedos dentro de la boca de un paciente con las muelas picadas. Entonces el estómago se me da la vuelta y me curo pensando en las manos de mi madre que se frotan, se enjabonan, se aclaran debajo del grifo. Mi madre dice que la sangre no me llega a la cabeza porque como poco. Me baja la glucosa y tengo visiones extraterrestres. «Extravagantes», me corrige mi padre. Después añade: «Insólitas, extraordinarias, inverosímiles.» Luego, coge el coche y se marcha a trabajar. Extravagantes o extraterrestres, mis visiones están provocadas por la falta de alimento. «Catalina está chaladita», dice mi madre. Le gusta gastarme bromas. Sin embargo, hoy no me presta mucha atención. Está hipnotizada por la fotografía del periódico. No se pierde ni un detalle a la vez que pasa mecánicamente la carne blancuzca de un bacalao o de yo qué sé qué primero por el plato de harina y después por el de huevo batido.

–¿No le dará vergüenza?

Los trozos de pescado, al sacarlos del aceite, están doraditos, doraditos, y el oro del pez me distrae y oigo las voces de mamá y de la abuela Rosaura que son viejas y de pueblo o de campo, uno del derecho y otro del revés, cuarto y mitad, lavativa, emplasto, corchete, *cuete* en vez de *cohete,* coger el dobladillo, la que cose sin dedal cose poco y cose mal, me voy a tomar un *otalidón,* vuelta y vuelta, doraditos, doraditos, y me tapo las orejas de soplillo para dejar de oír, pero sigo teniendo bien abiertos los ojos y veo a mamá mientras coloca el pescado sobre una bandeja. Grumos harinosos flotan sobre el huevo, la punta del tenedor está pegajosa de engrudo.

–Pero ¿cómo puede atreverse una mujer a hacer estas cosas?

Me apetece meter el dedo en el huevo, pasar la palma de la mano por la punta sucia del tenedor. Palpar la textura del engrudo. Metérmelo en la boca. Hoy a mi madre le ha dado una arcada al freír el pescado. A ella, que se suele comer los boquerones crudos mientras los limpia. Así que la náusea será consecuencia del olor del aceite. A mí también me harta el olor del aceite frito. Me llena la barriga antes de comer. Olisqueo.

–Catalina, te vas a comer el pescado. Quieras o no.

Me sorprendo al oír mi nombre en boca de mi madre. Catalina. Catalina. Catalina. Catalina es un nombre horroroso. De vieja. De pueblo. De mohína Catalina. De aspirina y de pepina. De monja y de quina. De gente con la nariz aquilina. Medicina, tetina, estricnina. Cuando Angélica y yo nos encerramos en la leonera me llamo Daniela, que suena a Italia y a abrigos de piel y a pastelería. Incluso suena a aviones que sobrevuelan el océano Atlántico. Mi madre, que me vigila continuamente incluso cuando creo que no lo hace, ahora vuelve a olvidarse de mí y, mientras corta tomates, ladea la cabeza para evaluar otro aspecto de esa foto que la tiene obsesionada:

–Qué pecho más feo. Hay que joderse.

Joderse, jiñarse, amolarse... Pueblo, pueblo y pueblo. Ordinariez. Mi madre se llama Sonia, que es un nombre bastante más bonito que el mío. Mamá le debería dar las gracias a la abuela Rosaura. Pero a Sonia no le sirve de nada llamarse así, con un nombre que suena a Rusia y a nieve y a manguitos de marta y a María Silva, que hace de Anna Karénina –estricnina, aquilina, Catalina– en la novela de la televisión que vi con mi abuela hace tres años, porque, aunque mi madre fume cigarrillos mientras bebe café, huele a campo. Mi madre no se pinta y, cuando lo hace, se mancha con el rímel. Está muy rara mi madre cuando se pinta un rabillo negro. No parece ella. Mi madre aliña la ensalada y se limpia la mano en el delantal.

–Un pecho caído. Blandurrio. Tristón.

Mi madre ahora ha hablado como mi padre. Al hacerlo, palpa su propio pecho, que vive y que colea. Que aún no se ha caído y que me mira –me vigila incluso más atento y erguido que de costumbre– cada vez que ella se quita el sostén: en un probador de los grandes almacenes, para hacerse la cera en los sobacos, para ponerse otro sujetador de color carne porque el negro se le transparenta por debajo de la blusa. El pecho de mi madre está relleno de pompas jabonosas, compuesto de una sustancia que es como la saliva bajo la lente del microscopio o como el papel burbuja que sirve para proteger los objetos frágiles. Yo no daré nunca de mamar, aunque mi madre me diga que alimentarme con su propio cuerpo fue una satisfacción. Incluso a veces un placer que habría prolongado durante meses y años. Ella es de campo como las vacas y las terneras. A mí, mi cuerpo me da grima —no me paso el dedo por las piernas para no presentir las varices que vendrán— y no me gusta que me pongan inyecciones. Inauguro en España el concepto de «distancia de seguridad». Mi madre, como tuvo que ponerse a trabajar, empezó a dejarme preparados biberones que me daba con amor la abuela Rosaura. Pese a todo, mi madre siempre huele a leche a punto de romper a hervir.

—¡Neeeeeeeeela!

Aprovecho que mi madre se asoma un momento a la ventana para hablar con una vecina —a voz en grito por el agujero del patio— y me palpo con aprensión los abultados botones de mis dos tetitas que duelen. A veces noto un escozor como si la carne se abriera para dejar paso a la floración de una patata. Mi madre dice que como muy mal, pero como mucho pollo. «Es bueno por las hormonas y la grasa», me dice mi amiga Gloria, mientras fuma su falso cigarrillo emboquillado. Gloria se llama Angélica, que es un nombre mucho más bonito que Catalina, Cata, Cati, Lina. Pero a Angélica no le gusta su nombre. Sus padres son intelectuales y ella viene a mi colegio, aunque podría ir a uno de pago, porque sus padres piensan que es mejor así. Esta idea me viene a menudo a la cabeza porque no la entiendo bien. A veces pienso que, igual que nosotras nos avergonzamos de nuestros padres —sí, nos avergonzamos— y yo querría para mí a los padres de Angélica y a Angélica le gustaría que mi madre fuera la suya y le friese pescado al volver del colegio porque Angélica come en el puto comedor escolar —macarrones, lentejas con arroz, paella, flanes, naranjas y plátanos—, de igual forma, los padres de Angélica se avergüenzan de ella porque no es tan lista como yo. No tendría nada que hacer en un colegio de pago, bilingüe y con campos de deportes. A Angélica no le gusta la gimnasia y se le da mal el inglés. «Jauduyudú», así habla Angélica en inglés. Deberíamos practicar el cambio de parejas.

Mientras tanto, yo como pollo y miga de pan. Mucha, mucha miga de pan. Angélica lleva gafas de culo de vaso. Yo voy a ser una mujer hermosa. Un cisne que ya apunta maneras en la exquisita delgadez de sus clavículas. Aunque, de momento, como miga de pan y soy una carpa del estanque. Con la piel babosa y del color del barro. El anzuelo, que aún lleva prendido un migote de pan húmedo, me sale por una de las agallas. Deslizante. Si alguien me hinca el diente, sabré a tierra y a excremento de caracol. Mi madre, que acaba de cerrar la ventana, quiere que cometa un acto de canibalismo.

–¿Por qué pones esa cara? Te vas a comer el pescado. Y punto, Catalina.

Con la cabeza le digo que sí mientras observo la foto del periódico. Como a mi madre, Susana Estrada me da repelús. Prefiero a su prima Blanca Estrada, que es como una princesa nórdica de ojos azules, pelo rubio, sonrisa dulce. Susana es angulosa y Blanca redondita. A mi madre Blanca Estrada tampoco le parece hermosa. No sabe que es un hada o una holandesa con su típico gorrito tan similar a unos cuernos de encaje, a una toca antigua de monja o al tricornio blanco de un guardia civil. Blanca Estrada es de Angélica, que no tiene mucha imaginación, y aunque en la leonera yo no me la pido nunca, cuando le digo a mi madre que Blanca es una mujer hermosa, ella salta como si la pinchasen con tenedores, tridentes y espinas de rosal:

–¿Ésa? Pero si tiene cara de pan. ¡Por favor!

El aceite salpica la foto de la teta de Susana Estrada. El pescado salta mucho. Es por el agua que le queda entre la carne blancuzca. De bacalao, de japuta, de gallo, de lo que sea. Ahora yo tampoco puedo dejar de mirar la fotografía. Mi madre no le echa vinagre a la ensalada porque a mí el vinagre me pone los dientes largos.

–¿Y este pobre hombre? Lo que tendría que aguantar...

Mi madre señala con la cabeza la imagen del viejo que aparece en primer plano junto a Susana Estrada. Cuando Angélica y yo jugamos en la leonera, Susana Estrada es la mala de todas las películas. También es la mujer más inteligente en oposición a Blanca, angelical y estúpida. Tal vez, Susana siempre es la mala porque mi madre le tiene manía. Me gusta cómo se indigna mi madre, las palabras que emplea cuando ya no puede contenerse y se sulfura como el pitorro de la olla. Mi madre es una mujer de verdad, con ese carácter que tienen que tener las mujeres, esa determinación, ese arrojo, esa capacidad para aguantar el dolor físico. Mi madre agarra las ollas calientes sin quemarse. Su cuerpo y el metal al rojo están a la misma temperatura. No hace falta que el agua alcance los cien grados centígrados para que ella llegue a su punto de ebullición. El agua de mi madre, Sonia Griñán –y Griñán suena a piedra, monasterio, puente, excursiones, campo, Cid Campeador, viñedos, y por eso yo me llamo sencillamente Daniela Astor como la sofisticada marca de un pintaúñas–, el agua de mi madre se pone a hervir a diez o quince grados, estalla, se evapora, se olvida, vuelve a hervir. Cada vez que mi madre estalla, sufro una quemadura. Entonces superpongo el rostro de Susana Estrada al de mi madre y recupero uno de los dichos preferidos de Sonia Griñán, «Dios nos libre del agua mansa, que de la brava ya me libro yo», y me anticipo a la indemostrable posibilidad de que las mujeres dulces como Blanca Estrada se conviertan en viudas negras. A la posibilidad de que todas seamos malas de corazón: también las mejores.

Quizá mi madre odia a Susana Estrada porque a mi padre le gusta. Mi padre es maestro, pero no en mi escuela. Cuando discute con mi madre, a mi padre la cara se le borra de la cara. No me confundo. La cara se le borra de la cara y no parece él, sino un hombre muchísimo más tonto. Un subnormal. Mis padres siempre se reconcilian, y después, otro día cualquiera, mi madre vuelve a su punto de ebullición. Discuten por el dinero y, pese a que mi madre es muy temperamental, no se enzarzan muy frecuentemente. Cuando lo hacen, yo, como todas las niñas del mundo, me tapo las orejas. Y no entiendo por qué mi padre no le calla la boca a mi madre, que chilla y chilla. Si mi madre no me quisiera tanto, la estrangularía con una almohada. No sé si mi padre estaría de acuerdo.

Mis padres tienen vida sexual porque yo oigo ruidos a través de la pared. Y casi sé en qué consiste el sexo. *Casi.*

–¿Y ahora qué te pasa, Catalina? Cómete el pescado...

He debido de poner cara de asquito. Pero mi madre siempre me vigila y, por qué negarlo, es graciosa.

–... no vaya a ser que él se te coma a ti.

Mi madre me hace chistes continuamente. Quizá se cree que soy más niña de lo que soy: «No vaya a ser que él se te coma a ti.» Hace poco, en una clase de historia sagrada, me contaron el episodio de Jonás y la ballena. No me pareció una historia muy interesante. Me interesan más los amores de Blanca y de Susana Estrada. El romance de Bárbara Rey con Alain Delon. La muerte de Sandra Mozarowsky.

Vuelvo la vista atrás. Tengo doce años. Estoy en la cocina. Me gusta acompañar a mi madre a la peluquería para leer revistas viejas. Para que me pongan los rulos y me claven horquillas en el cuero cabelludo. Soy una niña que ve la televisión mientras engulle trozos de pescado para no tenerlos que paladear.

Sonia Griñán **es** una de las enfermeras de un dentista cuya consulta se sitúa en una zona cara del centro. Tiene el turno de tarde. Es servicial y dispuesta con los pacientes y con el doctor Parra.

–Sonia, querida, ¿me puedes traer el *composite?*

–Claro, doctor Parra.

Yo sé lo que sucede en la consulta del dentista porque a veces he ido allí. Algunos días de fiesta mi madre ha tenido que trabajar porque el doctor Parra es muy avaricioso. Al menos, eso dice mi padre, que se calla la boca en cuanto la enfermera Sonia le habla del precio del alquiler, de lo que cuestan las legumbres y de lo caros que están los libros de texto. Del precio del pan. También la acompaño cuando me pongo medio mala y mi madre no quiere faltar al trabajo. Nos recibe el doctor Parra con una sonrisa inexplicablemente amarillenta:

–Esta niña cada día está más grande, Sonia.

Todavía soy un retaco. Aunque las cosas van a cambiar.

El doctor Parra me obliga a abrir la boca en mitad de un pasillo. Diga lo que diga, no le voy a permitir que me ponga un aparato. No me gusta que me toquen y, en mi fantasía odontológica, pateo la braqueta de Parra, que sale disparado contra los archivadores de la consulta. En realidad, permanezco muy quieta por mamá. Aunque no quiero que el doctor Parra me blanquee los dientes oscurecidos por culpa de los antibióticos. Daniela Astor renuncia para siempre al bisturí y a la cirugía estética. Siempre y cuando no tenga que transformar radicalmente su rostro para huir del país sin que nadie la reconozca. Causa de fuerza mayor. El dentista saca los dedos de mi boca y me pellizca los mofletes. Es un cursi que, igual que mi madre, carece de imaginación. No sabe comportarse con las niñas de doce años. Me pone enferma el olor de su colonia. Huele a anestesia. A éter. A secuestrador. Lo último podría ser interesante. Pero Parra es un carámbano que, después de calibrar mi estatura y el orden de mis dientes, después de enrojecerme el carrillo, se aparta de mí. Me olvida:

–Sonia, guapa, ¿para cuándo podrías darle hora a la señora Alcalde?

–Por ser la señora Alcalde, para mañana mismo.

La señora Alcalde, que por supuesto está presente en el intercambio entre dentista y enfermera, se ahueca las plumas y mi madre me mete a empujoncitos en el pequeño vestidor que comparte con Lili, la enfermera de mañana. El doctor la reclama enseguida:

–Ya voy, doctor. En un segundo estoy con usted.

Mi madre me deja bien arropada en un sofá. Pero yo, de cuando en cuando, huyo del vestidor y secretamente entro en la sala de espera para robar revistas. Las cojo de cinco en cinco. Me siento la dueña de todo, la hija consentida del doctor Parra, y me muevo por la sala de espera como si los pacientes no existiesen. Luego vuelvo al vestidor, donde paso la tarde enterándome de todo. A veces incluso rompo las hojas en las que encuentro una fotografía que me gusta. No me aburro, pero de vez en cuando me asomo por la rendija de la puerta del vestidor y veo a mi madre asentir, cabecear, dar besitos, sonreír, afirmar, tranquilizar. La enfermera Sonia actúa como si todo el mundo la estuviese viendo. Igual que cuando las azafatas sonríen al ofrecerle a Kiko la bandeja con las preguntas del concurso. La misma cordialidad. «Gracias, Sonia. Puedes retirarte.»

La enfermera Sonia algunas veces empuja la puerta del vestidor para comprobar que no estoy haciendo nada malo. Es curioso que mi madre tenga esta costumbre porque yo nunca he cometido una travesura. Mi madre a veces me trata como si aún fuera una niña y otras veces teme que sepa un montón de cosas que no debería saber. Aún. Le da miedo mi precocidad, pero le calma que no me haya bajado el periodo. Creo que a mi madre le obsesiona lo que puedo estar pensando. Me parece que, si lo supiera, se moriría.

Por ejemplo, pienso que el trabajo de mi madre es una mierda. Su vida en general. La enfermera Sonia tiene el turno de tarde, de modo que puede dedicar las mañanas al cuidado de su casa. Me despierta a las ocho y prepara el desayuno. Me ayuda a vestirme. Me va dando la ropa que cree que debo ponerme. Refunfuño, protesto. Reniego de los leotardos de lana y ella me promete que pronto, muy pronto, me comprará unas medias de espuma. La pillo sonriéndose de medio lado cuando se da la vuelta para guardar en el cajón una camiseta que tampoco me quiero poner. Es de florecitas.

Mi padre me lleva al colegio en coche. Después, sigue su camino. Mi padre se llama Alfredo Hernández. Cuando mi padre y yo nos vamos, mi madre hace las camas, ordena la casa, baja a comprar, prepara la comida. Lava por separado la ropa blanca y la ropa de color. Tira de la cuerda del tendedero del patio de luces y, después, dice: «Me duele la espalda.» Cosas así. A las doce pasa a recogerme. De nuevo en casa, mi madre cacharrea y, a eso de las dos, comemos. Mi padre nunca viene a comer porque su colegio está muy apartado de nuestro barrio y no le compensa volver a coger el coche. Después de comer, mi madre echa una cabezadita de diez minutos, se arregla –se quita las legañas, se pasa el peine por el pelo y a veces se mancha los párpados con el cepillito del rímel–, me acompaña otra vez a la escuela –entro a las tres–, coge el metro y, a eso de las cuatro menos cuarto, ya está en la consulta del doctor Parra, poniéndose el uniforme de enfermera en el cuartito-vestidor que comparte con Lili. La enfermera Sonia trabaja de cuatro a nueve. Yo tengo llaves de casa porque a las cinco, cuando salgo del colegio, nos espera la madre de mi amiga Angélica. La madre de Angélica nos deja solas. Baja a su piso para preparar sus clases o para planchar. Aunque es profesora de sociología, la madre de mi amiga se pasa las tardes planchando. Siempre nos dice que se marcha porque tiene muchas lavadoras por poner.

A los doce años, ni Angélica ni yo queremos ser como nuestras madres. Lo hemos jurado con sangre y saliva sobre el mismo cuaderno donde nos comprometimos a no discutir nunca por un hombre y a vivir alguna vez en una mansión de la Costa Azul.

Nuestras madres nos vigilan en los desplazamientos por la ciudad. No nos lo confiesan, pero temen que las ciudades estén habitadas por hombres del saco. Por quebrantahuesos de niñas. Pajarracos. Vampiros. Nosotras estamos seguras de poderlos reducir chupando una piruleta, pestañeando, entreabriendo la boca...

Angélica y yo nos quedamos en mi casa haciendo los deberes. En realidad, yo hago los deberes y dejo que ella los copie. A veces me enfada pensar que Angélica Bagur es mucho más lista de lo que aparenta. Se me pasa enseguida el pensamiento. Luego, Angélica y yo jugamos hasta las nueve y pico, que es el límite que le han fijado a mi amiga para que baje a cenar.

Mi padre, cuando sale de trabajar, asiste a reuniones, toma una caña con sus compañeros, va a alguna manifestación. Recuerdo que una vez fue a una porque habían subido el precio del pan. El año pasado participó en las que se convocaron a causa del asesinato de los abogados de Atocha. Cosas importantes, dice mi padre. También el año pasado legalizaron el partido donde militan la socióloga y Luis Bagur, y lo celebramos en su casa con una fiesta, un baile, un guateque... Pero, suceda lo que suceda, Alfredo Hernández a las nueve siempre está en la consulta del doctor Parra para recoger a su mujer. Con devoción. Alfredo Hernández no quiere que su esposa tenga que coger el metro de noche. Por los sacamantecas. Por los que se restriegan contra las mujeres en los vagones del metro. Por los del pinchazo o pellizco. Por los abusadores en general. Por los borrachos, los niñatos, los macarras, los drogadictos y los niños pera. Mi madre, que es una mujer vistosa, siempre lleva un alfilerito en el bolso.

Nuestras madres nos cuidan, y nuestros padres tratan a sus mujeres como si fueran aún niñas pequeñas. Caperucita no sabe atravesar el bosque.

Cuando mis padres vuelven del trabajo, yo hablo sin parar para que no me pregunten. Angélica y yo somos retorcidas. Hasta el año pasado jugábamos a *Venus saliendo de las aguas* y a *Hylas y las ninfas,* de Waterhouse. Imágenes húmedas pero castas. Preparaciones de poses para el momento en que abran la piscina de nuestra comunidad. Angélica con su peluca rubia que le cubre el pecho, de pie, sobre una toalla con un estampado de conchas de vieira y de mejillones. Nuestros padres hubieran estado orgullosos de nosotras. Pero este año todo es diferente y, si mis padres supieran a qué jugamos en el cuarto oscuro de Daniela Astor, nos llevarían al médico. Ellos lo arreglan todo en los médicos. Son muy progresistas y confían sin tasa en los avances científicos y en las vacunas. Pero los doctores no pueden arreglarlo todo. Por ejemplo, la vida de mi madre que es una auténtica mierda. Ésa no la arregla ni un urólogo ni un endocrino. Ni un cardiólogo. Ni un palafrenero.

Sonia me da de cenar y, a eso de las once, me meten en la cama por mucho que yo proteste. Sobre todo protesto los martes. Los martes del año pasado ponían mi programa favorito: *Eva a las diez.* Me perdí a María José Cantudo, a Nadiuska, a Ágata Lys, a María Silva, a Victoria Vera... Era mi programa favorito aunque nunca me dejaron verlo entero. Sólo le veía la puntita. Y eso me tentaba. *Casi, casi,* pero no. Las ganas me crecen como el hambre. Me ponen la miel, el caramelo en los labios, la tetina del biberón y, de golpe, me los arrancan como un diente de leche: miel, caramelo, tetina, labios... En la cama con la oreja puesta sólo oigo algunas músicas que me ceban la imaginación. Igual que los relatos de mis compañeras de clase al día siguiente. A la mayoría le permiten ver el programa. A mí no. Mi madre dice que es un programa para pajilleros. A mi padre le sale el alma de maestro de escuela y la reprende olvidando que mi madre tiene un léxico rico, pero sórdido. Excepto cuando está con su jefe-dentista y parece una azafata servicial que le tiende a Kiko la bandeja con las preguntas del concurso. Entonces yo no la conozco y me pongo enferma y me encantaría que le empezase a dar vueltas el pitorro de la olla, que mi madre estallara y Parra saliera disparado.

Ahora que soy mayor, que tengo llaves de casa, que podría prepararme incluso un bocadillo –es estricta la prohibición de encender los quemadores y de jugar con fuego–, Sonia Griñán, cada vez con más frecuencia, dice que quiere estudiar Historia del Arte. Yo creo que está loca. No me la imagino en un pupitre de la universidad. O peor: me la imagino demasiado bien fingiendo que se entera de lo que explica el profesor. Fingiendo que es una más mientras duda de si debe escribir *acerbo* o *acervo,* de si habla de lo amargo o de un conjunto de cosas que yo sé que se llama diagrama de Euler Venn.

–Pajilleros.

Mi padre me da una explicación mucho más correcta desde el punto de vista de la utilización de un vocabulario que yo suelo usar divinamente. Me dice que *Eva a las diez* es un programa que está hecho para una especie a punto de extinguirse: el piropeador, el hombre acodado en la hormigonera del solar de la obra que lanza exabruptos vaginales y floridos elogios. Mi padre transforma las cosas al hablar. No sé si es bueno conocer tantas palabras. A mí me pasa lo mismo. Sin embargo, mi madre, que es bruta pero lista, le dice a mi padre que ella cree que la prohibición acrecienta el misterio. Yo me froto las manos. Pero aunque mi madre sugiera o chille como el pitorro de la olla exprés, en mi casa siempre se termina haciendo lo que dice mi padre. Me pierdo a María José Cantudo, a Victoria Vera, a Ágata Lys. Mi padre dice que *Eva a las diez* es un programa machista. Y punto. Yo me meto en la cama con un camisón rosa que me hace sentirme muy sexy.

Sonia y Alfredo ven la televisión. Se aburren. Menos cuando echan *Yo, Claudio* o *Un hombre en casa*. Me da miedo la música de *Yo, Claudio*. Cuando la oigo desde la cama, no puedo dejar de imaginarme puñales y cabezas ofrecidas en bandeja. En los títulos de crédito de la serie una serpiente se desliza sobre un mosaico antiguo. Tengo doce años, aunque a veces se me olvide. A menudo, mis padres se acuestan mucho antes del himno nacional y de la carta de ajuste. Con mi oreja sexualizada, cada noche los oigo. Es sorprendente que se sigan queriendo así después de tantos años.

Mi amiga Angélica dice que ella a sus padres no los oye. Pero Angélica duerme como un bebé. Ronca. Además es posible que el padre de Angélica tenga la cabeza en otra parte. Puedo sentirlo. Me concierne.

Caja 2
Señoras

(Jesús Laguna ha sido y es cámara, fotógrafo, reportero ocasional, coleccionista, mitómano, guionista y dibujante, actor de reparto, noctámbulo, erudito y trabajador depurado de la televisión pública. Antes de empezar la grabación, confiesa: «Nadie es sólo una cosa. Creo yo...» Laguna muestra su álbum de recortes. Mientras pasa las páginas, parece que habla solo aunque es evidente que no: encima de la mesa donde apoya su libraco hay dos tazas de café y unas pastitas que ha compartido con la persona, fuera de plano, que ha ido a su casa para entrevistarle. Cámara temblona y subjetiva. En plan Dogma. Laguna comienza a hablar.)

Yo casi siempre he estado fuera de plano, como tú ahora. Pero ésa es la mejor manera de ver. Con un pie dentro y otro fuera. Bueno, vamos al asunto.

(Laguna abre al azar el álbum.)

«En la escena el pecado original es ser de derechas», mira lo que declara María José Cantudo en una entrevista concedida a *Blanco y Negro* el 17 de noviembre de 1991. Qué mujer más lista. Una valiente, ¿no?

(Plano del recorte con una foto de María José Cantudo vestida de blanco. Unas perlas adornan su escote en pico. De fondo, se oye a Jesús Laguna morirse de risa. La cámara abandona un instante el recorte de periódico y se centra en cómo Jesús se seca los ojos empapados de lágrimas. No puede parar de reír.)

Seguro que ésta se encerró durante la huelga de actores. No te digo. Ay, no, que era muy pequeña en el 75. Mira, esta foto precisamente es de ese año, del 2 de febrero, cuando fue elegida, otra vez por *Blanco y Negro,* una promesa del cinematógrafo. Dos días más tarde, se cerraron casi todos los teatros de Madrid. Yo cubrí esa huelga y estuve con la comisión de los once. Estuve con Margallo, con Cuesta, Rodero, Luis Prendes, Jaime Blanch, Gloria Berrocal. Hasta Rocío Dúrcal se encerró. Y la Carballeira. Los iban a acusar a todos de terrorismo, de estar implicados en el atentado de la calle del Correo. De ser del FRAP y de la ETA. En fin, que sí, bonita, que sí. Que «en la escena española el pecado original es ser de derechas». Hay que joderse. Estaba guapa la chica. Decía que iba para secretaria. Vaya.

(Aparece otra foto de María José Cantudo. Lleva los ojos pintados con largos rabos. Se recoge el pelo. La cámara captura un instante el dedo índice de Jesús Laguna que recorre la línea de la boca de la acriz.)

Sí, era muy guapa esta mujer. Yo empecé a seguirla cuando ella presentaba *Señoras y señores.* Con Ángela Carrasco y Blanquita Estrada, que parecía una ovejita. Yo era ver a Blanquita Estrada y venírseme a la cabeza un balido: beeee, beeee. Antes, en el programa, estuvieron Victoria Vera y Fiorella Faltoyano. Pero la Cantudo daba maravillosamente en cámara. Muy fotogénica. Y además, aunque ella no lo sabe, siempre fue muy cómica. Por las cosas que dice. Yo creo que lo más importante que hizo en su profesión fue *La trastienda,* de Jorge Grau. Era 1975 o 76. Allí los españoles contemplamos el primer desnudo integral de nuestro cine.

(Se oye la voz de la persona que ha ido a entrevistar a Laguna: «¿Quiere que lo veamos?», «Ah, pero ¿usted lo tiene?», «Podemos verlo en mi portátil». La cámara enfoca la pantalla del ordenador con los diez segundos del desnudo de María José Cantudo. De los diez segundos, casi seis corresponden a un

primer plano del rostro de la actriz que muerde una manzana bien colorada. Antecede a la histórica y brevísima pieza el anuncio de un café descafeinado. Mientras ven el anuncio, Laguna se espanta, divertido: «Pero esto es increíble, ¿no?» Durante el desnudo, Laguna suspira: «Era como la Venus del espejo. Pero de frente y en posición vertical.» Después, la cámara vuelve a centrarse en el libro de recortes de Laguna, que lo manosea mientras habla.)

En el *ABC* del 3 de enero de 1976 la Cantudo declara: «La única mujer no-objeto soy yo.» ¿Tú entiendes el significado de la expresión «mujer no-objeto»? Yo no. Además, ¿por qué ella habría de ser la única mujer no-objeto? No entiendo muy bien lo que quiere decir exactamente. Es fascinante, María José. A mí me apasiona. Tan guapísima. Y muy, muy graciosa.

(La cámara capta un primer plano de Jesús Laguna. Gesto irónico. La cámara sigue ahora a Laguna que se levanta, con dificultad, y saca un libro de sus abigarradas estanterías de madera de pino. Mientras lo hojea, sigue hablando.)

En el libro del periodista David Barba *100 españoles y el sexo*, publicado por la editorial Plaza y Janés en 2009, hay una serie de declaraciones confusas de la Cantudo respecto a si lloró o no lloró después de desnudarse. Cuántas lágrimas, señor, cuántas lágrimas. Creo que es aquí, aunque no puedo recordarlo exactamente...

(Laguna se separa el libro de los ojos para verlo mejor y arruga el ceño, abre los agujeros de la nariz, no da con lo que anda buscando.)

... no sé si es aquí donde afirma que se desnudaría para que se acabara el hambre en el mundo. ¿No es genial María José?

(Laguna ha pasado de la solemnidad reconcentrada a la risa casi infantil.)

María José dice que su papá era un olivarero arruinado porque de repente se hizo comunista. Así de pronto. Y del comunismo a la pobreza. Se veía venir. Aunque ella subraya que, de alguna forma, siempre fue una señorita bien. Que la educaron las monjitas cuando el papá se arruinó. Todas estas chicas debían de venir de grandes familias: Susana Estrada era hija de un militar y, en este mismo libro, Vicky Vera apunta que su papá era como un hombre del Renacimiento y que ella desayunaba siempre oyendo a Beethoven... Acojonante. Pero, volviendo a la Cantudo, ella fue madre a los diecisiete años. Se casó con un cantante. Vivió con un cómico inteligentísimo y con un productor teatral. Fue vedette de revista. A mí lo que más me gusta es una cosa que vi en la televisión: cuando la denunciaron por robar una voz. Ahí vi a María José como la malvada de un cómic. Ladrones de voces. Como en *El perfume,* pero con sonidos. Me suena que alguien escribió un libro basándose en esa mamarrachada.

(Laguna recorre con el dedo el canto de los libros ordenados en las estanterías. Se lo limpia en la rebeca de lana porque se ha manchado de polvo.)

No sé. No me acuerdo bien ahora. Pero si no está escrito, ¡lo escribiré yo!, ¿eh?

(Laguna deja el libro de Barba en la estantería y vuelve a su asiento. La cámara busca el primer plano de sus manos mientras restriega con una gamuza los gruesísimos cristales de sus gafas. Jesús Laguna ya no bromea.)

La Cantudo acudió a esos programas de crónica social que no hablan de bodas, bautizos y comuniones, sino de sucesos escandalosos, hijos robados, adicciones, demandas judiciales. María José Cantudo cruza las piernas, pone su acento más fino, hace un esfuerzo por pronunciar todas las letras de todas las palabras. Se convierte en lo que quiso ser toda su vida, una señora. Aunque la única que ha logrado convertirse en una «señora» de verdad es Carmen Cervera. Porque ser una señora es una cuestión de pasta, ¿sabes, hija?

(Laguna hace un énfasis especial sobre cada sílaba de la palabra *señora* cada vez que la pronuncia. En su boca se dibuja un rictus un tanto asqueado. La expresión de Laguna se va descomponiendo, haciéndose más torva. No expresa amenaza, sino una pena muy grande...)

La Cantudo siempre quiso ser una señora y vivir en una casa recargada, llena de artículos de lujo y tapicerías rimbombantes, figuras de Lladró, jarrones chinos, fotos con marco de peltre, retratos al óleo muy figurativos, idealizadores, de los que tienen una musa dentro, paragüeros con forma de pavo real o de delfín, terciopelos plisados, veladores de madera, cojines con puntillas, porcelanitas inglesas, cortinones recogidos con cordón dorado, un perrito chihuahua o maltés, cosas amontonadas, espumillón aunque no sea Navidad, centros de mesa, floreros cuajados de calas exuberantes, objetos exóticos de viajes que nunca se hicieron, huevos Fabergé. Es un decir. Ni a ti ni a mí nos importan lo más mínimo los huevos Fabergé. Ni la biografía de María José Cantudo, ¿verdad, bonita?

(Corte publicitario: María José Cantudo aparece en un vídeo para exaltar las virtudes de su casa, que acaba de poner en venta. Dice la artista: «Soy de Andújar, pero soy una chica de la calle Serrano.» La imaginaria descripción de Laguna no se aleja demasiado de la realidad: domina el color blanco y la tarima, un estilo próximo a un clasicismo jaspeado con detalles horteras. Enciclopedias encuadernadas en piel de cerdo. Ostentación. Dice la María José propietaria: «A mí me gusta dormir como una princesa.» Cama con dosel. Espejos y marcos dorados, un niño que toca la flauta. Dice María José dirigiéndose al potencial comprador: «Si yo veo que va a mimar mi casa, no se preocupe del dinero.» Bañera oval, esculturas probablemente de mármol. María José hace un alarde de sus conocimientos sobre estrategia publicitaria y de sus dotes como actriz al dirigirse a su perrita maltesa que ha ladrado un poco: «Cállate, Carlota. Cómo es posible. Una niña de Serrano como tú, tan bien educada en los mejores colegios, que están aquí al lado.» La artista pone el énfasis en la última subordinada de relativo: «que están aquí al lado». Fin de la interpolación y vuelta a un primer plano –solemne– de Jesús Laguna.)

Aunque quizá sí que haya que saber algo de su vida. Y de otras señoras, incluso de alcurnia y alto copete, como la misma Tita Cervera de la que te he hablado antes. Porque Tita ha pasado a formar parte de la gran nobleza plutocrática de Europa. Otro día te hablo más de ella. Pero entender a la Cantudo es entender el significado de la palabra *desclasamiento,* de cómo el cuerpo sirve para desclasarse, de cómo algunas musas de la Transición fueron Evas de derechas...

(Laguna interrumpe su discurso y se queda un instante mirando las musarañas.)

No sé por qué he dicho «de derechas», no sé, estas chicas no eran de nada, pero no sé si eso es lo mismo que ser de derechas. Probablemente, en aquellos años, sí...

(Laguna sale de su estado de abstracción.)

Bueno, a lo que iba, estas Evas bellísimas masticaron una manzana frente a la luna de un espejo, con el expuesto pubis rizado y oscurísimo. Hablo del pubis anterior a la época de las depilaciones láser y las inyecciones botulímicas, a la época del increíble pecho creciente y el imposible rulo menguante, el pubis visto en el reflejo. Pese a su condición fantasmagórica de imagen del celuloide proyectada en una luna, fotografía dentro de la fotografía, pese a esa condición de espejismo y de agua que no apaga la sed en un oasis que es un holograma, el pubis era un pubis, al fin, un pubis peludo, latiente, verdadero, el pubis de una tentadora mujer que muerde la manzana y se mira mientras se oyen de fondo los petardos de los sanfermines. A lo mejor esas explosiones eran una premonición de los muertos por herida de bala, de los cientos de heridos, de toda la sangre que se derramaría por las calles de Pamplona en 1978.

(Laguna se sirve un vaso de agua que bebe de un trago. Se ha quedado seco. Mientras bebe, la cámara se acerca más a los ojos cerrados de Laguna. Se pega a ellos. Se interrumpe el primer plano de los párpados, de las bolsitas de grasa, de las arrugas, para introducir el fogonazo de una imagen: un gris apunta a una masa humana que se mueve despavorida. Es sólo un segundo. Después, se vuelve al primer plano mientras Laguna paladea. El viejo –Laguna ya es viejo– ha recuperado la cordialidad.)

Yo soy un esteta con sentido del humor. Y mucha memoria. Tú seguro que en el 78 aún eras demasiado pequeña para enterarte de nada. Bueno, quizá tú te enterabas de todo porque menuda eras...

(La mano de Laguna se extiende hacia el rostro de la persona que sujeta la cámara que, por un instante, se bambolea. Le han dado un pellizco cariñoso. La cámara vuelve a centrarse en el dedo de Laguna que señala hacia otra fotografía de su álbum de recortes: la Cantudo está tendida en una cama de hospital.)

¡Mira! Aquí está recién operada de una flebitis. Le dio bien jovencita. Fíjate, está guapa después de haberle dado un jamacuco. Como te digo, soy esteta. Y mitómano. No lo puedo evitar.

(Laguna cambia de postura la cabeza para apreciar la foto desde ángulos diferentes.)

Sí, hay que reconocer que era una mujer muy, muy guapa. Eso no se lo quita nadie. Quizá es que todas éstas sólo tenían la obligación de ser guapas. Y de perturbarnos...

(Laguna lanza una reflexión, otra vez, en primer plano.)

Me noto que hablo con cierto resentimiento. Me lo noto yo. ¿Tú lo has notado?, ¿por qué voy a hablar yo con esa malicia? No me gusta hablar así. Ellas no tuvieron la culpa. O sólo un poco. Yo lo que me pregunto es: ¿aprendieron algo estas mujeres de esa oportunidad, de ese momento, de las personas con las que hablaron?, ¿aquello fue verdaderamente una oportunidad o una putada? No tengo ni idea, hija, no tengo ni idea.

(Corte brusco en negro con sonido de portazo.)

(No hay fondo musical.)

Como las actrices que enseñan sus casas en las revistas del corazón, me gustaría tener un biombo en mi alcoba. Una caja dentro de una caja. Un secreto dentro de otro. Detrás de mi biombo imaginario, Gloria y yo nos tomamos las medidas. Ponemos un pañuelo rosa sobre la lámpara y la habitación de Daniela Astor es *boudoir,* interior del *harem,* plató de Hollywood. Me gustaría que del techo de mi alcoba colgase una bola de discoteca. Hablamos como hablarían Daniela y Gloria Adriano:

—A ver, querida, sujeta aquí la cinta métrica.

Rodeo el muslo de Gloria Adriano con la cinta amarilla del costurero de mi madre. No se lo quiero decir a Gloria, pero su muslo es un muslo de hipopótamo. Ella lo debe de notar porque he apretado los morritos y he tragado saliva. Me pregunta:

—Querida, ¿sucede algo?

—Bueno, querida, nada importante. Tal vez deberías pensar en ponerte un poquito a dieta. ¿Por qué no hablas con el doctor Macarthy? Es fabuloso...

Hablamos como en las series estadounidenses de televisión. *Vacaciones en el mar. Azafatas en el aire. Los ángeles de Charlie.* Si mi mujer más guapa del mundo no fuera Amparo Muñoz, dejaría un hueco en mi armario para vestirme con el pálido pellejo y la melena oscura de Connie Selleca, con los labios permanentemente humedecidos y las pestañas rizadas de Jaclyn Smith. Vivimos en 1978 y hablamos como en las películas dobladas, como en las comedias sentimentales de los sábados después de comer. Mientras Gloria, la dócil, y yo conversamos, sigo recorriéndole el cuerpo con la cinta serpentina y anoto las cifras en una libreta con candadito que me han echado los Reyes. Las pantorrillas de Gloria Adriano son monumentales. Mi amiga busca una solución para ajustar el mundo real con el mundo imaginario:

—Están así de lo mucho que corrí en el Mayo del 68.

—No me digas, querida. Eso es formidable.

Gloria Adriano y yo introdujimos el Mayo del 68 en nuestras biografías, sobre todo en la suya, porque los relatos del padre de Angélica nos impresionaron mucho. Por lo visto, él sí estuvo allí. Y en casi todas partes. Luis Bagur es como Dios. Ubicuo, culto, aventurero y, sobre todo, muy guapo. Angélica me cuenta que cuando su madre, la socióloga que pone lavadoras sin venir a cuento, se enfada con él lo llama «vividor». Angélica no entiende bien el calificativo, pero las dos creemos que tiene que ver con la cantidad de veces que Luis Bagur sostiene un vaso de tubo y con el movimiento que imprime a los hielos para que tintineen contra el cristal. Gloria Adriano me salva de mi ataque de realismo. Me he quedado ausente durante unos segundos y ella me tira de la manga:

—Sí, ¿no te acuerdas, Daniela? Allí conocí a esos amigos de París que fuman todo el rato y se visten de negro.

—Pero, claro, querida. Recuerdo perfectamente a Guillaume y a Jean-François. Sabes que mi memoria es excelente. Además, hoy por hoy, me carteo con ambos.

Pese a su generosidad, Gloria Adriano me lanza una mirada en la que detecto el rayo de los celos.

—¿De verdad, querida?

Advierto en el puchero que está a punto de dibujársele en las comisuras que, si sigo por ese camino, la Adriano se pondrá los calcetines, cogerá su cartera y se irá a su casa. Así que, como soy sensible, muy observadora y no quiero herir a mi mejor amiga en ninguna de sus dos vidas paralelas, no tiro más de la soga con que parece que la ahogo. Quizá por eso no discutimos nunca. Porque ella es paciente y, cuando deja de serlo, yo lo veo venir.

–¡Pero, Gloria, querida, no pongas esa cara! En sus cartas Jean-François y Guillaume sólo me cuentan lo enamorados que están de ti. Igual que Claude y que Pierrot. Yo tan sólo soy su confidente, ¿sabes?

Gloria Adriano expulsa de golpe el aire que mantenía retenido en los pulmones y se desbarata la medición de su perímetro torácico y de su barriga. Gloria Adriano es poseída por el cuerpo de Angélica Bagur que, con su auténtica voz, como si no quisiese que ni Gloria ni Daniela pudieran oírla, como si hubiera alguien más que nosotras dos en la habitación, me susurra:

–Qué susto me has dado. Ya creía que te los ibas a quedar tú a todos.

–¡Ponte derecha, tontina!

Angélica mete la tripa, saca pecho, y de nuevo Gloria Adriano se alza delante de mis ojos que ya empiezan a cansarse de ser los ojos de la costurerita de palacio. Estoy harta de medir y de tomar notas sobre las monumentales dimensiones del cuerpo de Gloria Adriano bajo esta luz, tan tenue, que no me permite escribir con esa caligrafía inglesa que no se parece en nada a la mía pero que es la de la internacional Daniela Astor. Mi amiga tiene muy buena voluntad:

–A lo mejor si me quito la ropa salen mejor las mediciones. Yo creo que esta falda me abulta mucho.

–Querida, me parece una idea excelente.

Gloria Adriano se quita su collar de perlas que es una gargantilla de cuentas de colores ensartadas en un sedal. Gloria Adriano se quita su blusa transparente que es un jersey de cuello cisne de esos que te ahogan en cuanto te descuidas. Gloria se desprende de su sostén de copa grande que es en realidad una camiseta de algodón caladito. Gloria deja que su estrecha falda se deslice a lo largo de sus piernas, aunque en el suelo de mi habitación se queda el bulto de una falda de cuadros escoceses cerrada con su gigantesco imperdible de punta roma. Gloria Adriano se desprende del liguero y deja al aire la piel de sus muslos cuando Angélica se baja unos leotardos llenos de pelotillas. Gloria va a quitarse las bragas, pero yo me adelanto:

—No es necesario, querida.

Estoy harta de ver el monte de Venus de Angélica Bagur. Es como una pechuga de pollo cruda. Las medidas de Gloria Adriano que recojo en mi cuaderno no se alteran con la desnudez, pero aprovecho para anotar otros detalles: las manchas de nacimiento y esos antojos que pueden resultar tan atractivos. Los pezoncitos de Gloria Adriano son sonrosados y se extienden como pétalos de flor. No puedo evitar compararlos con los míos, que son pequeños y duros. Una vez oí a una señora que le decía a mi madre en la consulta que las mujeres tenían la cara igual que los pezones. Que mirándoles los pezones podías deducir el tipo de cara de una mujer. El asunto me interesó, aunque pensé que la mujer no destacaba por su capacidad para el razonamiento lógico, porque lo más normal sería ver la cara e imaginar la calidad y consistencia, el color, del pezón y la areola. Y no a la inversa. Mi madre no le llevó la contraria a la señora porque era una paciente de Parra, pero yo vi que sus cejas mostraban mucho escepticismo. Incluso cierta indignación. Noto que el cuerpo de Gloria Adriano comienza a tiritar.

—¿Me puedo vestir ya, Daniela? Es que no quiero acatarrarme. Mañana ruedo.

—Toma mi batín. Ponte cómoda. Estás en tu casa. ¿Quieres una copa para entrar en calor?

Gloria Adriano levanta las cejas como lo haría mi propia madre cuando no se cree nada de lo que le están contando. Le lanzo a Gloria el albornoz que esta mañana he dejado tirado encima de la silla y ella lo recoge y se lo coloca, púdica y coquetamente, sobre el pecho. Es una pose. Un segundo que Gloria Adriano aprovecha para mirarse en el espejo de cuerpo entero que hay en la puerta del armario donde tengo colgados los pellejos de Amparo Muñoz, Connie Selleca y Jaclyn Smith. Cada uno en su percha. Gloria Adriano flexiona las rodillas y balancea dulcemente su cuerpo hacia delante sujetando el albornoz sobre la tabla del pecho. A veces, aunque ni yo misma lo pueda creer, Angélica Bagur me parece una niña hermosa. La envidio. Tiene el pelo mucho más espeso y sedoso que yo. Los ojos más grandes. Quizá mi manera de mirarla tiene que ver con lo mucho que la quiero. Y me digo: «Pobrecita.» Yo soy un cisne y ella una oca para fabricar *foie*. Angélica Bagur se parece a su madre y no tiene nada de su padre. A veces pienso que Luis Bagur no fue quien puso la semillita, pero miro a la socióloga y me extraña mucho que se atreviese a ser infiel a un hombre como Luis. Tras contemplarse un minuto contra la luna del armario, Angélica se pone el albornoz como Dios manda. Pero no se lo puede anudar. Corro en su ayuda:

—Ha debido de encoger por lavarlo en caliente, querida. Ya se sabe que la seda es muy delicada. Le echaré a Minnie una buena reprimenda.

Angélica Bagur estornuda y Gloria Adriano se va poniendo, como si la acompañase una música de fondo, sus medias negras, su liguero, su sostén de copa grande, la blusa traslúcida, la falda tubo, las perlas, los zapatos de tacón... Frente a mí aparece una colegiala rellenita y afable que me pregunta:

—¿Y tú, querida? ¿Hoy no te mides?

—Hoy me encuentro un poco indolente. No me lo tendrás en cuenta, ¿verdad, cielo?

Estoy destemplada. No tengo chichas.

—Prefiero enseñarte otra cosa...

Le tiendo a mi gran amiga Gloria Adriano el cuaderno de dibujo en el que esbozo mis modelos para las próximas temporadas. Es un cuaderno donde guardo muchos secretos y fantasías. No sólo moda. Pero hoy le enseño a Gloria los modelos para la próxima estación. Primero, aparece el vestido en raso azul, que se pega a las curvas de la maniquí y adquiere movilidad por la abertura frontal de la tela y el escote profundo, en uve, ligeramente desbocado. Para lucir un vestido así es imprescindible tener el pecho chiquitito, casi inverosímil. El modelo se complementa con un turbante con pluma. Después, está el otro vestido de noche, en gasa rosa palo o en verde agua, vaporoso, semitransparente, que lleva bordadas pequeñísimas lentejuelas, como gotas de rocío, en el cuerpo-tronco de la maniquí. La gasa se ciñe a las caderas para abrirse como una flor, invertida copa tulipán, corola, a la altura de las rodillas y hasta los pies. Por último, queda el modelo aerodinámico, moderno y deportivo, con cuerpo negro en forma de bañador de competición, shorts blancos y capa a juego con los pantaloncitos cortos pero tejida con un material etéreo que se recoge en la garganta con un broche dorado de estilo *art nouveau*.

–¡Guau!

Gloria ladra. Después suplica:

–Me pido el rosa. Por favor, Daniela, por favor.

Acepto porque ya sabía de antemano que ése sería el vestido que elegirían Gloria Adriano, Blanca Estrada y Angélica Bagur. Gloria admira mis diseños, porque ella sólo es musa de los fumadores franceses, pero no tiene una vena creativa más allá de sus dotes para la interpretación que, como dice Luis Bagur, es un arte imitativo sin demasiado mérito. Como los monitos o los bebés que aprenden a hablar. El padre de mi amiga Angélica –ojalá fuera mi padre, ojalá, ojalá– afirma que para ser actriz es mejor ser una estúpida. Dejarse moldear por un buen director. Ser esculpida en piedra. No preguntarse casi nada. Como el padre de Angélica sabe muchísimo, pronuncia un nombre que a nosotras nos suena a amuleto o a cóctel: Pigmalión.

El año próximo, cuando veamos Estudio 1 y Victoria Vera nos enseñe un pecho como un limoncito entre los pliegues de

la túnica, el padre de Angélica dirá: «En *Judith,* Alfredo Caste-
llón ha sido el pigmalión de Victoria Vera.» Nos querrá decir
que la ha convertido en actriz de teatro. La madre de Angélica,
la socióloga, le responderá con una voz que a mí me hace ver
una puerta que chirría y necesita lubricante: «Sí, Luis. Siempre
hay un gran hombre detrás de cada mujer.» El padre de Angélica conoce a muchas actrices y quizá por eso mi amiga nunca
oye susurros y palpitaciones y muelles y palabras ridículas, ayes
y lamentos. Ruidos de ventosa. Los golpes que suenan a espacio
vacío.

Me gustaría que el padre de Angélica fuera mi padre. Aunque ahora que le doy a Gloria Adriano mi cuaderno de dibujo
y ella va pasando las páginas con la boca abierta, pienso que
mejor no.

Mi madre abre la puerta y yo me siento sorprendida en mitad de un crimen. Como si, al entrar en mi cuarto, mi madre hubiera visto, lanzando al aire su ojo de cristal, mis modelos para la próxima temporada —no muy enfermizos, aunque un poco depravados—, pero también mis dibujos de la mujer desnuda que queremos ser. Como si Sonia Griñán, moviendo circularmente los ojos dentro de sus cuencas, detectara el escondite de mis recortables. Las mujeres hechas con trozos: la melena de Carmen Platero, los pómulos de Mary Francis, los ojos de Nadiuska, la boca de Bárbara Rey que a veces se pinta un lunar. Aunque Gloria me dice que no, que no se lo pinta, que el lunar es suyo. A veces Gloria Adriano tiene arrebatos lúcidos. Por eso, hace un momento, mientras mirábamos mi último *collage,* Gloria Adriano ha dado la voz de alarma:

—¿Y la nariz de quién, Daniela? Ya sabes lo importantísima que es la nariz...

Comienza la época de las rinoplastias. Mi madre dice: «María del Puy se ha quitado toda la personalidad.» Comienza la época de los engendros recosidos. Miro mi *collage* y noto que esto debe de estar mal. Muy mal. Este juego de maniquíes va contra la naturaleza. Estos recortables y *collages* que compongo con fragmentos arrancados secretamente de las revistas de la peluquería y de la consulta de Parra dicen mucho de mí. Me delatan. Me desnudan. Me cubro el pecho. Suelo esconder mi álbum en un lugar inaccesible de mi armario. Lo envuelvo en una secreción de araña, en la bola de pelusa con que el hámster protege sus tesoros: una pastilla, miga de pan, un zapato diminuto de una vieja muñeca con la que ya no juego. Jugar es hacer teatro, un film, historias que a veces acaban en un punto sin vuelta atrás: las muñecas pierden su nariz o mechones de su pelo rubio. Tengo mucho cuidado con las tijeras para no cortarme. Siempre que mi madre abre la puerta, percibo todo lo que está fuera de su sitio.

Hoy no es diferente y, cuando mi madre entra en la habitación, Gloria y yo nos transformamos en Angélica y Cati, y nos ponemos tiesas como el palo de una escoba. Cantamos por dentro el *pío, pío,* silbamos mirando hacia las molduras del techo:

−¿Qué tal la tarde, chicas?

Mi cuarto huele a pegamento. Y a sudor. Las junturas de las tiras de papel que componen mis *collages* huelen a pegamento. Dentro de mi habitación, Gloria Adriano y yo nos flipamos continuamente. Somos dos adictas a las drogas. Para que no se despeguen de la hoja del cuaderno de dibujo, encolo mis quimeras, mis centauras de ojos bovinos y pies ungulados. Gloria y yo inhalamos cola como quien se pasa un porro. Como actrices, vivimos una etapa de experimentación. Somos plantas que crecen por efecto de la luz.

−¿Se puede saber a qué huele?

Siempre escondo mis monstruas de papel en el centro del cuaderno porque me avergüenzo de ellas. Porque presiento que algo está mal, aunque no sabría decir qué. En realidad mis recortables podrían pasar por trabajos manuales. Mientras la enfermera Sonia olisquea como perro policía, cierro el cuaderno de golpe y lo echo a un lado. A veces me pregunto por qué sólo comparto mis monstruas con Gloria, que hoy me sorprende por su sagacidad y su maña mientras mi madre sigue buscando algún calcetín sucio, algún animal muerto, por las esquinas de mi habitación. En una milésima de segundo, Gloria se guarda mi álbum dentro de la cartera. Mi cómplice actúa con naturalidad. Me pregunto si Gloria es tan ingenua como parece. Recuerdo el coeficiente intelectual de Marilyn Monroe. Los estudios de Filosofía de Ágata Lys. Recuerdo quiénes son los padres de mi amiga y me descubro mirándola con desconfianza. Es un instante fundacional. Una epifanía que me lleva a mirar de otra manera a Gloria Adriano, cuya maniobra no sé si me ha puesto a salvo o me hace correr por primera vez un verdadero peligro. A Gloria le sale de dentro la voz de Angélica Bagur. Nadie diría que se trata de una interpretación. Nadie diría que disimula:

—Pues yo no huelo nada, Sonia. Huele normal.

Mi álbum está en la cartera de Gloria Adriano, que, desde la postura de loto, se levanta, se sacude la falda escocesa y se estira un poco antes de iniciar el ritual diario de la despedida.

—Bueno, me marcho, que ya me estarán esperando para cenar.

—Hasta mañana, Angelita, corazón.

Ahora que mi madre y yo estamos solas, se agudiza mi impresión de que puede ver todo lo que me pasa por dentro. El revelado de mi particular película S. El cuaderno en la cartera de Angélica. Luis Bagur encerrado en el secreto habitáculo de mi mezquino corazón de pajarín. Ni siquiera mi mejor y más comprensiva amiga, mi amiga más liberal y europea, mi querida Gloria Adriano, sabe de esta pasión tan prohibida que hace que me sienta a la vez muy feliz y muy desgraciada. El amor, por definición, ha de estar lleno de peligros.

Sin embargo, muy pronto, todas esas imágenes de mi caja negra se diluirán y las cosas fundamentales dejarán de tener importancia y lo que aparentemente no importaba se irá agrandando como las sombras cuando se alejan de la luz.

Sin percatarse de que en ese momento me da miedo, mi madre me besa.

—Hija, tienes mal color.

Ella tiene la cara verduzca. Pero yo, entonces, no quiero fijarme en esas cosas y sólo en esta menopausia de Daniela Astor, de Cati y de Catalina H. Griñán, recuerdo que la pieza fuera de sitio, la sensación más anormal de esa noche en mi habitación cerrada, era el color verde oliva de la cara de mi madre. Ella quita el pañuelito rosa de la lámpara de la mesilla y, como por encantamiento, yo vuelvo a mi naturaleza de niña de doce años. Soy la rana. Soy el pez. Oigo los pasos de mi padre que se cambia de ropa en su dormitorio. Mi madre da vueltas por mi habitación, se abanica con la mano, abre la ventana, dice:

—Catalina, qué calor hace aquí.

Caja 3
Fantaterror español

(**Voz en off sobre imágenes de representaciones de** *Susana y los viejos, Dafne y Apolo, El rapto de las Sabinas.* **El fin de la lectura del párrafo coincide con un fotograma fijo del cartel promocional de** *Trauma* **(1978), de León Klimovsky. Ágata Lys, dibujada en color, sostiene una navaja llena de sangre.**)

En los tiempos de la Reforma y de la Contrarreforma, los temas mitológicos y bíblicos se convirtieron en pretexto para pintar desnudos, y en cada museo podemos disfrutar de obras que recrean la carne húmeda de una Susana que se asemeja a la pila donde mojamos los dedos para persignarnos. Esculturas de Apolo que persigue a Dafne sin poder evitar que la muchacha se transforme en ingrediente del escabeche y las lentejas. Recreaciones del Rapto de las Sabinas que son cargadas a hombros, como sacos de trigo, por unos bestias tal vez enamorados. Venus sale de las aguas o se refleja en un cristal que le desfigura el rostro y le estiliza el cuerpo. Como entonces, durante el tardofranquismo y la Transición española el terror fue el género en el que la mujer espectacular empieza a descubrir sus pechos, sus muslos, sus tripas, sus nalgas, sus paletillas, sus omóplatos turgentes o lacerados.

(**Comienzo de** *Atom Heart Mother,* **de Pink Floyd. Instrumentos de viento. El volumen baja, siguiendo como fondo, para que sea inteligible la voz en off que se oye sobre un montaje de secuencias de películas fantaterroríficas. Los últimos fotogramas corresponden a** *La torre de los siete jorobados, Las vampiras* **y** *El extraño viaje:* **el baile con auriculares de Carlos Larrañaga y Tota Alba.**)

El director más representativo de esta tendencia es posiblemente el argentino León Klimovsky, que rodó películas como

La noche de Walpurgis (1971), *La rebelión de las muertas* (1973) o *El extraño amor de los vampiros* (1977). Klimovsky también se dedicó a rodar *thrillers* sangrientos que no pueden incluirse en el cajón de sastre del fantaterror hispánico, pero que exhibieron muertes, pezones y despojos. Tampoco podemos olvidar a Amando de Ossorio, Carlos Aured, Javier Aguirre, José Ramón Larraz, Jacinto Molina... En la enciclopedia del fantaterror español se incluyen nombres como Gonzalo Suárez, Eloy de la Iglesia, Iván Zulueta, Agustí Villaronga o Álex de la Iglesia, en un empeño innecesario por dignificar el género. Sin embargo, las propuestas de estos últimos se separan de las de los primeros en la medida en que se dirigen a un público diferente. Tienen otras pretensiones. Como Neville y *La torre de los siete jorobados*, que suele citarse como precedente del fantaterror español. O como el prolífico Jess Franco. Una de las más singulares, lisérgicas, transgresoras –quitar hierro al tabú retratándolo en primerísimo plano–, hiperbólicas y bien coloreadas películas de las casi cincuenta que Jess Franco llegó a rodar es *Las vampiras* o *Vampyros Lesbos,* de 1970. Además, Franco fue el imprescindible Peter Lorre, el encanijado hermanito casi siamés de Rafaela Aparicio, en una joya de nuestro cine que mezcla el surrealismo con la crónica de sucesos mostrando, quizá, que lo uno y lo otro se parecen mucho: *El extraño viaje,* de Fernando Fernán Gómez.

(La voz en off sigue discurseando sobre una sucesión, casi mareante, de fotografías de todas las actrices citadas, entre las que se intercalan retratos cubistas de Picasso, Dora Maar, Maya, Jacqueline, incluso *Las señoritas de Avignon*. La lectura del párrafo culmina con la escena del baño de Lucia Bosé en *Ceremonia sangrienta:* podemos oír el diálogo entre las actrices.)

Casi todas las musas del destape pasaron por los platós del cine de terror: Ágata Lys, María José Cantudo, Helga Liné,

Mirta Miller, Sandra Mozarowsky, María Kosty, Patty She-
pard, Loreta Tovar, Bárbara Rey, Maribel Martín, Emma Cohen, Silvia Tortosa, Karin Schubert, Isabel Luque, Jenny Llada,
Blanca Estrada, Adriana Vega, Nadiuska, incluso Carmen Sevilla o Lucia Bosé trabajaron en películas del género espantoso.

La actriz italiana protagonizó una recreación pop del mito
de la sanguinaria condesa Báthory que dirigió Jorge Grau en
1973 y que tuvo el muy adecuado título de *Ceremonia sangrienta.* La sangre, en la que se sumergía el níveo cuerpo de Lucia Bosé, era muchísimo más roja que la salsa de tomate artifi-
cial, más roja que el planeta rojo y que los trajes de Santa
Claus. Lucia Bosé lo enseña todo a excepción del pubis, que se
tapa estratégicamente, en una escena de baño, con unos cirios
encendidos. Las simbologías no son sutiles. Un año más tarde,
el mismo Grau dirige una precursora película de zombis, *No
profanar el sueño de los muertos,* con otra especialista del género,
Cristina Galbó. El significado del verbo «destapar», el significado del verbo «desnudar», adquiere su dimensión hiperbólica
cuando lo que sale a la luz, bajo el ropaje de la carne, son las
vísceras, los meollos, el lado más obsceno de unas anatomías en
las que la sensualidad se asocia al sentido del gusto, y el sexo y la
gula son las dos caras de una misma moneda.

**(El off sigue oyéndose sobre la secuencia de la fábrica de mani-
quíes de *El beso del asesino* de Stanley Kubrick; sobre la imagen de López Vázquez que acicala a su muñeca en *No es bueno
que el hombre esté solo;* sobre Piccoli y su amiguita de plástico
en *Tamaño natural.*)**

Algunas de estas películas usaron la metáfora de la mujer-
maniquí, de la Olimpia de Hoffmann, de Coppélia. Así ocurre,
por ejemplo, en un clásico del fetichismo español, *No es bueno
que el hombre esté solo,* de Pedro Olea, donde una Carmen Sevilla nada púdica quería que López Vázquez sustituyese el cartón

piedra de su maniquí por el hueso y la carne vivos. Carmen Sevilla acabará siendo un amasijo sanguinolento. Corría el año 1973 y, aunque *No es bueno que el hombre esté solo* no está dentro de los cánones que vinculan fantasía con terror, es una de las cintas más siniestras que se han rodado en nuestro país.

(La voz en off prosigue mientras en pantalla aparecen retratos mutantes de Carmen Sevilla: desde *La hermana San Sulpicio* hasta el telecupón, su fisonomía va evolucionando cronológicamente; al llegar al telecupón se desanda el camino y se congela un plano de la Sevilla en *La loba y la paloma*. Como en los vídeos de Michael Jackson donde los rostros envejecen, cambian de color y de sexo...)

Al año siguiente, Carmen Sevilla, en ese proceso de reciclaje forzoso al que se vieron obligadas muchas actrices que aún estaban en edad de merecer, rodó con Gonzalo Suárez *La loba y la paloma,* donde se revuelca por el barro, y, en 1976, *Beatriz,* una adaptación de unos cuentos de Valle-Inclán donde compartió cartel con Sandra Mozarowsky y Nadiuska. La represión erótica, la feminidad y el misterio actúan como *leitmotiv* de la trama.

(Con la música de *Historias para no dormir* se introduce una foto de Chicho Ibáñez Serrador, el cartel de *La residencia,* el asesinato a cámara lenta de la película y el fotograma final del engendro confeccionado con trozos de distintas mujeres. Una mano recorta la silueta y los vestiditos de una *mariquitina* de cartón. La imagen se funde en negro, al hablar de Dario Argento. También cambia el fondo musical: la banda sonora que Goblin compuso para *Suspiria* acompaña las imágenes del primer crimen de este *giallo:* un asesino, una fuerza misteriosa, acuchilla a una muchacha cuyo cadáver queda colgando del techo en una exhibición macabra. Una gota de sangre se extiende y se transforma en un fundido en rojo.)

El pionero de esa concepción de la mujer confeccionada a base de pedazos, colcha de ganchillo, de la mujer-*pachwork,* de la mujer recosida o caleidoscopio, que tan bien sabe explotar el cine de terror, fue Chicho Ibáñez Serrador. Este cineasta estrenó en 1969 *La residencia,* de nuevo protagonizada por la lánguida y eficaz Cristina Galbó, además de por una lésbica e incestuosa Lilli Palmer. En la Wikipedia se apunta que es la primera película española en la que se rueda a cámara lenta un asesinato. Otros señalan que quizá el film podría considerarse un precursor de Dario Argento, maestro del *giallo* más salvaje y, a la vez, más lírico. Incesto, lesbianismo, voyeurismo, dominadores y dominados, parafilias y muerte caben, pese a la censura, en el cine de terror, y más concretamente en el de fantaterror erótico, que actúa como espacio de liberación y como caja de Pandora: bajo la manta fantástica se puede hablar de todo mientras los velos se descorren. Como si en ese género se acentuara la distancia entre lo vivo y lo pintado, como si las mujeres fueran siluetas de cómic, como si los colores con los que se animan las imágenes fueran mucho más desleídos que los grises, sienas y malvas apagados de la realidad.

(El fundido en rojo se disipa y aparecen las siguientes escenas: el protagonista de *Bilbao* le rasura el pubis a la puta Bilbao, interpretada por Isabel Pisano; Gazzara le cose el coño a Ornella Muti en *Ordinaria locura;* Charlotte Gainsbourg se amputa el clítoris con unas tijeras de podar en *Anticristo,* de Lars von Trier.)

Una realidad sórdida desdibuja sus límites respecto a los sueños –siempre morbosos– en *Bilbao* (1978), de Bigas Luna. Dice el director en un reportaje, firmado por Diego Galán, en *El País,* el 2 de mayo del 2003: «Es el tema de la mujer objeto, el homenaje a la mujer objeto que al fin y al cabo acaba rebelándose. En un principio podía parecer un film machista, pero todas las mujeres que la han visto han acabado defendiéndola. Hay un humor muy subterráneo y bastante sarcástico.» No por casualidad la película fue apadrinada por el director italiano Marco Ferreri, que en 1981 rodó *Ordinaria locura* con Ben Gazzara y Ornella Muti. Las amputaciones genitales llegan a su clímax con la automutilación de Charlotte Gainsbourg en *Anticristo,* de Lars von Trier. La mujer renuncia a su feminidad. Se la corta como un colgajo. Renuncia a su placer. Renuncia a ser penetrada por otro hombre. Se da. Se entrega. Se mete en la máquina de picar carne. Se deja coser el agujero vaginal. Se corta el clítoris con unas tijeras de podar. En esa negación, en ese ejercicio de rebeldía que es a la vez sometimiento, es donde las mujeres se afirman como individuo después de siglos de maternidad y de objetualización. Así lo cuentan los hombres.

(**Fotogramas documentales de la década de los setenta: mujeres que hacen la compra en el mercado, calendarios de tías en cueros, anuncios sexistas, bloques del barrio de la Concepción... La voz en off formula la última pregunta retórica. Después, calla para que se proyecte la secuencia de los sacrificios en *Saló* de Pasolini.**)

El horror sirvió para dar cauce a lo que no se podía contar o mostrar en clave realista durante el tramo final de la dictadura, pero ¿fue, ya durante la Transición, la mejor forma de «normalizar» el sexo? La sangre, la violencia, las laceraciones, el despiece, la dominación tiránica, la oscuridad, la noche, el secreto, lo sucio, lo pecaminoso, lo prohibido ¿conformaban el imaginario que debía acompañar a la liberación de los cuerpos desnudos, a una forma menos mojigata de disfrutar de los inocentes placeres de la carne?, ¿o esa manera de aproximarse a la sexualidad —morbosa, sádica— sólo fue un procedimiento para vender que conectaba con nuestras más bajas pasiones, con esos instintos que nos llevan a la excitación mientras leemos un cómic sádico o consumimos porno? Desde la provocación, ¿se educa?, ¿era educativo el fantaterror?, ¿una excitación de la que nos avergonzamos puede volver a la inteligencia en forma de aprendizaje o autocrítica?, ¿hay que tomarse tan en serio las cosas?, ¿el marqués de Sade era un pedagogo o quería convertirse en un best seller?, ¿son compatibles ambas vocaciones?

(Música enloquecida sobre imágenes de prácticas *bondage*, progresivamente más salvajes, que culminan con el plano fijo de *Andrómeda*, de Gustave Doré, acompañado de un elegante impromptu de Fauré.)

Dejamos los interrogantes sin contestación mientras pervive una experiencia *bondage* del amor y de la sexualidad por parte de mujeres que anhelan la opresión de las cuerdas. La atadura erótica y sentimental. La pulsión se resume en la imagen de Andrómeda: encadenada a la roca y a punto de ser sumergida en las aguas por la libidinosa ira del titán, la bella se somete mientras siente millones de mariposas revoloteándole dentro del estómago.

Hemos apagado la luz. La leonera de mi abuela Rosaura, mi cuarto, el plató de rodaje, la gruta del monstruo se han quedado a oscuras. El espíritu de mi abuela impregna las paredes que –Gloria y yo lo sabemos– están llenas de ojos y de escondidas mirillas. Gloria Adriano, tendida sobre la cama, sobre el ara sacrificial, gime con las muñecas atadas a los barrotes del cabecero, es decir, a las estalactitas de la cueva. Gime y su gemido es una combinación de dolor y de placer que sabemos imitar perfectamente. Hemos educado el oído. La chica, la prisionera de King Kong, la secuestrada por el amor de un psicópata, quiere y no quiere marcharse. Es un sí pero no, un no pero sí, que interiorizamos desde el principio, como la masticación o la necesidad de enjabonarnos el excitante hueco de la axila. De aprender a juntar las primeras letras y a distinguir lo amargo de lo dulce. Lo caliente de lo frío. El gemido de Gloria Adriano se parece un poco a los susurros de mi madre detrás de la puerta de su alcoba a la hora de la siesta del fin de semana.

Gloria Adriano está especializada en el papel de víctima. Resultan convincentes las palpitaciones de su corazón, el acelerado bajar y subir de su ensanchada caja torácica. La caja torácica de Gloria Adriano no es una cajita de música. Es un arcón donde cabe el aire preciso para que un deportista escale las cumbres de los ochomiles. Gloria Adriano lleva un verdugo que le tapa la cara e impide que sus pupilas se acostumbren a la falta de luz. Yo sí puedo ver, aunque esté a oscuras. Gloria Adriano se estremece al sentir que me acerco. Remango la camisetita de Gloria Adriano y la dejo justo a la mitad de sus sonrosados pezones. Ella se revuelve porque mis dedos están fríos y porque no sabe qué puede venir después. Le hago cosquillitas con las uñas. Luego, ella está a punto de chillar porque le doy pinchazos alrededor del ombligo con un lápiz de punta afilada como aguja hipodérmica. Gloria ignora si el instrumento con el que rasgo y pincho, tatúo, es cuchilla o alfiler. La actriz Gloria Adriano se muerde la cara interna de los mofletes, ahoga sus gritos. Ha interpretado a menudo este papel, y desea y teme lo que queda por llegar. La curiosidad mató al gato y hay que sacarle partido a esta calma tensa. A este punto en que el dolor es sólo una suposición, y todo se siente sobre la piel con más intensidad que de costumbre. Como cuando se tiene fiebre o como cuando mi madre dice: «Está a punto de bajarme el período» y entonces yo sé que no debo hacer demasiado ruido, que debo comerme el pescado y no insistir en acostarme tarde.

No puedo verlo bien pero, entre el agua negra del plató, de la gruta del monstruo, de mi cubículo, intuyo que a Gloria Adriano se le han puesto los pelillos de punta. Toco su vientre y el tacto es el de un animal de pelo corto. Melocotones. El terciopelo del sofá. Gloria Adriano no dice ni una palabra. Hace de muda estupendamente. Espera y se arquea un poco hacia delante cuando levanto con la punta de unas tijeritas la goma de sus bragas de algodón.

Yo soy Daniela Astor e interpreto el papel de Lorelei. He llevado a Gloria Adriano a mi gruta para arrancarle el corazón y comérmelo. Ella parece anhelar que me lo coma. Me lo ofrece como si deseara con fervor que me lo comiera ya mismo. Si pudiera desatarse las manos, cogería ella misma la daga sacrificial y se rebanaría la tetilla trazando una circunferencia con la punta de la daga alrededor de la areola. No le veo a Gloria Adriano la cara debajo del verdugo de lana y poliéster, pero estoy segura de que el rictus de su boca es una combinación de asco y ansia. Como cuando mi madre reboza el pescado y yo quiero meter el dedo en el engrudo para vencer mi repulsión regodeándome en ella. Gloria Adriano suele bordar este tipo de papeles. Yo, con mis tijeritas, siento el impulso de hacerle trizas las bragas. Pero no lo hago porque eso rompería el encanto, la atmósfera hipnótica, y de entre las carnes de Gloria Adriano despertaría Angélica Bagur, muy preocupada por la reprimenda de su madre, la socióloga, que se pasa el día poniendo lavadoras de ropa blanca y de ropa de color. Gloria Adriano emite un gemido que es como un ruego. Yo le meto el dedo índice en el ombligo. Noto el calambre que recorre las piernas de la víctima de Lorelei, de Gloria Adriano y de mi amiga Angélica, como un eco encerrado en otro eco, y me pregunto si existen sensaciones que no se puedan fingir.

Rodamos hoy esta película en el plató, en la leonera, en la gruta, porque hace unos años vi el tráiler de *Las garras de Lorelei* en un cine de verano. No he podido olvidar el terror que me produjeron las zarpas del monstruo al rasgar la piel de muchachas que parecían hechas de tela de colchoneta. De gomaespuma. De una cera color carne de la que salía sangre rojo pimentón, un rojo flúor que no se parece nada al color de la sangre verdadera, al líquido que sale de la herida cuando se arranca la costra. Lorelei acuchilla el cuerpo de las jóvenes con sus uñas de anfibio, sus escamas cortantes, su boca de congrio. En *Las garras de Lorelei* la chica es Silvia Tortosa, que a mí me gusta muchísimo, pero esta vez dejo que Gloria Adriano protagonice esta nueva versión del film, porque me fascina Lorelei, la bella sirena que guarda el oro de Rin. Lorelei debe comer corazones de vírgenes para conservar la inmortalidad. Las noches de luna llena se transforma en el monstruo de boca de congrio y patas batracias. Es un personaje ambivalente, misterioso, seductor, mutante, poderoso. A veces me gusta interpretar el papel de las chicas buenas, pero otras veces prefiero ser la mujer que manda y lleva los trajes dorados. La emperatriz mejor que la pastorcita. A veces, en la leonera, también prefiero ser la madrastra de Blancanieves o la dueña del teatro chino de Manolita Chen. Mujeres de empaque que, si salieran de sus cuentos para asistir al teatro, llevarían estolas de visón, garritas disecadas de animales alrededor del cuello. Perlas. Cautivadores perfumes de esos que a mi madre le dan arcadas. Violetas profundas. Maja. Ella es más de agua de colonia y rebajadas esencias florales de los grandes almacenes. Cutre.

Lorelei es el amor imposible de Sirgurd, el cazador enamorado de la sirena a la que deberá destruir para proteger a las vírgenes. La sirena casi se lo agradece y Sirgurd se queda con Silvia Tortosa. Supongo. Y lo supongo porque nunca llego a ver la película. No podría soportarlo. A menudo pienso si no sería mejor verla que imaginármelo todo.

Aunque Gloria Adriano debería sentir muchísimo miedo porque estoy a punto de comerme su corazón después de rasgarle las entretelas con mis garras de lápices de punta afiladísima, de repente descubro que mi propio corazón late más deprisa que el de Gloria Adriano. Que es a mí a quien se le están echando encima las sombras de las paredes. Que tengo muchas ganas de encender la luz. Que se me seca la boca y algo me burbujea en las tripas y tengo que apretar los muslos y los párpados. Muy fuerte. Hasta ver, por dentro, luces. Pero al extender mi brazo y verme las uñas pintadas de nácar reconozco a Lorelei. Entonces me sobrepongo, recupero mi dignidad y levanto un poco más la camiseta de Gloria Adriano. Coloco mi dedo índice, levemente ensalivado, en el hueco que se le forma entre las clavículas.

La intensidad de las respiraciones de Gloria Adriano me está diciendo: «Pégame, golpéame, secuéstrame para siempre, demuéstrame que me quieres, víólame, porque cuando me rompas la ropa yo sabré que te gusto de verdad, que no te puedes resistir.» Leo esas palabras en las costillas que suben y bajan de Gloria Adriano, en la inquietud con que inclina levemente hacia delante el tronco. En la manera en que abre y cierra los dedos de sus manos atadas a las estalactitas de la gruta. Gloria Adriano, igual que yo, quiere ser observada a través del agujero de la cerradura. Mientras se baja las medias y canturrea cuando cree que nadie la oye. Cuando finge que nadie la oye, porque ella sabe que sí, que el monstruo, el secuestrador, el amante, el vecino que espía entre las rendijas de las persianas, el que la violaría aunque se muerda la lengua para no hacerlo, está ahí, detrás de los visillos, a punto de abalanzarse sobre ella en cuanto se descuide. Palpo el cuerpo de Gloria Adriano: clavículas, pezones, estómago, vientre. Imponiéndole mis manos de palmas heladas. Porque ahora y casi siempre soy un reptil, una criatura subacuática de sangre gélida que hace que la temperatura corporal de Gloria Adriano baje con cada imposición. Cada vez que la toco, ella siente escalofríos. Repelucos, más bien. Me pregunto si serán verdaderos o falsos. Me pregunto en qué nivel de conciencia, en qué personaje, brotan de este cuerpo sus calambres y destemplanzas. Acerco los dedos a las braguitas de Gloria Adriano. Palpo por fuera el algodón. Noto que la tela se le ha humedecido. Acerco la nariz como los animales del parque. No huele a orina.

Por un instante, Daniela Astor reconoce en las sombras del muro la cara del papá de Angélica Bagur. Lleva la chaqueta de Sirgurd. Las patillas de Sirgurd. Es él. Daniela Astor decide que, cuando salga de la carcasa de la sirena del Rin, no sería mala idea concertar una cita. Mañana mismo convocará a la prensa: «Chicos, Luis Bagur y yo estamos enamorados. No podemos ocultarlo por más tiempo. Él era mi secreto y ahora os confirmo que es el hombre de mi vida. Por favor, en adelante, respetad nuestra intimidad.» Los chicos de la prensa contraatacan: «Pero, señorita Astor, ¿y su relación con la hija de Bagur?»

Los amores sin dificultad no trascienden. Después de la boda con el editor de éxito, les concederé a los chicos de la prensa una exclusiva en la piscina de mi chalet y les hablaré del significado del romanticismo. Mientras tanto, soy lo suficientemente inteligente como para escamotear la pregunta y crear un clima de misterio: «No sé de qué me hablan. No conozco a la hija de Bagur. Mi mejor amiga se llama Gloria Adriano y ella sólo quiere que yo sea muy feliz...»

—¿Daniela?

En su papel de víctima, Gloria reclama mi atención. Me he distraído. Le masajeo el vientre y, mientras, aprieto los ojos para volver a ver luces de colores debajo de mis párpados. Entonces me doy cuenta de que a Angélica también hoy se le ha olvidado devolverme mi cuaderno de monstruas y centauras. Temo que la hija de Luis Bagur quiera hacerme chantaje. Cojo el lápiz con la punta más afilada.

Ahora sí que la voy a torturar.

A lo mejor mi madre está un poco amarillenta porque trabaja mucho. Desde que ha dicho que quiere estudiar se acuesta muy tarde porque prepara el curso de acceso a la universidad para mayores de veinticinco años. Estudia matemáticas y lengua y ciencias sociales. Muerde el cabo y el rabo de los lápices. El comedor de casa huele a colegio y a goma de borrar. Y a los miles de pitillos que mi madre se fuma mientras pasa los ojos por las páginas una noche detrás de otra. Yo creo que no entiende lo que lee. Tampoco mi padre, que es maestro, confía en la educación a distancia. Pero mi padre se calla por no discutir. La culpa de esta situación la tiene la socióloga, que anima mucho a la enfermera Sonia y la ayuda a entregar, en regla y a tiempo, los papeles de la matrícula. Le digo a mi amiga Angélica que su madre es una metijona y casi se pone a llorar:

–No te metas con mi madre...

Su reacción me parece exagerada. Pero me callo, como mi padre, porque, a fin de cuentas, Angélica Bagur y la socióloga se parecen muchísimo. Son bastante feas. Bastante simples. Bastante robustas.

La enfermera Sonia dice que, cuando apruebe el examen de acceso a la universidad, quiere estudiar Historia del Arte. Y yo no entiendo por qué quiere estudiar algo que nada tiene que ver con las ortodoncias de Parra. No entiendo por qué quiere estudiar si ya tiene un trabajo, una casa, un marido, una hija muy lista de la que debe preocuparse porque las hijas listas somos las que damos más preocupaciones y exigimos mayor atención. Me pregunto por qué mi madre no se conforma con atendernos y con rebozar trocitos de pescado y con poner en el baño toallas limpias. Me lo pregunto en serio. No estoy hablando en broma. Mi madre tiene la obligación de ser feliz. De darme seguridad y de abrirme un hueco para que yo pueda disfrutar de mi personalidad compleja. De apoyarme desde su espacio sin conflictos. Su mundo perfecto. Desde que mi madre estudia, se pone como una hidra si me sorprende hojeando uno de los *Diez Minutos* que suelo guardarme en la cartera cuando voy a la consulta de Parra:

−¿Tú no tienes nada mejor que hacer?

Noto perfectamente que a mi madre lo que le nace de dentro es darme un capón. Pero se guarda el puño. Se controla. Me gustaría que no me vigilase tanto, pero tampoco quiero que me desatienda. Me cansa que mi madre sea una madre, que me atosigue y me meta −en sentido figurado− cucharadas de legumbres en la boca porque tienen mucho hierro. Me cansa que mi madre sea una madre, pero no quiero que lo deje de ser. Que mi madre sea una madre es algo que a Angélica Bagur le da envidia. Por eso no aguanta que yo le diga nada de la suya. Porque la suya no es una madre verdadera por mucho que se disfrace poniendo lavadoras de ropa blanca y de ropa de color. Es una socióloga. Una feminista. Una comenabos. Una tía horrorosa que lleva ponchos, gafas de culo de vaso y el pelo mal frito.

−No te metas con mi madre...

A veces Angélica me lee un poquito el pensamiento. Es capaz de detectar las chispitas que me salen de los ojos.

Me gustaría que mi madre no llamara a voces a las vecinas por la ventana. Pero eso no se cura resolviendo ecuaciones o estudiando las oraciones simples. Ella necesitaría el tipo de refinamiento que se adquiere en un internado para señoritas. Mi madre habla en voz alta cuando hace los deberes:

—Juan compra flores a Inés. ¿Objeto directo?

A la mañana siguiente, miro los deberes de mi madre y compruebo que se ha confundido en el análisis sintáctico. Que no logrará entenderlo jamás y que, a causa de ese origen rural y castellano viejo que nos impregna el ADN, yo misma dudo y se me escapa «la dije» y «la pega» en cuanto no lo pienso dos veces. Mi madre tiene la culpa de la mayoría de mis defectos, así que no le corrijo ni una coma de sus deberes. Sería inútil. Porque mi madre ya no está en edad de aprender nada. Tiene treinta y cinco años. Se tiñe el pelo. Luce en el vientre la cicatriz de mi cesárea. Utiliza amoniaco y papel de periódico para limpiar los cristales. Se enfada muchísimo cuando se enfada, pero curiosamente no se enfada nunca mucho conmigo. No me gusta mi madre cuando es ella, pero me gusta todavía menos cuando finge ser otra persona. No me gusta la mujer de pueblo que fríe pescado y me vigila, pero odio a la enfermera Sonia. Y me avergüenzo de la alumna Sonia Griñán López que no sabe analizar las frases más simples. Los sacapuntas y los lápices son un objeto muy extraño entre sus dedos duchos en limpiar boquerones. Miro a mi madre por una rendijita desde mi dormitorio: cabecea sobre sus libros nuevos, enciende otro pitillo, vuelve a fijar la vista en el comienzo de la página, deja el cigarro en el cenicero, se sujeta la cabeza con las dos manos, mueve los labios y repite muchas veces las mismas frases... Vuelvo sobre mis pasos y me meto en la cama con una sonrisilla torcida.

—No te metas con mi madre.

Dice Angélica Bagur. Cuando me quejo de que a mi madre le haya dado por estudiar el acceso para mayores de veinticinco años, normalmente Angélica me escucha sin decirme nada. Sin embargo, un día me confesó que a ella no le parecía mal. En ese momento, vi la luz: a ratos, Angélica estaba completamente poseída por el espíritu hippie de Gloria Adriano. O quizá es que había fumado demasiada hierba invisible a través del canuto vacío de un boli bic. Angélica Bagur aún no sabe que, para crecer, es imprescindible meterse con las madres. Asesinarlas. Reventarles la cabeza con un mazo de ablandar la aleta de añojo antes de rellenarla con aceitunas y jamón del baratito. Tal vez mi amiga no aprenda nunca a apartarse de la costa del continente negro de las madres. Angélica boga con su barquita de remos.

Al afán por el estudio de mi madre le acompaña una repentina pasión por la vida cultural. En el Museo del Prado, la enfermera Sonia se comporta como una niña. Tira de la manga de la chaqueta de mi padre:

—Alfredo, ¿no es maravilloso?

Mi madre prolonga las oes más de la cuenta y se le llenan los ojos del brillo de una lágrima a punto de derramarse. Llantos fingidos. Arrobamientos. Para demostrarnos lo sensible que es. Nadie puede llorar mientras contempla a un señor, vestido de negro noche, que monta a caballo. Me encuentro muy incómoda en esas salas atestadas de gente. Los turistas, igual que yo, se percatan de que mi madre actúa. Se apartan de los lienzos para que ella los contemple ocupando mucho espacio, como quien come con los codos extendidos sobre la mesa:

—Es que me encanta el Barroco. Me encanta.

Me dan ganas de preguntarle a mi madre si es tonta del culo. Ella antes no decía estas idioteces. Delante de *Saturno comiéndose a su hijo,* la enfermera Sonia me corrige cuando digo que el cuadro es «muy bonito»:

—Catalina, no se puede decir que este cuadro sea bonito. Hay que buscar otra palabra, no sé, otra palabra, por ejemplo...

Me molesta que mi madre me dé lecciones, pero juego a su juego, sobre todo para ver si la impresiono:

—¿Tremebundo?

Mi padre se burla:

—Tremebundo, doloroso, pavoroso, patético, cósmico, infernal, caníbal, inquietante y preesperpéntico.

Mi padre conoce y atesora todas las palabras. Se burla de mí mientras trata a Sonia Griñán con cariño y condescendencia. Incluso con cierta admiración, física, emocional y humana, que yo, a mis doce años, no sé dónde colocar. Le pellizca la mejilla y ella se arrebuja en el hueco del hombro de su marido. Sin embargo, mi madre me protege de las ironías de papi:

–Alfredo, no seas así...

Entonces yo me enfurruño para todo el día. Porque no necesito la protección de clueca de mamá. Porque con mi padre me entiendo sola. Porque yo, si me diera la gana, podría ayudar a mi madre a hacer los deberes y ella no sabría cómo resolver mis fichas de ciencias ni cuál es el significado de *exotérmico, orogénesis, pretecnología* y cosas peores. Es mi madre quien se da cuenta de que estoy enfadada:

–Cata, hija, disfruta. Mira qué cuadro más impresionante...

La palabra *bonito* se ha convertido en palabra tabú. No, tampoco es «bonito» *El jardín de las delicias*. Ni *Los borrachos*. Ni siquiera esas Inmaculadas Concepciones de Murillo que ilustran los calendarios de algunos talleres. Los talleres imprimen versiones pías e impías de sus calendarios: Inmaculadas de Murillo para los comedores familiares, y mujeres de pechos abombados que se anudan la blusa tirante por encima del ombligo y guiñan el ojo por debajo de un sombrero de cowboy, para las oficinas donde los hombres llevan la contabilidad o hacen los pedidos de piezas. Esos calendarios tampoco son «bonitos». Sólo son «bonitas» las imágenes de gatitos pequeños, los recordatorios de la primera comunión, las flores que no son carnívoras y algunas canciones melódicas. Y poco más. Ni siquiera es «bonito» un atardecer. Tampoco se puede decir «Penny es una chica muy bonita» ni «esta ciudad es muy guapa». Aunque lo oigamos continuamente en las series de televisión. La gente ya no sabe ni hablar y es necesario cuidar mucho el vocabulario que, como dicen en mi colegio, es una carta de presentación o una tarjeta de visita. A veces deberíamos amordazarnos la boca con un esparadrapo. Linda ha dejado de ser el nombre de la chica del *sheriff*. Ahora es el nombre de todas las perras que mean en el parque. Esto hay que saberlo. «Las niñas bonitas no pagan dinero.» Mal por el barquero, que debería haber dicho que las niñas son *despampanantes, mollares, curvilíneas...*

–Cata, hija, vuelve en ti, disfruta...

El odio me distrae muchísimo. Me da fuerzas. Me estira los tendones y los músculos. Las que estamos creciendo no podemos ser buenas: no sabemos lo que va a pasar mañana y nos duele la piel. El odio me empina. Luego se me pasa.

Mi padre nos guía por las salas del museo. Nos dice lo que hay que ver primero y lo que hay que ver después. Por aquí y por allá. Le hacemos caso, le seguimos como patitos a mamá pata, porque él es profesor, porque es mi padre, porque tiene que ser así. Hoy, cuando ya no tengo doce años, estas tres razones no valen lo mismo: la primera la compro por todo el oro del mundo; la segunda por unas monedas; la última por nada o por esos restos de calderilla que una nunca sabe a quién ni cómo endosar.

Recuerdo la visita al Prado como una noche de fiebre. Me rodean mujeres pálidas y gordas. Papadas con collares. Golas y golillas. Ensortijadas manos de satinada piel de cerdo. Vientres abultados. Ojos saltones. Cabelleras ralas o trenzadas con joyas. Paños de pureza. Hojas de parra. Caballos con la panza hinchada y pupilas de loco. Luz de interior amarillo como fiebre tifoidea. Muslos vibrátiles y flácidos. Pechos de mujer que son tablas de lavar dentro de trajes como sillones orejeros. Varices incipientes. Escleróticas blancuzcas con una gota de brillo acuoso. Labios finos. Ojos en blanco.

Prefiero veinte mil veces a Jaclyn Smith. O a Amparo Muñoz.

Caja 4
Fragilidad

(Una reportera retransmite la siguiente información, micro en mano, frente a un portal.)

En la página web de la editorial Lengua de Trapo aparece una breve reseña sobre un libro del escritor Rafael Reig, *Autobiografía de Marilyn Monroe:*

> Es ésta la mirada de una mujer de treinta y seis años sobre una biografía personal llena de ruido y de furia cuyo final es una angustiosa llamada de socorro: «No quiero que me comprendan. Quiero que me quieran.» Pocos años antes Marilyn insertó el siguiente anuncio en un periódico: «Mujer sencilla, treinta años, bien en todos los sentidos y hasta ahora muy puesta a prueba sentimentalmente, ingresos medios de quinientos mil dólares anuales, busca señor, incluso calvo, honesto y sensible, para fundar un hogar prolífico. Escribir a Marylin Monroe, Sutton Place, New York.» No recibió ni una sola contestación.

Años más tarde, como él mismo ha contado algunas veces, el escritor que fue capaz de hablar por boca de Marilyn Monroe, el que se dejó abducir por la rubia, hacerle el boca a boca y devolverle el aliento, Rafael Reig, concertó una cita con Amparo Muñoz en el bar del Hotel Suecia de Madrid. De todo esto vamos a hablar con una amiga del escritor que prefiere mantenerse en el anonimato.

(La reportera baja el tono de voz, pero sigue hablando mientras recorre el pasillo y llega al salón de la vivienda de la amiga de Reig. La reportera, al hablar, nunca da la espalda a la cámara y a veces se raspa los brazos contra el gotelé de las paredes.)

La amiga del escritor nos advierte: «Esta información no es una primicia.» No hemos logrado hablar con Reig porque, desde que habita en la sierra, está casi inaccesible. Camina meditabundo a la sombra de los pinares. Se le pierde la vista en la observación de ríos y arroyos. Su amiga nos dice que Rafael, que cuida su aspecto sin que su aspecto le turbe demasiado —es un hombre limpito que le presta atención a su bigote, aunque tiene cierta tendencia elástica que le lleva de la delgadez a la redondez y vuelta atrás en periodos de tiempo a veces vertiginosos—, Rafael, que no le hace ascos a unas cañas y a unos callos picantes, que no es un higienista ni un metrosexual, el día de su encuentro con Amparo Muñoz estaba más preocupado que de costumbre por su indumentaria. La amiga nos dice que, hablando de aquel día, Reig suele gastar una broma sobre cómo puede justificar un hombre ante su novia que va a pasar una tarde con Amparo Muñoz. Además, en el bar de un hotel. El bar. De un hotel. Rafael Reig dice la palabra *hotel* con letras mayúsculas. A veces Reig usa una picardía antigua que a su amiga anónima le recuerda a su abuelito. A ella le encanta.

(La reportera, micro en mano, se detiene en el centro del salón. Cuando se refiere al blog de Rafael Reig, perdemos la imagen de la reportera para dejar paso a la página de dicho blog donde se incluye una fotografía de Amparo Muñoz: una voz en off masculina lee el texto de Rafael Reig.)

Rafael Reig desgrana sus recuerdos con humorismo y con cierta dulzura melancólica que le cuadra bien a la acción de desgranar recuerdos y a la de evocar a un personaje como Amparo Muñoz. Cuando Amparo Muñoz muere, Rafael le dedica una entrada, conmovedora y pavesiana, en su blog:

Siempre tuvo tus ojos
Verrà la morte e avrà i tuoi occhi

Como quien dice: vendrá la muerte y tendrá tus ojos.

Yo amaba a **Amparo Muñoz**.

Y amaba esa mirada suya que quería parecer turbulenta y era diáfana, y esa sonrisa difícil y esquinada, pero indoblegable; amaba su fragilidad contundente, que era como la vida misma, como la muerte misma, o como la piedra pómez, porosa y a la vez infranqueable.

La de pajas que me habré hecho evocando sus muslos y sus pezones, que tenían una carnosidad imprevisible, como si fueran labios, y ese color de atardecer visto desde un balcón, a través de las rejas.

Todas sus catástrofes, sus tropezones, sus irremediables torpezas y su manera de no rendirse me conmovían. Su mirada y esa sonrisa eran lo que siempre he querido hacer: una declaración de amor no correspondido dirigida a la vida.

La amaba.

La última vez que la vi en película fue en **Familia**: estaba radiante.

Como decía **Andréi Biely**, una mujer así añadiría una línea más a mi necrológica.

Hace tres años o así, la conocí. Qué tarde tan inolvidable.

(Se recupera el plano de la reportera que se interrumpe breve-mente cada vez que la amiga de Reig hace una declaración en estilo directo. Son interrupciones muy fugaces.)

Más allá de lo que el propio Rafael Reig pudiera contarle —que no confesarle— a su amiga, es evidente que ella conoce la anécdota del encuentro entre la miss y el literato también gra-cias a esta entrada de blog. Todos mezclamos nuestras fuentes de conocimiento, a menudo sin una intencionalidad perversa, y la anónima amiga de Reig no es una excepción. Ella reflexiona en torno al tono literario del autor de Cangas de Onís: «Rafael sabe transmitir ternura sin despeñarse por el precipicio de la sensiblería.» Llegados a este punto, nos vemos obligados a cortar las apreciaciones sobre el estilo literario de Reig. Sin embargo, su amiga es persistente: «Una nota característica del estilo de Reig es pasar de la poesía a la masturbación tal vez para demostrar que son exactamente lo mismo.» Parece que la amiga del escritor va a dejar por fin de hacer observaciones filológicas cuando se le escapa una más: «Lo pornográfico no es la realidad sino las posturas que se adoptan, el lenguaje, para retransmitirla.» Le damos la razón, sobre todo, para que se calle.

Éste es el relato que su amiga hace del relato de Reig. Ella dice: «Se trata de un relato autorizado.»

(Simulación del encuentro entre Rafael Reig y Amparo Muñoz en el Hotel Suecia. Las imágenes aparecen difuminadas porque ni Reig es Reig ni Amparo Muñoz es Amparo Muñoz ni existe ya el mítico hotel. La película resultante parece grabada por una cámara oculta: en ella el hombre que hace de Reig y la mujer que hace de Amparo Muñoz charlan animadamente. Voz en off de la reportera.)

Rafael dice que Amparo, el día del Hotel Suecia, ya no era hermosa y sin embargo era hermosísima. Estas paradojas son frecuentes y encierran algunas de las verdades más profundas de la condición humana: la atracción por el abismo y las pasiones necrófilas podrían ejemplificar ese tipo de simbiosis imposible que acaba constituyendo la sal de la vida. Suponemos que cuando la amiga de Reig dice este tipo de cosas, él la mira con un gesto entre escéptico y piadoso, que ella decide pasar por alto.

La crueldad del paso del tiempo en el rostro de la actriz, incluso su selección de vestuario de ese día –«En el blog, Rafael escribe que ella llevaba un chándal»–, son la prueba de haber vivido intensamente. La amiga anónima de Reig dice que, aunque se pueda hacer pajas frente a sus fotografías y sea defensor del coito axilar o polvo sobaquero –también llamado *libanés*–, a Rafael no le gusta hablar de las mujeres como si fueran caballos. No obstante, sabe que a partir de los cuarenta o de los cuarenta y cinco el pelo ya no brilla de la misma forma y es necesario ahuecarlo desde la raíz para crear un efecto de volumen. También las uñas se rompen con facilidad y hay que comer muchos yogures para que la osamenta no quede devastada por la osteoporosis. Las osamentas fabulosas son las que más se resienten. Son como el esqueleto del diplodocus en el museo de ciencias naturales. El de Amparo se desmoronó a los cincuenta y seis años, que no es una edad lo suficientemente prematura como para erigirse en muerte mítica ni lo suficientemente provecta como para caer en el olvido. A veces cuando alguien muere muy viejo, ante la necrológica, el lector se formula esa pregunta tan triste: «¿Pero ésta no se había muerto hace ya diez años?»

(La simulación se interrumpe para presentar un plano aéreo del cementerio de La Almudena de Madrid que culmina con una foto fija de Yolanda Ríos ataviada con las típicas gafas redondas de azafata de *Un, dos, tres, responda otra vez...* La voz en off adopta un tono más solemne.)

Hasta para morirse Amparo fue modesta. Constatamos que hay una epidemia de fallecimientos de las más hermosas. Yolanda Ríos, sus ojos oscuros, su voz engolada, su papel de azafata que hacía las cuentas en *Un, dos, tres...* Sólo a las chicas más listas se les asignaba la función de contar las respuestas acertadas y multiplicarlas por una cantidad variable de pesetas: Victoria Abril, Lydia Bosch, Silvia Marsó. En la necrológica de Yolanda Ríos, publicada en *El País* (viernes, 27 de abril de 2012) y firmada por Rosana Torres, constatamos que la primera película de Yolanda fue otro clásico del cine de destape, *Pierna creciente, falda menguante* (Jesús Aguirre, 1970). Además, la actriz participó en numerosos proyectos teatrales, series de televisión, zarzuelas, y fue una notable escenógrafa...

(Se recupera la simulación. La voz en off abandona la solemnidad.)

Rafael le cuenta a su amiga que Amparo ya no era aquella Amparo que lució la banda de Miss Universo. No era la Amparo que irradiaba luz y tenía un cuerpo esbelto de esas proporciones que, medidas con la palma abierta, cristalizan en un bello logaritmo neperiano o en un acorde de música celestial. A Amparo se le habían cerrado un poco los ojos y se le había abombado el tabique de la nariz. A la amiga de Reig le gusta especialmente «la sonrisa esquinada» de Amparo Muñoz porque ella también la ve así: esquinada, lateral, hermosa. En el cutis de Amparo se perciben venillas y rojeces que son el producto de todo tipo de esfuerzos fisiológicos: desde la risa hasta la defecación. El parto. Pero Amparo Muñoz no tuvo hijos y es muy posible que los echara de menos. Parecía ese tipo de persona. Amparo había engordado y transmitía una pesantez que se le notaba especialmente al hablar.

La amiga del escritor comenta que, en su relato de la cita con Amparo Muñoz, Rafael quiere suscitar la curiosidad del auditorio. Y rodea sus palabras de un aura misteriosa al mismo tiempo que juega con la simpática imagen del hombre común que se aproxima al mito. Hay ternura, empatía, cierta épica de los perdedores y un morbo imposible que, sin embargo, anda sobrevolando el bar del Hotel Suecia como un mosquito a punto de picar. Aquella cita en el bar del Hotel Suecia tenía que ver con un encargo. Amparo quería que Rafael le escribiese sus memorias. Estuvieron a punto de llegar a un acuerdo y Reig se puso a darle vueltas a la manera de abordar una vida tan expuesta en un cuerpo. También descubrió que Amparo se había puesto en contacto con él porque se sentía un poco identificada con aquel deseo de Marilyn: «No quiero que me comprendan. Quiero que me quieran.» La dicción de Amparo Muñoz se fue complicando con los años.

(Foto fija de la portada del libro de memorias de Amparo Muñoz y de la página del *ABC* a la que hace referencia la voz en off.)

Rafael Reig no escribió *La vida es el precio,* el libro de memorias de Amparo Muñoz. No fue el negro de Amparo ni el autor reconocido que supo transcribir, con respeto y pericia, las grabaciones. Pero su amiga dice que Reig lo habría hecho estupendamente por esa capacidad para combinar los polvos sobaqueros con las églogas y porque el escritor supo, desde el primer instante, que, como declaró la actriz en *ABC:* «No todo lo que he vivido ha sido una mierda.»

(Se recupera el plano de la reportera que habla, micro en mano y con tono confidencial, en el salón de la amiga de Reig.)

La amiga del escritor se explaya sobre la expresión «juguete roto». Dice: «No me gusta.» «Juguete roto», según ella, es la metáfora que suele aplicarse a las mujeres como Amparo Muñoz que, sin embargo, mantienen su dignidad y se revuelven para decir: «No todo lo que he vivido ha sido una mierda.» Existe un libro sobre Nadiuska, firmado por Tomás Pérez Niño, que se llama *Nadiuska, el juguete roto del cine erótico español.* Miles de titulares hablarían de Marilyn, de Romy Schneider o de Ava Gardner como juguetes rotos.

(La cámara abandona a la reportera y hace un barrido por los bibelots y los retratos de mujeres que adornan –saturan– el salón de la anónima amiga de Rafael Reig. La voz en off, que intuye que la anónima amiga debe de ser lesbiana pero se

muerde la lengua, busca la complicidad del oyente: le habla al fondo del oído.)

Coppélias. La manufactura de un relojero. La muñeca que deja de bailar dentro de la cajita de música. El rostro descascarillado de las mariquitas Pérez de porcelana. Como si lo hicieran a propósito, los fabricantes saben que estas muñecas están sometidas a una obsolescencia electrodoméstica precoz, determinada por su consumo de sustancias estupefacientes, somníferos, la petaquita de vodka, un pico, un estigma romántico de insatisfacción y de caducidad que las convierte en objeto de deseo. También la fragilidad es una manera de encerrar la grandeza en una caja. Lo que no se entiende. Lo que provoca miedo. Una belleza excesiva. Una mujer demasiado libre. Es conveniente encerrar la tormenta en un vaso. La furia o las ganas de amar. La alegría de vivir y el exceso de dolor. El regodeo en la práctica de la dulzura. Las mujeres que no son completamente dóciles, comprensibles a simple vista, anodinas en su medida de belleza o en su coeficiente intelectual o en las dos cosas a la vez, corren el riesgo de vivir en un estado de irritación perpetua. De hacerse fatales para herir. O extremadamente vulnerables cada vez que andan buscando alguna cosa que les dé satisfacción. Frágiles, locas, borrachas, quebradizas como las puntas del pelo. Con el aliento turbio de Ava Gardner. La mirada barbitúrica de Romy, abandonada por Delon, madre de un hijo clavado a las puntas de lanza de una verja. Bar-bi-tú-ri-co. Cada sílaba llena la boca. Las mujeres que se venden como animales salvajes, panteras, se rompen con mirarlas. Aunque ellas sólo necesitarían a alguien que les enseñase a nadar.

(Aparece la página del periódico donde se recoge la necrológica citada. La voz en off se hace periodística, objetiva, profesional, eficiente. La cámara va deteniéndose en los párrafos a los que se alude en el texto en off. Esta mecánica se interrumpe cuando la amiga de Reig, en primer plano, dice: «De pequeña yo siempre quería ser Amparo Muñoz.» Después se vuelve al plano de la necrológica.)

La necrológica que Diego Galán le dedica a Amparo Muñoz el 28 de febrero de 2011 también se titula: «Un bello juguete roto». Allí habla de sus maridos, sus amantes, de su paso por programas televisivos donde Amparo desmiente que se esté muriendo de sida o ejerciendo la prostitución para pagarse los chutes. Galán repasa la filmografía de la actriz, sus altibajos, sus éxitos, sus apariciones como maja vestida y desnuda, cómo la miraron Nieves Conde, Drove, Bodegas, Aranda, Saura, Uribe, León de Aranoa... Cómo la fueron transformando las miradas de los otros. La amiga de Reig recuerda que tanto los hombres como las mujeres adoraban a Amparo Muñoz. Confiesa: «De pequeña yo siempre quería ser Amparo Muñoz.» En el instante en que su amiga jugaba a ser Amparo Muñoz, Reig ya se estaría pajeando delante de su foto. A Amparo Muñoz no se la podía dejar de mirar. De diferentes formas que a lo mejor son la misma. Incluso cuando la calavera se le fue transparentando bajo la piel. Incluso más en ese momento: también la gente se queda hipnotizada con los accidentes de tráfico.

(La reportera desanda sus pasos a lo largo del pasillo hasta alcanzar la puerta de la calle. Siempre mira a cámara y camina hacia atrás. Sigue rozándose los brazos con el gotelé de las paredes de un pasillo tan estrecho que parece un conducto vaginal. La secuencia sólo se interrumpe con la declaración de la amiga de Reig que aparece en primer plano mientras suelta su frase. El anonimato de la amiga de Reig se reduce precisamente a eso: a la ocultación de un nombre.)

La amiga de Reig no se acuerda de si Diego Galán en su necrológica alude a la extracción obrera de Amparo Muñoz.

Cree que este detalle tiene relevancia y que, desde luego, ha de ser un asunto que tampoco le pasaría desapercibido a Reig. Como si la necesidad de pigmaliones y maestros, la receptividad, esa condición de ojos como platos y oídos ávidos, condenase a algunas mujeres —a las hijas del pescador, del chupatintas, del jornalero, incluso a la hija del dueño de la tienda de ultramarinos o del guardia civil— a ser pasto de la manipulación en mayor medida que esas otras hermosas que han estudiado en colegios suizos y han montado en poni cuando eran pequeñitas. Quizá a Amparo le perjudicó su fascinación por lo intelectual. Porque todo el mundo sabe que hay intelectuales buenos pero hay otros que son unos hijos de puta. Y se aprovechan. Reig y su amiga están de acuerdo en este punto. Aunque esto sucedía en aquellos tiempos en los que aún se le daba un gran valor a la cultura. Hoy Marilyn no se habría casado con Arthur Miller. Hoy nadie querría casarse con el dueño de las palabras. Las bodas de hoy son mucho más damagógicas. Comerciales. Por amor. De tú a tú. Tururú.

La anónima amiga, que no entiende por qué no le encargaron a Reig todas las necrológicas sobre Amparo Muñoz, declara: «Hay quien tiene derecho a escribir poesía sobre ciertas cosas y hay quien no.» Tampoco sabe si Diego Galán tuvo presente una imagen de la actriz: joven, de noche, en una fiesta en Málaga y con un vestido estampado de todos los colores, un vaso en la mano, el pelo suelto, oscuro, los ojos cerrados por la risa, al lado de su novio de aquel entonces, el galán Máximo Valverde. Sin ninguna serenidad impostada. Sin pose. Sin pedir disculpas.

(Simulación dentro del bar del Hotel Suecia. Acaba con una breve toma de la amiga del escritor mientras declara: «Se acumulan las necrológicas»)

Su amiga está segura de que Rafael se siente orgulloso de aquella tarde en el Hotel Suecia. Él se bebió un par de güisquis y Amparo tomó algo sin alcohol. Así lo constata Reig en su blog apuntando que en aquel momento la actriz ya estaba enferma. La amiga se atreve a apuntar que, aunque la información no se constate en el blog de Reig, picaron unos panchitos. Rafael vio cómo los parroquianos se los quedaban mirando. Era admiración. Incredulidad. Respeto. Curiosidad. Conmiseración. Veneración. Maldad. Nostalgia. Miedo. Desesperanza. Ganas de ver más allá del chándal y de la piel de Amparo. De hacerle una vivisección y saber a qué huele. Rafael se dio cuenta de que todas esas palabras eran una carga enorme para cualquier esqueleto. Y a la cabeza le llegó un ruido: «Patacrás.» A Rafael Reig, el hombre que le quitó la voz a Marilyn para devolvérsela con mayor volumen, para que se la escuchase mejor, a Reig quizá le gustaría decir algo pícaro sobre estas mujeres. Y, sin embargo, él sabe de la fragilidad del cristal. Sobre todo si el cristal es de Bohemia y está delicadamente tallado. Sobre todo si se vende por un precio astronómico y está programado para la fractura por sus propios fabricantes.

«Se acumulan las necrológicas», dice la amiga de Reig. Ya ni siquiera recuerda qué ángeles de Charly viven y cuáles están muertos.

(La reportera está en la calle. Sube mucho el tono de voz para que se la oiga entre el tráfico del sonido ambiente.)

Rafael y Amparo quedaron para encontrarse en otra ocasión. Pero no volvieron a verse nunca más. Reig todavía se acuerda de cómo les miraba la gente al salir del bar del Hotel Suecia. Aún siente el peso sobre los hombros y no ha podido quitarse el tufo a saliva de encima. Porque los ojos le lamieron. Y le dejaron sobre la piel cierto olor a pobre que no le desagrada.

Esta mañana mi madre se ha levantado con peor cara de la que acostumbra. Me fijo, aunque en realidad no quiero verlo. Es domingo. Se le pega un mechón a la frente. No sé si tiene el pelo grasoso o si el sudor le humedece los pelos, que parecen un tiznajo sobre su piel. Yo la veo amarilla. Cuando me da el beso de buenos días y me tiende mi tazón de leche malteada, el peso del tazón casi le dobla la muñeca. Regaño a mi madre, que está a punto de cometer una imperdonable ofensa contra mí:

—¡Mamáaaaaaaaaaaaaaa!

—Hija, perdona, estoy un poco debilucha...

Mientras funcione, no me preocupo demasiado por mi madre. Mientras no se descuajaringue. Pero sé que últimamente duerme poco. Estoy pensando en hablar con mi padre para decirle que deje de una vez la tontería del acceso para mayores de veinticinco años. Que, como diría mi abuela Rosaura, «lo primero es la salú». Y yo y él. Mi padre tendrá que entenderme. Veo caminar a Sonia Griñán. Primero un paso y luego otro. Entra en el baño. Oigo el ruido de la cisterna. Ahora volverá a entrar en la cocina y se preparará un bebedizo. Tomará una aspirina o un optalidón. Se quejará o estará de mal humor mientras quita las hebras de unas judías verdes. Mañana estará recuperada. Busco otras explicaciones. Seguro que le ha dado un cólico por comer chocolate o quizá es que ayer tomó demasiadas cañas, copas, vasos de vino blanco.

Mis padres los fines de semana beben. Se divierten. Lo pasan bien y algunas veces se ponen pesaditos. Si no estoy con Angélica, me aburro los sábados en los bares. Y se lo recrimino a mi madre como si me estuviera despellejando viva. Fuerzo la aparición de unos lagrimones que no acaban de salir. Le recuerdo a mi mami que, pese a estar a punto de romper la burbuja de la crisálida, aún soy una niña. Cuando me conviene. Si pudiera, me mearía en las bragas. Me lamento en los bares:

–¡Mamáaaaaaaaaaaaaaa!

–¡Catalina! ¡No me metas los perros en danza!

Mi madre suelta a veces unas frases que tiembla el basto. Me divierto imaginándomelas de manera literal. Los perros. El basto. La miel sobre las hojuelas. La picha del Papa. Dice mi madre: «Eres más vago que la picha del Papa.» Mi padre ríe.

Siempre que me quejo, mi madre me susurra que aguante un poco, que sólo son los sábados.

–¡Tengo hambre!

–Pues será el único día que tengas hambre, hija.

Pero en cuanto digo que tengo hambre, a mi madre se le encoge el corazón. Será la culpa. Será que en el pueblo del que procede lo más importante es que coman los hijos. Y los cerdos. Que se críen como Dios manda. Mi madre es una mezcla de glamour y horno de leña. Mi madre es una pizza de piña. Sé que sólo con pronunciar las palabras mágicas –«Tengo hambre»–, ella se despide de los parroquianos, da un toque en el hombro de mi padre y los tres subimos a casa. Mi madre pone la mesa. Yo no me como la japuta en tomate. Enciendo la televisión. Mi madre levanta la mano como si quisiera cruzarme la cara, pero nunca me llega a pegar. Después, chupa la espina de pescado, se ensucia el nacimiento de las uñas con la salsa de tomate, recuerda que en el fondo ella es también una mujer racional y que es muy tarde para subir a comer. La enfermera Sonia tiene mala conciencia, piensa en mis costillitas y me dice:

—No me dejas vivir.

Tiene un poco de razón porque durante toda la semana mi madre es como una institutriz que lleva a rajatabla las horas de sueño, los deberes, los recordatorios de las vacunas, la alimentación. Sólo los sábados no insiste en que me coma la japuta. Los boquerones. Las acelgas. Los sábados, a la hora de la siesta, me quedo viendo la tele mientras mis padres se meten en su dormitorio. En esas circunstancias no les preocupa que ponga casi al máximo el volumen. Me quedo sola y sé perfectamente lo que esos dos están haciendo. Por mi imaginación pasan filminas de leones que devoran cervatillos, perros que se enganchan a las perras y cópulas de mantis religiosas. Me siento un poco abandonada y, al mismo tiempo, muy libre. Empiezo a comprender la soledad: es una bola de vacío en el estómago y una búsqueda. Un espacio de investigación. El momento culminante para pegar los mocos debajo de las sillas y cotillear por los cajones prohibidos de la casa. Disfrutar de las masturbaciones que aún no se llaman así, pero que no dejan de serlo. Densas y punzantes. Y más tremebundas que *Saturno comiéndose a su hijo*. Dan sed.

Perros, mantis, leones, conejos... Todo me resulta bastante asquerosito y a veces deseo que me metan interna. Vivo en la época del prestigio de los internados, que son los lugares donde las mujeres crecen, se hacen decentes y listas, se divierten mucho y viven espectaculares aventuras de las que salen sin un rasguño. Las internas a veces se sienten olvidadas por sus padres, quienes, al final, siempre encuentran buenas razones para justificar el no haber ido a recogerlas para pasar juntos las navidades o las vacaciones de verano. Angélica y yo leemos las historias de las mellizas O'Sullivan y los cómics policíacos de *Cristina y sus amigas:* Patricia, Lidia, Judith y la más pequeña, que se llama Ángela, casi como Angélica Bagur, a quien le encanta reconocerse en «la peque» del internado. Se parecen tanto como el huevo y la castaña. La Ángela del cómic se recoge el pelo en una gruesa trenza oscura. Lidia es pecosa. Cristina es muy sensata. Judith posee una gran intuición detectivesca. Mi preferida es Patricia, alta, rubia, bella, la hija del papá más rico: aunque todas se visten con el uniforme escolar, sólo es posible imaginarse a Patricia con un traje de noche el día de su puesta de largo... Siento toda la nostalgia de los internados que no he vivido. La independencia. El peligro. El escamoteo de una autoridad que no son los padres. La posibilidad de vivir una historia pornográfica a la que tampoco sabemos ponerle ese nombre. O quizá sí.

El año pasado me empeñé en ir al cine de verano para ver otra historia de adolescentes internas en colegios ingleses. Mi padre no me dejó. Tampoco me deja apuntarme a ballet y yo contemplo casi con odio a esas niñas bailarinas con su moño tirante de mujer madura, taconcitos de baile español, niñas pintadas como monas para salir al escenario y moverse sin ingenuidad. La película se titulaba *Las adolescentes* y la protagonizaban Victoria Vera y Koo Stark, una novia del Príncipe Andrés, y, según mi madre, «otra que tiene cara de pan». He oído a mi padre decir que la película «es un relato moralista sobre la posibilidad de la depravación». Suena bien: *depravación, depravación, depravación.* No conozco la palabra, pero a la niña que tiene presa a la adulta que hoy soy no le importaría que la fotografiasen desnuda sin que ella se percatara. Es un sueño. El nuevo cuento de la bella del bosque: no importa si se casa o no se casa con el príncipe; lo estimulante es que droguen a Aurora y que puedan abusar de ella mientras duerme sin que la chica tenga la culpa de nada, sin que sea una puta o una instigadora. Lo importante es que ella –Koo o Aurora, la adolescente o la mujer– sea tan deseable como para que los hombres más hermosos, los más bajos, pobres y ricos, de cualquier raza y religión, los glotones y los asténicos, los viles y los mejores, deseen abusar de ella mientras duerme...

De pronto, me doy cuenta de que ayer no me llevaron de bares. De que la causa de la debilidad de la enfermera Sonia y de su color amarillo no es la bilis que le sube a la garganta. Empiezo a ponerme un poquito nerviosa y, de reojo, la escruto. Parece ida. Cuando mi madre duerme o se pone mala, hay que ver la televisión con el volumen muy bajo, comer lo que prepara mi padre, no proponer a Angélica que se venga a jugar conmigo. La casa parece deshabitada. No funciona sin la presencia de mi madre. No me gusta que se meta en la cama. Cuando una vaca enferma se tumba, acaba muriendo. Rezo aunque no creo en Dios. Por superstición. Rezo tal vez porque confío en los conjuros y creo en el fantasma de mi abuela Rosaura que vigila a través de los ojos que hay en las paredes de la leonera. «Por favor, por favor, que mi madre no se meta en la cama.» Rezo quizá porque es domingo. O por llevarle la contraria hasta al rosario de la aurora. Que mi madre se meta en la cama me desestabiliza. Porque mi madre es la cólera, pero también la luz. Recuerdo los libros de historia sagrada, Jonás y la ballena, Abraham a punto de degollar a su hijo como si fuese un cordero –me salto siempre esa página porque la ilustración me asusta–, el juicio salomónico... Recuerdo la historia sagrada y concluyo que mi madre es Dios.

Dios no yace. Nunca. Jamás.

Sin embargo, hoy el malestar de mi madre me conviene. Sin que yo los haya llamado, aparecen en casa los Bagur: Angélica, Luis y la socióloga que pone lavadoras. Toda la familia huele a suavizante cuando abro la puerta. Y emanan una luz de santos. Los rodea un pan de oro. Portan halo. Anoche cené poco. Mi madre no tenía fuerzas para obligarme a comer. Ni hoy tiene fuerzas para decirme «Catalina está chaladita». O quizá soy yo quien tiene fiebre y no mi madre amarilla que bebe agua caliente en el sofá del salón. Papá le coge la mano. Calla. La socióloga se pone cariñosa conmigo, aunque sé que me tiene bastante manía:

—Hola, Catalina, ¿cómo está tu mamá?

«Mi mamá.» La socióloga nos trata a su hija y a mí como si aún nos comiéramos las costras. Como si nos chupásemos el pelo y pintáramos de fucsia los vestidos de todas las princesas de nuestros dibujos. Aunque Angélica todavía se cae de vez en cuando, yo ya nunca me raspo las rodillas contra la tierra o el hormigón del patio del colegio. La socióloga entra en mi casa como una exhalación. Me besa de lado, me aparta, se dirige hacia el salón donde mi madre, sumergida en un sofá, toma su bebedizo. Mi padre está callado por no molestar. Tal vez es que ha hecho algo muy malo y prefiere quedarse quieto. Pasar por invisible. La socióloga le toca la frente a mi madre. Le agarra la cabeza y la obliga a descansar contra su hombro. Mi madre se comporta con docilidad. Se le humedecen los ojos. Casi no puedo reconocer a mi madre. Estoy ensimismada contemplando ese momento, cojo impulso para interrumpirlo, para que la socióloga le quite a mi madre las manos de encima, para reivindicar mis posesiones, cuando mi padre me sorprende por la espalda:

—Catalina, vístete. Luis os va a llevar al centro y a comer algo por ahí.

De pronto, me parece que mi madre está mucho mejor. Omito los detalles que he procesado y que aún no sé dónde colocar. Hoy es fiesta. Incluso Angélica nota extrañas vibraciones y, con su voz de Gloria Adriano, me susurra al oído:

—Querida, no entiendo nada.

—A veces no hay nada que entender, querida.

Yo, más sensible al misterio y a lo excepcional que Gloria Adriano, percibo intensamente las extrañas vibraciones. Pero hoy prefiero creerme las cosas que he oído por ahí: a veces hay que lanzarse a la aventura, aprovechar la oportunidad, apartar de la mente cualquier preocupación.

Somos jóvenes y bellas. La vida nos sonríe. Nos sentimos bien.

Gloria Adriano y yo vamos prendidas de cada uno de los brazos de Luis Bagur. Si Isidro, el portero, nos hubiese visto atravesar el portal camino de la calle, se habría quedado sin respiración. El portero del jersey gris de pico y el corbatín granate habría maquinado un plan para conseguir encadenarnos a las tuberías del cuarto de la caldera. Allí, en el subsuelo del edificio, podría observarnos sin interrupciones, deleitarse en la perfección de nuestras curvas y profanar nuestros cuerpos con las mismas huellas dactilares que se imprimen en las cartas que nos mete en el buzón. Isidro nos susurraría a Gloria Adriano y a mí: «Es mejor que permanezcáis calladitas, nenas.» Después yo me escapo, porque soy hábil y tengo la sangre muy fría cuando conviene, y consigo rescatar a Gloria justo en el momento en que ella está a punto de exhalar un último suspiro y me mira, con esperanza, al darse cuenta de que he aflojado la cuerda que me ataba o he metido una horquilla en la cerradura de las esposas maniobrando con los dientes. Dejo a la dulce Gloria Adriano con la cabeza colgante contra el hueco del hombro. El rostro tiznado. El rímel corrido. Los pies descalzos. Después vuelvo a rescatarla guiando a la policía montada del Canadá o al teniente Starsky. «¡Gloria, Gloria, querida, ¿te encuentras bien?, ¿de veras estás bien?!» «De veras» es una expresión que

95

nos otorga un caché lingüístico cosmopolita. Igual que los estribillos seseantes de las canciones. Como siempre, Gloria Adriano sobresale en su papel de mujer torturada que está a punto de morir, pero nadie puede negar que mi interpretación es, como poco, enérgica. La policía montada del Canadá me ofrece un puesto de honor. Yo lo rechazo porque estoy demasiado guapa con la casaca roja.

Isidro alimenta nuestras fantasías. Deseamos que sea nuestro lobo feroz o nuestro hombre del saco. Aunque huela a cirio y sepamos de la buena tinta de mi padre y de la credibilidad intelectual de Luis Bagur que todos los porteros de España son guardias civiles retirados. Y eso, por el tono con que lo dicen en mi casa, es lo peor que se puede ser en la vida. Peor que cura o que ministro de la ucedé. Además de Isidro, otros hombres de nuestra misma manzana nos resultan interesantes: el universitario del séptimo A, el repartidor del supermercado y el aprendiz del taller de la esquina con su mono azul y sus lámparas de grasa. No hay mucho donde elegir. Quizá alguno de nuestros primos. Hemos oído muchas veces que el amor no sabe de clases sociales y vence todos los obstáculos. Aun así, nuestra cabaña de hombres es muy reducida. Porque aún no podemos llamar hombres a los chavales del colegio, que son bajitos y tienen flequillo y voz de niños cantores de Viena. Gloria Adriano y yo jugaremos con todos los hombres de nuestra vida como el gato juega con el ratón: los atraeremos y los enamoraremos sólo por el placer de despreciarlos más tarde. Hasta encontrar al verdadero. Gloria Adriano y yo nos hemos jurado muchas veces no discutir por ningún hombre, así que yo le cedo al universitario, al repartidor y al aprendiz. Se los dejo a Gloria Adriano porque mi mira telescópica sólo apunta hacia uno de esos hombres que no pueden causarme más que problemas.

—Chicas, estáis guapísimas. Deslumbrantes.

En mi caso es verdad. En el caso de Angélica no creo que las coletitas que su madre le ha cogido a la altura de las sienes resulten muy favorecedoras. Yo llevo raya al lado. Un mechón me cubre ligeramente el ojo derecho y me he dado brillo en los labios. Vaselina mentolada Cuvé. Si alguien se acercara a mi boca, olería a prado verde. Nunca jamás en mi vida volverá a olerme tan bien el aliento. Pero hoy, como es domingo, ni el repartidor ni el portero ni el aprendiz por cuya puerta solemos pasar sacando pecho y mordiéndonos los carrillos para afilar los pómulos, por cuya puerta pasamos con nuestras prendas más femeninas y nuestra indiferencia más estudiada, hoy ninguno de ellos tiene la oportunidad de silbar de admiración. Siempre esperamos a que el chico del taller nos silbe, entonces se nos acelera el pulso, nos sofocamos y a veces, olvidándonos de nuestro empaque, nos entra la risa floja o echamos a correr. Pero hoy hasta el chico del taller interrumpiría su propio silbido, obligado a abrir la boca ante la visión de una Gloria Adriano un poco aniñada y no en su mejor día y, sobre todo, de una Daniela Astor despampanante que se cuelga del brazo de este galán elegantísimo a quien le asoma la cazoleta de la pipa por el bolsillo de la camisa. Como si fuera inglés. Yo, con este hombre de plateadas sienes pero aún joven, esbelto y encantador, *chic,* me veo dentro de una escena en la que él fuma con un perro a los pies y yo, sentada justo enfrente, hago labor de ganchillo. Los dos estamos junto a la chimenea y yo soy esa mujer que entiende sus silencios, sus aficiones y sus debilidades. Mi cabeza, tocada con un sofisticado moño, se lo perdona todo –incluso la militancia–, aunque también sabe ponerle los puntos sobre las íes cuando conviene. Del *office* nos llega un agradable aroma a cordero y a pastillas de caldo de ave.

Luis Bagur nos lleva a un lugar que yo no conozco, pese a que mi familia está en pleno apogeo de la cultura y la academia:

–Nos vamos a la cuesta de Moyano.

Entre las casetas de la cuesta de Moyano, Angélica y yo fingimos volver a la infancia. Buscamos los tebeos que nos gustan:

los *Lilis* semanales y los especiales con sus tests y sus historietas de amor, los números perdidos de *Esther y su mundo,* de *Candy modelo en apuros,* de *La familia feliz,* de *Caty, la chica gato...* Me encantan los tebeos. Pero algo me aparta de ellos cuando, sin saber por qué, noto que el padre de Angélica me mira la nuca y la parte trasera del lóbulo de las orejas de la que sobresale la tuerquecita de mis pendientes de plata. Me recompongo. Dejo desdeñosamente los tebeos en sus cajones y me aproximo a Luis Bagur, que por fin ha descubierto a Daniela Astor en la curva de mi cuello. Y me mira. Me roza. No sabe que soy yo quien se lo va a comer.

—¿No sois ya un poco mayores para andar con tebeos?

Naturalmente que sí. Somos ya muy mayores para casi todo. Y estoy a punto de añadir: «Aunque tú no lo sepas, tonto.» Le preguntaría a Luis Bagur qué me recomienda, pero no pienso cometer ese error. Luis Bagur se empeña en ser Pigmalión. Pigmalián. Pigmalín. Todos los hombres son *pigmalines* de bellas mujeres con la cabeza hueca. No me imagino a la socióloga siguiendo fielmente los consejos de su mentor. Pigmalión. No me olvido de ese nombre. Porque yo no soy un violín y no me dejaré afinar. Nadie me adiestrará para suprimir esa zona instintiva de las hembras que saben complacer y al mismo tiempo ser duras. Yo no quiero perder ese lado de pantera que seduce al domador. Porque, al final, se trata de seducción, de pasión, de deseo. Y en el amor y en la guerra todo vale: lo he leído muchas veces en las confesiones privadas de esas actrices que, en la misma entrevista, desvelan a las lectoras sus recetas de cocina y sus secretos de belleza: «Lo más importante es dormir ocho horas. Como poco.»

Yo, a los doce años, no duermo bien. Aún no me importa porque creo que las ojeras le dan a mi mirada un mórbido toque violáceo que es el que exhibo mientras me acerco lentamente hacia Luis Bagur, poniendo un pie delante del otro con precisión felina, como si anduviera sobre un alambre o con unos tacones altísimos. Me muevo acompasadamente. Mi mano reposa sobre la cadera. Me acerco a él, que me sigue contemplando como si tratara de descifrar un enigma. Yo seré la víscera de este hombre, la que le enseñará a oír la frecuencia de sonido que, para su tímpano atontado, resulta indetectable. El animal. La que le canta las verdades del arriero aunque, después, frente al fuego del hogar, le ame más que nadie y se lo consienta todo. No me dejaré convencer aparentemente, reivindicaré mi espacio de sabiduría supersticiosa, aunque sepa que es él quien guarda la llave del conocimiento y el significado del libro. Me rebelaré dentro de cinco minutos contra la sugerencia de que lea a Verne, a Stevenson o las biografías de Stephan Zweig. Luego, de noche, lo leeré todo a oscuras, a escondidas, mientras me recreo en la manera de mirarme de Luis Bagur, que me descubre dentro de mi cuerpo y me interroga con una cara que no sé si es de risa o de auténtico pavor. Me recreo en el modo de pronunciar todas y cada una de sus sílabas:

–¿No sois un poco mayores para andar con tebeos?

Mantengo el suspense y le sostengo la mirada a Luis Bagur, que, un poco intimidado, baja la cabeza y me observa por encima de sus gafas de sol. Es posible que Gloria Adriano se llegue a casar con un director de cine que la domesticará y le dará a leer autoras feministas como quien lanza morralla al delfín del acuario. De premio, te lanzo, dibujando una parábola perfecta, un trocito de autora feminista. Mi padre lo hace con mi madre y ella da palmas palmitas. Mi padre marca el camino. Guía los pasos de los pies grandotes de Sonia Griñán, aunque ella le enseñe los dientes obligándole a recordar que no está vacunada contra la rabia. A veces es la socióloga quien le presta a mi madre un libro de *simondebubuar* que Sonia recibe con gesto casi solemne. Es posible que Gloria Adriano sea amaestrada y pase por el aro de fuego mientras se pone muy fea, le aumentan las dioptrías y deja de teñirse para taparse unas canas prematuras que la envejecen mucho. La mujer que seré me sopla todo esto al oído —todo lo que sé aunque aún no sé que lo sé— mientras sigo sin darle a Luis Bagur ninguna contestación:

—¿No sois un poco mayores para andar con tebeos?

Es verdad. Nosotras preferimos el relato de la muerte de Sandra Mozarowsky.

No respondo a Luis, pero lo observo con muchísimo misterio. Bajo y subo los párpados con una asombrosa lentitud. Siento cómo me acarician la piel mis propias pestañas. Me balanceo ligeramente hacia delante. Me meto el dedo índice en la boca y, cuando ya lo tengo dentro, lo giro cuarenta y cinco grados entre los labios. Lo apoyo entre los dientes. Bagur me escruta inclinando la cabeza. Como si quisiera ver qué llevo por debajo de la falda. Noto su curiosidad. Se lleva a los labios la boquilla de su pipa. Me siento completamente magnética. Doy calambre.

Entonces, como un rinoceronte, Angélica rompe los hilos que nos iban uniendo, aproximando, a Luis y a mí. La irrupción de Angélica provoca que mi encanto adulto, la Daniela Astor que ya estaba sacando la punta de su lengua entre la comisura de mis labios llenos de vaselina mentolada Cuvé, se esconda repentinamente como un cangrejo entre las rocas. Angélica se planta entre los dos y parece que del cielo hubiese caído un saco de patatas.

—¿Qué hacéis?

Ploff. Chung. Plas. Squashhh. Flop. Crash. Ruidos de tebeo. Angélica detiene el proceso de mi metamorfosis y tengo que absorber de golpe todos los líquidos que iban configurando mis membranas nuevas. Angélica, al lado de su padre, nunca puede ser Gloria Adriano, porque se atonta y se achica y se extiende a lo ancho, más rolliza y mollar. Pero esta vez Angélica no es inocente. Huele un peligro que aún le resulta confuso. Angélica adora a la socióloga y se hace notar en el epicentro de un instante mágico del que estaba excluida. Se pone melosa y pedigüeña:

—Papá, ¿me compras una bolsa de patatas? O de pipas...

Las dos eternas opciones de Angélica. Pero Luis Bagur apunta hacia mí con su mirada y Angélica, que me había pasado por alto a propósito, también me mira un segundo. No soy yo la que sobra y Angélica se ve obligada a incluirme en sus peticiones:

—Bueno, a las dos.

Mi amiga quiere romper el hechizo. Los cristales de la cajita de música donde Luis y yo nos ocultábamos al margen de todo. Angélica, que tiene una naturaleza generosa y poco susceptible, ha sentido el pincho de la envidia. Luis me pasa la mano por el pelo:

—No, Angélica, Inés me ha dicho que no te deje comer entre horas.

La socióloga está en todo. Es una metijona. Y Angélica está gorda. Asquerosamente gorda. Y protegiéndola de los alimentos, los fritos, las mermeladas, el merengue, las bolsas de pipas y de caramelos, su mamá la está insultando delante de mí por boca de Luis Bagur. Qué raro está Luis hablando con las palabras de la socióloga. Pero me gusta cuando zanja el asunto como si él fuera una madre:

—Tengamos la fiesta en paz.

Angélica no insiste, aunque ya no nos deja solos. Se sienta sobre la rodilla derecha de Luis Bagur y me aparta dándome un codazo. No es muy sutil. Me descompone un poco la pose. Sin embargo, estoy segura de que mi gesto debe de seguir siendo cautivador porque Luis recrimina a su hija:

—¿No puedes tener un poco más de cuidado, Angélica? Casi tiras a Cati.

—Huy, Cati, Cata, Cati, Cata...

Angélica se dirige a mí con un retintín desconocido. Luis hace una broma:

—Tica taca tica taca... Suenas a tiempo y a reloj, Catalina.

No nos reímos. Angélica interpone su cuerpo rechoncho

entre su padre y yo, pero él, harto de sostener el peso de Angelota sobre sus rodillas, se levanta y se acerca a una de las casetas. Coge un libro de *Los cinco*. Nos lo pone delante.

—¿No os gusta Enid Blyton?

Ya he dicho que a Angélica y a mí nos encantan Pat e Isabel O'Sullivan que duermen en pequeñas camitas paralelas en el internado de Santa Clara. También nos gusta la tele y las revistas del corazón. La pobre niña gordita, que yo defendería hasta la muerte de las agresiones de otros, es la misma gorda repugnante que ahora me molesta más que una mosca empeñada en meterse dentro de mi boca. Angélica miente:

—Ya los hemos leído todos.

—Angelita, no me mientas.

Luis Bagur ignora que su hija sí sabe mentir. Yo, por mi parte, he decidido que puedo impresionarlo aún un poco más. Me aparto el mechón del ojo y apoyo el mentón sobre mi puño derecho. Me hago la interesante:

—Mira, Luis, es que yo en este momento me dedico más a escribir que a leer...

Luis Bagur ríe. Tiene los dientes ennegrecidos de morder su pipa. Aun así es un hombre guapo. Y su risa es contagiosa. Aunque me ofende su falta de curiosidad por mis aptitudes literarias. Tampoco he previsto que por la boca muere el pez y que la envidia multiplica por mil la inteligencia de Angelota. O quizá es que ella siempre ha sido más lista que el hambre. No es lo mismo ser tonto que evitar las confrontaciones. De pronto veo con absoluta claridad que Angélica ha sabido fingir hasta sus despistes y su carácter bonachón. Que es muchas más personas además de Gloria Adriano y la víctima encadenada a las tuberías, a la gruta o al cabecero de la cama. Esa idea me hace sentirme orgullosa de mi amiga Angélica y de mí misma, pero a la vez me coloca en una nueva situación de debilidad que no acaba de gustarme y que se acentúa cuando escucho las palabras de Angélica Bagur:

–Es verdad. A Cati le gusta mucho más escribir. Ella tiene un cuaderno...

Angélica va a dejarnos desnudas delante de su padre. Yo aún no estoy preparada. He de comer mucha más miga de pan o taparle a Luis los ojos con una venda de seda mientras hago que sus manos recorran sólo los puntos más confusos de mi cuerpo en transformación. El hombre nos mira esperando explicaciones. Angélica Bagur se da perfecta cuenta de lo que está haciendo. No se comporta con ingenuidad. Ha hecho una pausa dramática. Tal vez sólo actúa así, de una manera suicida, para salvar lo suyo. Papá, mamá, la nena. Angélica y yo no discutimos nunca, pero cuando lo hacemos, el dolor que podemos infligirnos es letal. Angélica repite su idea como si fuese la cancioncita de un juego infantil:

–Cati tiene un cuaderno, Cati tiene un cuaderno...

Bajo la cabeza. Pienso en las ventajas que me puede acarrear, a los ojos de Luis, el impudor de su hija. Pienso que por muy inteligente que sea mi amiga siempre será más tonta que yo, que saldrá ganando mi precocidad frente a su imprudencia al descubrir un secreto que deteriorará su imagen. Y no creo que Angélica se pueda permitir un mayor deterioro. Porque Luis la mira con lástima, repelús, conmiseración y me prefiere a mí cuando soy una niña repipi y también cuando Daniela Astor quiere romper mi cáscara y echar a volar. Y él lo nota. Me espera. Levanto la barbilla dispuesta a enfrentar lo que tenga que enfrentar, respiro hondo, cuando, providencialmente, Luis es asaltado por un conocido que lo aparta unos metros de nosotras. Entonces, Angelota ruge:

–No toques a mi padre.

Nunca pensé que Angélica Bagur pudiera ser tan perspicaz:

–Ca-ta-li-na.

Angélica pone mucho énfasis en cada una de las sílabas que componen mi nombre. Nunca creí que Angélica Bagur pudiera ser tan protectora. Su voz es como un finísimo escape de gas butano. Silba las eses:

–Como sigas así con mi padre, les cuento a todos lo del cuaderno. Lo de las centauras y las monstruas. Todo.

Angelota marca una nueva pausa dramática. Da el tipo del auténtico matón:

–Cati, Cata, tica, taca...

Angélica me da miedo cuando no me llama Daniela, cuando se muestra ocurrente porque está herida:

–La niña reloj.

Angélica me ataca y me resulta tan raro que no sé cómo esquivar sus golpes. Me duelen. Me agotan. Me bajan de la nube. Me clavan a la tierra y me devuelven la imagen amarilla de mi madre que yo había borrado premeditadamente.

Luis da por terminada la conversación con su conocido, y su hija y yo lo recibimos con una sonrisa que nos rejuvenece diez años. Hago un esfuerzo por infantilizarme. Por escatimar a los ojos de Luis Bagur el cuerpo que está dentro de mi cuerpo. La fuerza de mis imanes y la visión de lo que muy pronto seré. Cuando vuelve con nosotras, Luis Bagur ha olvidado ya lo que Angelita le estaba diciendo. No suele interesarle mucho lo que le cuenta su hija que es más tonta que un cubo bocabajo. Se retuerce las puntas del bigote medio rubio:

–¿Conocéis la fuente de El ángel caído?

Nos encaminamos hacia la estatua de El ángel caído. Angélica se coge de la mano de su padre. Siento una soledad total. Noto el bolón del vacío en la boca del estómago, en el punto del que mana la respiración, y me aparto del hombre. Me recoloco las medias alrededor de las pantorrillas para evitar ser provocadora: el tejido enroscado en el tobillo, una media arriba y otra más abajo, el descuido aparente, el encanto irresistible de las asimetrías. No soy como una gata en celo. No rezumo. No estoy desesperada. Sé esperar y aguantarme. En las revistas dicen que eso es lo mejor. Esperar. Aguantarse. Me agarro del brazo de Angélica como si fuésemos dos mujeres mayores que atesoran muchos temas sobre los que cuchichear. Ella se suelta de su padre y me susurra al oído «niña reloj, niña reloj, niña reloj». Es pueril y yo no le saco los ojos porque Daniela Astor es una señora que me contiene la mano. Angélica me amenaza susurrándome cerca de la oreja:

–No lo toques.

Cuando se separa de mí, los ojos de mi amiga son límpidos. Transparentes.

Fingimos que la estatua de El ángel caído nos da miedo. En realidad no disimulamos del todo, porque ese ángel oscuro, que es el demonio, nos produce aprensión. Mantenemos cruzados los dedos. No lo queremos ver. Hacemos aspavientos para salvarnos de nuestro nerviosismo. Angélica esconde la cara en mi tripa como si quisiera protegerse de una visión espantosa. Me rasca suavemente la palma de la mano:

–Por favor, por favor.

Mi amiga vuelve a su dulzura. Quizá es que se cansa pronto de la violencia. Me relajo. A mí también se me cae la poca coraza que conservo. Me agota pelear, ganar o perder con Angélica Bagur. Ahora te necesito con todo mi corazón, ahora no te soporto. Tengo las defensas tan bajas que estoy a punto de ponerme enferma y me dejo vencer por el agobio de lo que no quiero recordar. Me tiemblan las rodillas. Me apoyo en la sólida Angelota. Parecemos un animal cojitranco de dos cabezas y ocho patas.

A Luis Bagur le gusta que su hija comparta secretos con alguien como yo. Nos hace una pregunta de esas que no tienen respuesta:

–¿Secretitos?

Me río como se reiría una frívola. Eso es lo que Daniela Astor me dice que haga. Con despreocupación. Pero, sin querer, vuelvo a acordarme de mi madre y estoy a punto de ponerme a llorar.

Hay un tiempo en que las cosas cambian a una velocidad supersónica. Los afectos. Los rencores. Las afinidades. Una sensación. La culpa. Los chicos que te piden salir. Lo más importante se transforma en banal y las banalidades pasan a ocupar el hueco del frasco de las esencias. Luego, nos reímos de lo que nos preocupaba y tal vez nos lamentamos por todo lo que no llegó a preocuparnos lo suficiente. Angélica responde a Luis Bagur:

—Ay, papá, son cosas nuestras.

Muy pronto el cuaderno de las monstruas y centauras será lo de menos. Luis Bagur no nota que me asfixio y que las lágrimas me humedecen los ojos. Mi madre amarilla y el ángel caído. Mi madre caída. Ángel amarillo. Lorelei. Dragona. A veces no es bueno jugar con las palabras. Angélica se percata de mi angustia, no porque sea muy sutil, sino porque me conoce y porque yo aún no domino el arte de fingir un sofoco cuando estoy helada y un escalofrío cuando tengo calor. Angélica me perdona en un segundo. Me pasa el brazo por encima. Me acurruca dentro de su cuerpo y me obliga a caminar por uno de los rectos senderitos del parque.

Luis Bagur nos contempla. Enternecido.

A la hora de comer, ya no me cabe duda de que Luis Bagur es un inmoral. También sé que, por esa razón, me gusta: puedo hacerle volver al redil. O al corral. La palabra que no me llega a la punta de la lengua a los doce años, pero que ahora conozco muy bien, es otra de esas palabras que terminan en *-ón* y que, con el tiempo, no se me caen de la boca: *seducción, pasión, persuasión, perdición, fascinación, depravación, violación, corrupción, ciencia ficción, redención...* Esta última era la palabra que yo andaba buscando para combinar con la atracción por lo prohibido y explicar así mi interés por el padre de mi amiga. Bajo la aparente inmoralidad de Luis, ha de latir un corazón de oro que alguien tendrá que sacar a la luz, echarle un poquito de vaho, abrillantarlo. Yo tengo una espada de fuego para abrirle el pecho a Luis Bagur, que no es culpable de su indecencia porque es un hombre sensible que aún no ha encontrado lo que busca. No hay más que ver a la socióloga y a su hija Angelota que engulle un desmesurado filete con patatas. El hambre la ha hecho olvidarse de todo. Incluso de mí. El padre contempla a su criatura tratando de esconder su gesto asqueado:

—Angélica, mastica.

Las mujeres de la cafetería donde estamos comiendo se insinúan a Luis Bagur. Camareras, comedoras de sándwiches mixtos, chicas monas que pasaban por allí. Algunas lo conocen de otro día en el mismo lugar; otras coincidieron con él en algún local de moda. Una mujer con las uñas pintadas de granate roza la mano del padre de Angélica con su dedo índice. Angelota levanta los ojos del filete y la mira: ella podría ser su próximo bocado. Cuando se marcha, Luis nos explica:

—Es una escritora con mucho futuro.

Angélica vuelve a mirar a su papá con ojos límpidos. No queda en ellos ni una brizna de voracidad. Pienso que Angélica no es un perro salchicha, sino un pastor alemán adiestrado para cuidar una nave. Fiel. Mordedor. Poco ladrador. La editorial de Luis Bagur no queda muy lejos de aquí. Las mujeres desfilan delante de él, que se muestra cortés y un punto indiferente. «Cuánto tiempo», «Qué alegría», «Estás muy guapa», «Recuerdos a tu hermana Celia»... Angélica hace como que no se entera de los guiños y los besitos que le dan a su padre muy cerca de la boca. Ni ella es tan inocente ni yo tan retorcida. Las mujeres buscan la lengua de Luis a través de los carrillos. Me recorre la raspa de los celos mientras repaso con la vista mi plato de ensalada de atún. Como lleva aceitunas, no me gusta. Vacío la tripa de mi panecillo y engullo, con los ojos cerrados, la miga de pan. Me encanta comprobar que, pese al continuo acoso de las mujeres más extravagantes, Luis está pendiente de mí:

—Cati, ¿no comes?

Angélica levanta la cabeza del plato. Luis Bagur se limpia los labios con la servilleta y bebe un sorbo de vino. Conoce bien el orden en que deben hacerse las cosas. Le sale de manera natural. No se parece en nada a mi madre amarilla. El padre de Angélica espera que responda a su pregunta quizá porque ya está cansado de no conseguir ninguna respuesta de mí. Yo asiento con la boca llena de masa mientras hago lo posible por no enfadar a mi amiga, escatimándole a su padre el descubrimiento de mis estilizadas piernas y el susurro de la voz casi rota de Daniela Astor. La voz de Daniela Astor se parece mucho a la de otras actrices que él conoce bien. Porque Luis Bagur es un inmoral, un intelectual, un caballero, un vividor, un truhán, un señor, un trofeo. Mis padres comentan en voz baja aventuras amatorias que lo han convertido en alguien muy deseable para mí. Alguien por quien merece la pena luchar y entrar en competición. Porque el amor es una guerra: todo el mundo lo sabe. Por eso mi padre no es objetivamente un hombre atractivo. Aunque no tenga los dientes manchados de la nicotina del tabaco de pipa y su nariz sea más recta y su mandíbula más firme que las de Luis, quien, a ratos, saca a la luz un rostro pachucho y alicaído. Mi padre tiene mejor cara en general. Un aspecto saludable. Todo el mundo dice que es muy bueno. Mi madre quiere contar a la socióloga las supuestas infidelidades de Bagur, pero mi padre refrena la extraña solidaridad de la enfermera Sonia:

—No te metas donde no te llaman.

Mi padre es bueno, discreto y comprensivo. A él podría explicarle lo de mi cuaderno de monstruas y centauras, y así me libraría del poder que Angélica ejerce sobre mí. A mi madre prefiero no contarle nada, porque se pondría a gritar. Cuando las personas no entienden se ponen a gritar. Es posible que mi madre no me grite tanto, pero yo tengo la impresión de que lo hace continuamente. Mi madre amarilla.

Luis Bagur, a mí, nunca me sería infiel. Pero, de momento, le escatimo esos encantos que le volverían loco. Por Angélica, que me cuida cuando lo necesito.

—¿No vais a querer postre?

Angelota se pellizca los michelines y dice que no en un increíble alarde de contención. Yo digo lo que Daniela Astor diría, pero lo hago con mi propia voz atiplada para no herir la susceptibilidad de Angélica Bagur:

—A mí es que no me gusta el dulce. Prefiero lo salado.

Luis dibuja con las cejas un gesto de «qué niña más rara» que no sé si me halaga o me ofende, y se aproxima a la barra para pagar. Angelota se ríe por lo bajo con la boca llena y Luis aprovecha la ocasión para tontear un poco con la chica de la caja registradora, que se pone más colorada que un tomate cuando él le quita una pelusilla del lóbulo de la oreja. Luis Bagur es un hombre olvidadizo que parece no acordarse de nuestro acercamiento en la cuesta de Moyano. Esa posibilidad me pone nerviosa. Me siento instantáneamente infrahumana. Abandonada. Otra vez con el bolón que me aprieta la boca del minúsculo estómago. Yo requiero y merezco atención. Debe de ser muy difícil no sacarle los ojos a Luis Bagur cuando la acumulación de gotas colma el vaso. Me acuerdo de la socióloga de un modo diferente a como suelo hacerlo y, tal vez, pongo mala cara porque Angélica, limpiándose los churretes con una servilleta, se apiada de mí:

—¿Ves, Dani? Te estaba protegiendo de ti misma.

Qué mal quedan en la boca de Angelota las frases de telefilm.

—Dani no. Daniela.

Odio los diminutivos, pero me alegro de que mi amiga haya levantado de nuevo nuestro pequeño mundo. Luis Bagur sigue tonteando con la chica de la caja registradora. A lo mejor quiere que le haga una rebaja porque, mientras comíamos, se ha bebido tres güisquis. Además del vino. Arrastra un poco las erres. La chica de la caja registradora corre su silla para atrás. Está cada vez más pegada a la pared. Recula. De pronto, decido que no voy a cargar con un hombre capaz de repeler a una cajera. No me puedo imaginar, sin una náusea, a Luis Bagur mientras mete su lengua dentro de mi boca. Espeso grumo que se ha desleído sin paciencia en la leche. Me sobreviene una arcada. Pero hago un esfuerzo para que la miga de pan no se me escape del estómago. Esa miga es fundamental para mí. Para mi crecimiento selectivo. Con gran aburrimiento, mi amiga con el dedo índice señala a su padre:

—Papá no te conviene, querida.

Tal vez Angélica se ha vuelto loca, pero ante mí, en este preciso instante, aparece un hombre con los dientes completamente negros:

—Niñas, ¿nos vamos?

Aún no soy consciente de lo mucho y de lo bien que voy a amar a Luis Bagur.

Caja 5
La muerte de Sandra Mozarowsky y otras perlas del cronicón amarillo

(Lectura en off que se oye sobre la dramatización filmada del hipotético asesinato de Sandra Mozarowsky.)

La actriz tangerina Sandra Mozarowsky muere en septiembre de 1977, a los dieciocho años de edad. Cae desde la terraza de su piso y nunca se llega a saber si alguien la empuja. Podemos imaginar a un hombre trajeado, con gafas Ray-Ban y guantes. Un agente secreto. Una sombra que no se deja ver ni quiere compadecerse de esa chica de rostro redondo y ojos de leoparda. No quiere mirarla a la cara. La sombra sólo atisba la larga melena oscura de su víctima, antes de caer, antes de que los dedos no puedan aferrarse a los barrotes. Podemos imaginar eso y un montón de cosas más porque nada se supo a ciencia cierta: alcohol, drogas, un embarazo, depresión, suicidio, pastillas para adelgazar, un mareo tonto...

(Música de *Psicosis* que, por su volumen, debe asustar al espectador. Música que se atenúa y queda como fondo de la voz en off mientras ésta habla sobre distintas imágenes, vertiginosas y psicodélicas, del antes luminoso y del después trágico destino de las actrices que componen este cronicón.)

La muerte de Sandra Mozarowsky es el argumento de una película. El título de un best seller. El punto de arranque de una serie sobre la historia de esa brigada criminal que detecta, enredados en la barandilla, los largos pelos oscuros de Sandra, las capas de sus uñas en los voladizos de la fachada de los apartamentos donde la mujer, casi una adolescente, vive sola. Se abre una caja donde un niño guarda fetiches momificados. Ombliguitos secos. Polvorientos mechones. Dientes de leche. Cintas. Vitolas de puro.

La muerte de Sandra Mozarowsky inaugura la colección de muertes prematuras y destinos rotos que pueblan las páginas de un voluminoso cronicón amarillo: Azucena Hernández, Miss Cataluña, se transforma en una mujer tetrapléjica con las muñecas retrotraídas en una mutación impresionante; Inma de Santis, la muchacha con cara de doña Inés, muere en un accidente automovilístico en Marruecos –a su recuerdo algunos devotos le dedican un blog que eleva a Inma a la categoría de santa intelectual, dotada actriz y directora de cortometrajes–; Nadiuska, leona alanceada de triste pasado centroeuropeo, la pasión por o de Damián Rabal, la exportación de carne, la esquizofrenia, la mendicidad, los manicomios, las monjitas, los programas de caridad televisiva que acuden a salvarla y venden una radionovela de posguerra cutre; Marcia Bell, Gabriela Isabel Jakavicius Januleviciute –¿quién le dijo a esta mujer que se cambiara el nombre?–, malquerida, quizá prostituta de alto standing, Marcia Bell ingiere trescientas setenta y dos pastillas azules después de acordarse de su insigne progenie de rusos blancos, de mirarse al espejo y descubrir, entre el rubio oxigenado, las guedejas negras, el abotargamiento, la ojerita: «Quise que mi suicidio fuera perfecto», dice Gabriela Isabel, pero ya no le queda fuerza ni para esa perfección a lo Thomas de Quincey; Amparo Muñoz, el universo, la adicción a la heroína, las vidas especulares de esas mujeres que son más bellas que las diosas, rostros para esculpir en la superficie del camafeo, Ava Gardner se agarra a su botellita de alcohol y de repente se mueve el tobillo de una estatua griega, sale Ava de entre los rígidos pliegues de la clámide y los hombres, deslumbrados, incrédulos, amedrentados, atesoran los pellejitos de Amparo y de Ava, cuernos de rinoceronte, cabezas de toro, reliquias que han de conservarse dentro del relicario, un dedo del pie, la polvera, los leotardos de punto, el tumor cerebral dentro de un frasquito, otra vez, la muerte...

(Irrupción a todo volumen de la banda sonora de *Marnie la ladrona*. El volumen desciende y la música se queda como fondo de la voz en off que el espectador puede oír sobre la reproducción de los textos reales de El confidente y de Mariesconde.)

Desde los blogs se pide el esclarecimiento de la muerte de Sandra Mozarowsky. Todo el mundo piensa que hay algo turbio. Se leen insinuaciones sobre su posible relación con el rey. Se leen incluso afirmaciones tajantes. Se sospecha que a Sandra Mozarowsky la mataron los servicios secretos. En *Crónicas borbónicas,* un perspicaz bloguero llamado El confidente, el jueves, 6 de abril de 2006 a la 01.32, asegura que en la última entrevista concedida por la actriz a la revista *Semana,* dijo: «Quiero descansar. Replantear mi carrera. Soy contraria al aborto.» Nadie le había preguntado por el aborto. El confidente deduce que la redondez de Sandra era un embarazo que no podía llegar a término. El confidente llama la atención sobre el hecho de que Bárbara Rey temblara el día del funeral de la actriz tangerina. Mariesconde, otro comentarista, el martes 28 de febrero —no vemos el año, pero algo sigue vivo, la leyenda, la verdad que asoma su puntita vegetal entre el estiércol, los cocodrilos en las alcantarillas de Niuyor— responde a El confidente con una populosa y popular lista de amantes del rey de la que saca una conclusión que puede provocar la alarma: «Todas ellas conocen secretos de Estado como las pobres desdichadas de Nadiuska y Mozarowsky.»

Huele a conspiración. A algo que está sucediendo sin que lo podamos ver.

Paso todo el día con Luis y con Angélica. Cuando me dejan en casa, ella me da un beso que aún huele a filete. A grasa animal. Lo peor es que me mira con una lástima que se parece mucho a la que le sale de dentro a Luis Bagur al mirarla a ella. La boca ya no me sabe a vaselina mentolada Cuvé y no sé dónde llevo la raya del pelo. Me siento cansada, quiero acostarme y taparme la cabeza con la colcha. Hoy todo está desajustado y cada desajuste chirría. Resulta desagradable. No ha sido una aventura. No me apetece volver a casa ni tampoco estar rodeada de gente que no conozco. No sé quiénes son Luis ni Angélica Bagur. No sé quién es Angelota ni Angelita. Ni Gloria Adriano. Si me odian o me quieren muchísimo. Si les soy indiferente. No sé lo que me espera cuando entre en el salón. No me siento «terriblemente cansada, Minnie, necesitaría un baño de espuma para aliviarme esta jaqueca espantosa», sino que me siento cansada. A secas. Los brazos penden, desmadejados, a lo largo de mi cuerpo. Soy una niña que tiene muchas ganas de dormir.

–¿Hola?

Digo hola preguntando mientras atravieso el pasillo como si estuviera tapizado de un algodón de azúcar que me impide avanzar. No quiero llegar al salón y descubrir que la socióloga se ha marchado a poner lavadoras, mi madre está en la cama, mi padre espera. Tengo miedo, pero no sé de qué. Me olvido de Angélica y de mi desenamoramiento instantáneo de Luis Bagur. Tengo revuelto el estómago, pero no creo que sea por culpa de las erres arrastradas del papá de Angélica, por las venillas rojas que le tejen redes de pescar sobre los pómulos. Prolongo mi tránsito por el pasillo. Lo alargo. Camino de puntillas. No quiero hacer ruido. Me apoyo con las manos en las paredes que, a mi paso, se estrechan. Me encantaría colarme en mi habitación y que ya fuera mañana por la mañana.

Al atravesar el umbral, lo primero que veo son los enormes ojos oscuros de mi madre amarilla. Está en bata. Está exactamente igual que como la dejé hace ya muchas horas. Me dice que me está esperando para darme un beso. Que está muy cansada y que se quiere acostar. Me llama para que me acerque:

—Cati.

Coloco la cabeza sobre los muslos de mi madre, que me acaricia la piel de detrás de las orejas. Como si fuese un gatito o cualquier otro animal de frágiles huesos.

Mi padre se levanta. Entra en el cuarto de baño. Orina. Se mete en la cama sin darnos las buenas noches. Si han discutido, seguramente yo estaré de acuerdo con mi padre cuando conozca el tema de la discusión. Sin embargo, hoy me quedo aquí acurrucada en el regazo de mi madre amarilla que me dice algo muy raro:

—Tú no te preocupes.

Mi madre, ahora, me habla como si me conociese mucho o tal vez como si no me conociera de nada. Soy una niña con propensión a la úlcera. Me como las uñas. Tengo retortijones cuando me preguntan la lección aunque me la sepa de memoria. Muevo una pierna compulsivamente. Gano todas las carreras: de fondo, velocidad u obstáculos. Soy la primera de la clase. Hablo deprisa. Acabo de hacer los deberes en cinco minutos y los hago bien. Mis profesoras me odian cuando nos encargan una tarea en clase, yo acabo pronto y ellas, en lugar de felicitarme y ponerme como ejemplo, revisan mi libreta con saña buscando errores, marcando faltas que no existen, para que la próxima vez sea más lenta, más cuidadosa. Para que las deje respirar. Cuando mis maestras me odian, me acuerdo de mi madre de los sábados, a la hora de beber cerveza o cubalibre:

—Catalina, no me dejas vivir.

Esa noche aprendo que, aunque hay un calor que no tiene que ver con la razón, no se quiere porque sí. Siempre hay motivos. Mi madre me aparta, me incorpora, me sujeta la cabeza desgreñada entre los dedos:

—Catalina, vete a la cama.

Me levanto para irme a dormir. Mi madre amarilla me da un beso de buenas noches. Aunque está muy cansada, al final no se acuesta. Se queda sola. Sumergida en la butaca del salón. Como si se estuviera bañando en una poza. O en un estanque.

El día siguiente es parecido a todos los demás. Y sin embargo es tan distinto, por debajo, en la zona que no se ve, tan distinto, que da miedo. Mi madre ha mutado hacia una tonalidad marfil. Blanco roto. No protesto a la hora de beberme el tazón de leche. Ni protesto cuando me da la ropa que me debo poner. Me callo no porque barrunte una tormenta, sino por algo que se parece al respeto. Hay que hablar en voz bajita cuando la gente duerme. No se puede gritar en el pasillo del hospital. Son cosas que se van aprendiendo con el paso de los años. Pruritos. Miramientos hacia los demás que a veces dañan a las personas más consideradas. Pero, igual que el campo huele a húmedo después de la lluvia, hoy huelo la extrañeza de todo lo que debió de pasar ayer en mi salón mientras yo me desenamoraba de Luis Bagur y mi cuaderno de monstruas y centauras comenzaba a parecerme intrascendente. Las paredes se han impregnado de frases que aún no logro descifrar.

—Luego te paso a buscar a la consulta.

—Sí.

Esa mañana mis padres no hablan mucho. Nada ese día es ni más frío ni más caliente que cualquier otro después de una discusión. Los temas sobre los que se suele discutir en mi casa son siempre los mismos: el dinero, las rarezas o mezquindades de la familia Hernández o de la Griñán, la atención que deben prestarse los cónyuges. Mi madre se enfada cuando mi padre no ha sabido leerle el pensamiento. Es una tarea complicadísima que ella cree que mi padre ha de dominar porque, si la ama, está obligado a conocerla. Sonia Griñán es radical en sus pasiones y, sin embargo, renuncia a eso que dicen que forma parte del amor: el misterio, la nebulosa, el aura, lo indescifrable... Mi madre en el amor experimenta con la ley de Gay-Lussac que tiene que ver con la presión, la temperatura y la constancia. Cosas de ollas. Ni siquiera hoy pierde el sentido práctico:

—¿Has cogido el bocadillo, Catalina?

—Sí.

Cuando Alfredo Hernández no sabe ponerse en el lugar de Sonia Griñán o anticiparse a sus deseos, cuando no capta la debilidad de mi madre, todo lo que le necesita, todo lo que le quiere, ella sufre y el sufrimiento acaba transformándose en cólera. En una cólera específicamente dirigida contra mi padre. Cuando mis padres hoy se despiden, se respira una inquietante laxitud. No hay encargos. Palabras para no olvidar cosas imprescindibles: la leche, el recibo del gas, unas recetas, cuadernos de dibujo para mis clases.

—Luego te paso a buscar a la consulta de Parra.

—Sí.

Antes pensaba que mi madre era injusta. Ahora sé que es difícil mantener a raya los sentimientos oscuros. El rencor de mi madre forma parte de la masa de la injusticia cósmica, de la superposición de los estratos, del entrecruzamiento de las ramas de los árboles genealógicos, del polvo asqueroso de los libros de historia antigua, media, moderna y contemporánea, de todas las reencarnaciones en el cuerpo de la víctima, del rictus de las abuelas cuyas fotos se conservan en el álbum. Ese rencor florece en el invernadero del útero como podrían florecer los hijos. O las enfermedades. Aunque la mona se vista de seda, ahí está el rencor. Como la hiel que escupe la vesícula biliar. No es un mal rencor. Al proferir un grito a destiempo o al hacer una exigencia imposible de satisfacer, se siente un pinchazo y se oye la gotita de la culpa, la culpa, la culpa, al ritmo de una destructiva convicción respecto a la propia insignificancia, la propia maldad, la ridiculez y la desafinación de las pasiones. Así que, a mi madre, con estos antecedentes todo le está perdonado. A mi padre también. Pero por otros motivos.

Antes pensaba que mi madre era injusta, pero ahora yo también pongo el grito en el cielo por cosas sin importancia. Y he logrado no arrepentirme. Y reír.

—¿Lo llevas todo, Catalina?

—Sí.

Mis padres se despiden en la puerta dándose un beso. Después él me pasa la mano por la nuca. Soy un poni. Un caballito de feria. En el portal, no le digo a Isidro «Buenos días» ni pongo los labios como si lamiese un chupa-chups. No me muerdo por dentro los mofletes para parecerme a las actrices de las películas en blanco y negro. No taconeo más fuerte con mis mocasines para que el aprendiz saque la cabeza del motor que está reparando y me silbe mientras yo lo miro de refilón, alentándolo y despreciándolo a la vez. Muy pronto, el aprendiz de mecánico dejará de ser un mito, el maravilloso hombre anhelante a quien yo no deseo pero deseo que me desee a mí, para convertirse en alguien que envejecerá peor que yo y tendrá menos privilegios. Alguien con quien el tiempo será muy inclemente. Irá marcando el precipicio que nos separa.

Dentro del coche, mi padre y yo no nos hablamos. Cuando me deja en la escuela, me agarro a su cuello un poco más fuerte que de costumbre.

Luego, durante las clases, no me entero de nada y la señorita me llama la atención.

–¿Jugamos a *Los ángeles de Charlie* o a *Azafatas en el aire?*

Angélica pone su mejor sonrisa de Gloria Adriano, aunque yo creo que sabe lo que le voy a contestar:

–Los ángeles y las azafatas en el aire son tres. Nosotras sólo somos dos.

Me sorprende que a Angélica hoy no le preocupe la cuestión de la exactitud. De que todo se haga de la misma manera y en el mismo orden. La copia exacta. Uno de los juegos preferidos de Angélica es calcar dibujos al trasluz del cristal. En el salón, mis padres están hablando con Luis y la socióloga. Han venido los dos juntos y nos han dejado pasar en mi leonera un rato más. Estoy agotada de jugar toda la tarde con Gloria Adriano. Los juegos desgastan mucho si se juegan a fondo. Con convencimiento. También si se juegan sin ganas en un cuarto donde las agujas del reloj permanecen inmóviles. Angélica se muerde una uña mientras yo aguzo el oído, me convierto en perra cazadora, quiero volver en mí y abandonar a Daniela Astor en una gasolinera. Pero Angélica no me deja escuchar bien a través de las rendijas o de estas paredes permeables a las conversaciones. Angélica pone su cara delante de mi cara:

–¿Jugamos, entonces, a *Las adolescentes?*

Agrando la rendija que comunica mi cuarto con el pasillo

que es un altavoz por donde las palabras viajan y se amplifican. Y me cargo de paciencia para contestar a Angelota que interpone su cuerpo delante de todo. Me hace interferencias. Yo estoy exhausta, sigo exhausta, sin ánimo para discutir:

—Son tres. Y no hemos visto la película.

—Querida, ¡a veces te pones tan quisquillosa!

Por las ranuras, los quicios, los rodapiés, capto palabras que salen al alimón de la boca de Luis y de la socióloga: *dinero, Londres, Inés va con ella, lo mejor, no seáis tontos, un préstamo, amigos, cuanto antes, evitar prolongar la angustia, Sonia no quiere este hijo, las niñas, contactos...* Mi amiga me coge la muñeca y finge tomarme el pulso:

—Ay, te noto crispada, ¿quieres que llame a Minnie y te prepare un piscolabis?, ¿un baño de espuma?, ¿un «otalidón»?

No quiero comer. No quiero bañarme. No quiero medicamentos. Me zafo de Angélica en su papel de doctora:

—Estoy harta de jugar.

Angélica no me hace caso. Salta alrededor de mí:

—Hemos visto los tráilers de *Las adolescentes.* Y un montón de fotos. Y hay escenas en las que sólo salen dos adolescentes. No en toda la película están todo el rato las tres adolescentes. A veces sólo salen dos. Dos adolescentes nada más.

Del salón no me llega nada. Ni un susurro. No tengo pistas para imaginar qué puede estar pasando en este preciso instante al otro lado de la pared. Angélica insiste:

—Dos adolescentes. Yo puedo ser Koo y tú Victoria Vera.

Empujo a Angélica. No tengo fuerza en los brazos, pero mi voz suena muy avejentada:

—¿Quieres hacer el favor de callarte, niña?

Digo la palabra *niña* con letras mayúsculas. Angélica toma aire por la nariz y aprieta el morro. *Niña* es lo peor que nos podemos decir la una a la otra. No quiero enfadarme con Angélica. Quiero escuchar y que mi amiga me acompañe en silencio. No puedo consumir mis reservas de energía en discusiones idiotas. Angélica me ha devuelto mi cuaderno de monstruas y centauras. No tiene suficiente estómago para hacerme chantaje. O quizá ya no le cabe ninguna duda de que he perdido el interés por Luis Bagur. A mí ya todo eso me importa muy poco. Le cojo la mano:

—Perdóname, Angélica.

La miro con toda la ternura de la que soy capaz, aunque a los doce años lo que más he ensayado es un levantamiento de cejas que expresa escepticismo. Acaricio las manos de mi amiga mientras intento descifrar los mensajes que se emiten más allá de los muros de esta habitación. Un carraspeo. Alguien se levanta. El sonido de la piedra de un mechero al encenderse. Paseos circulares. Gente que fuma y que tal vez piensa. Gente que no sabe qué hacer con las manos. Angélica me sorprende:

—Me ha dicho mi madre que tenemos que cuidaros...

Como es habitual, no sé si tengo delante de mí a la niña más tonta o a la más lista del mundo. Tiene que ser la más tonta porque a veces no la entiendo. Sin embargo, quizá me estoy perdiendo lo más importante. Las palabras de Angélica son sencillas, pero no consigo encajarlas. Hay un ruido que distorsiona la emoción principal:

—Me ha dicho mi madre que tenemos que cuidaros...

—¿Y por qué?

—Ah, ni idea.

Angélica se lo piensa mejor:

—Porque el mundo es muy cruel.

Vuelvo a tener ganas de llorar, pero la indiferencia de Daniela Astor respecto al problema de mi madre me paraliza. La señorita Astor detecta pelillos enquistados en sus muslos y llega a la conclusión de que no está bien depilada. Daniela Astor empieza a parecerme una auténtica puta. Sin que abra la boca, puedo escucharla mientras me dice: «A mí nunca me hubiera pasado nada de esto.» Porque Daniela Astor es maravillosa. Caga oro. Cuánto me duele dentro la inclemencia de Daniela

Astor. Sin embargo, Gloria Adriano, como ha vivido en Francia, es más sensible. Sabe que el mundo es muy cruel. También la naturaleza. Por boca de Angélica Bagur, la dulce Gloria, que descubrió el mar bajo los adoquines durante el Mayo del 68, expresa su opinión:

—El mundo es muy cruel. Muy cruel, amiga.

Me pregunto qué se dicen Angélica Bagur y la socióloga en sus conversaciones. Pongo en marcha el dispositivo de mi envidia que, junto con mi odio, son los dos alimentos que me ayudan a crecer. Me gustaría espiar a Angélica y a la socióloga por un agujerito igual que ahora procuro hacerlo con mis padres y con los padres de Angélica. De repente, detecto que ha subido el volumen de las voces. Me llevo un dedo a los labios para pedir silencio. Atención. Podemos oír a mi padre:

—Os lo agradecemos. Pero no.

La socióloga y Luis Bagur insisten. Nos llega una corriente continua de palabras que forman montones como apuestas sobre la mesa de juego: *piénsalo, Inés la acompaña, no hay tiempo que perder, el trabajo, un fin de semana corto, Luis se encarga, no es dinero, las niñas...*

—No.

Mi madre está muda. En mi pantalla interna, una interferencia me impide visualizar un avión rumbo a Londres en el que viajan Sonia Griñán e Inés Marco, la socióloga. La segunda se dirige en un perfecto inglés a las azafatas en el aire, interpretadas por Daniela Astor, Gloria Adriano y otra actriz de primerísima fila.

Se abre la puerta que une el salón con el pasillo. Los pasos sobre el parqué tardan mucho en llegar. No sé si lo que ha sucedido es malo o bueno, pero, cuando abre la puerta de mi habitación para recoger a Angélica, Luis Bagur se despide de mí agitando la mano. Tiene las ojeras muy marcadas. A mí ya no me importa que me vea sin arreglar. No tener los labios pringados de vaselina mentolada Cuvé. La socióloga me da las buenas noches como si nada demasiado grave estuviera sucediendo:

–Duerme bien, Cata.

La socióloga se quita las gafas semioscuras que lleva casi siempre y se restriega los ojos. Me quedo petrificada. Sus pupilas son bellísimas. Azules.

Cuando los Bagur ya se han marchado, escucho a mi padre que regaña a mi madre por haberles contado algo tan íntimo a los Bagur. Yo también creo que hay asuntos que deben quedarse muy dentro de casa.

Para acunarme, pienso en los ojos azules de la socióloga. Rememoro sus palabras de despedida: «Duerme bien, Catalina, duerme bien.»

A Daniela Astor no le queda más remedio que subsumirse dentro de mí. A mis cincuenta años, ya ni siquiera la busco y ella comienza a ser una vocecilla que se apaga. Sin embargo, Daniela Astor persiste. Nunca llega a desaparecer del todo. Daniela Astor es el vitíligo y el olor a tabaco. Pequeña luz pegajosa, clandestina, que a veces saca la cabeza. Por ejemplo, cuando tengo un ratito y algo me incita a pintarme las uñas de los pies.

La noche en que escucho fragmentos a través de los tabiques y ato cabos, porque en mi casa se habla a menudo de esas cosas, se me echan encima todos los monstruos. Esa noche echo mucho de menos a Daniela Astor. Le rezo para que me transmita energía. Eléctrica, eólica o nuclear. Dios te salve, Daniela Astor, bendita tú eres entre todas las mujeres y bendito es el fruto. Dios te salve, Daniela Astor. A ti y a todos tus abrigos de chinchilla y a tus garras de astracán. Y a tus pestañas postizas. Y a todos los hombres que te abren la puerta. A los que arrojan su chaquetón al suelo para que no ensucies en un charco tus zapatitos de piel de cocodrilo. Líbranos del mal, Daniela Astor. Amén.

Aquel mal día, que anuncia días incluso peores, Daniela se encoge dentro de mí y me hace un nudo en el cuerpo que consigue marearme. Mi madre está embarazada. Amarilla. Se me

128

calientan los mofletes y las orejas. Cierro los puños. Estoy rabiosa. No logro ordenar correctamente las frases. Y, a la vez, experimento culpa por mi egoísmo. Soy una niñata. Alguien que no sabe crecer. Me veo bajo un foco que no me favorece y que, sin embargo, está diciendo la verdad. No me gusto, quizá porque me gusto demasiado.

Nadie tiene que explicarme en qué consiste la fornicación. Ni el preservativo. Ni la píldora que mi madre tomaba por las noches. La dejó de tomar porque era cara, difícil de conseguir, perniciosa para la salud. Mi madre me lo ha explicado casi todo y lo que no me ha explicado yo me he preocupado de aprenderlo. Es mi obligación. Analizar el cuerpo de mis muñecas y saber por qué es importante tener los dientes limpios y blancos, y ponerse un vestido ceñido en las ocasiones especiales. Aprender a sonreír. Tengo doce años sexualmente educados y mi sexualizada orejita puede captar los matices del éxtasis. *Casi.* Cuando el año próximo Luis Pigmalión Bagur nos dé a Angélica y a mí *El libro rojo del cole* ya será tarde.

Revivo los sonidos que se escapan a través de las puertas que no cierran bien del todo y de los tabiques de papel de los pisos modernos. Como el nuestro. No es buena la calidad de los materiales. Con esas pinceladas tengo de sobra para hablar con autoridad. Para estar a la altura. Sé por qué mi madre se queda embarazada, pero no conozco las razones que le han llevado a decidir que no quiere otro hijo. Tampoco estoy segura de querer escuchar lo que mi madre tenga que decir. Me acosan los juegos detrás de la puerta, la suciedad que presiento, mi desprecio hacia Sonia Griñán por sus ridículas ganas de aprender, por su burda manera de coger un cigarrillo, por esa entonación que me avergüenza delante de la gente.

No quiero escuchar que tal vez mi madre no desea traer al mundo a otra criatura porque teme que esa criatura sea tan perversa como yo. No quiero escuchar que soy yo quien tiene la culpa de que mi madre esté amarilla.

129

Cuando tengo doce años, la culpa es la palabra que se busca por todas partes. Detrás de cada ademán y debajo de la cama. En cada tic nervioso. Después me paso la vida convenciéndome de que algunas acciones no pueden valorarse desde la culpa. De que existen acciones que no requieren perdón. Ni lo están pidiendo.

Me viene a la cabeza la negativa de mi padre. A los doce años, creo entender lo que pasa dentro de su cabeza: mi padre se siente orgulloso de mí, a él no le importaría cuidar a otra criatura como yo. Creo entender lo que pasa dentro de su cabeza: mi padre, que es un hombre bueno y sensato, no quiere que vayamos a la cárcel. Creo entender lo que le pasa dentro de la cabeza: teme por mi madre y por su salud, le da miedo que salga sola de España. Creo entender lo que pasa dentro de su cabeza: mi madre es una egoísta que no lo ama lo suficiente. Entiendo muy bien a mi padre y, sin embargo, recuerdo a mi madre ayer cuando me estaba esperando para darme un beso de buenas noches:

—Te quiero mucho, Cati.

Las palabras de mi madre me tranquilizan y, aunque no me sucede a menudo, tengo ganas de abrazarla. No es como esas otras veces que mi madre me parece tan injusta que llego a desear que mi padre le dé un bofetón para callarle la boca. Lo he visto en tantas películas. Las nalgas azotadas y la cara cruzada en el acto justiciero de quien tiene la razón y la vara de medir. A los cincuenta años sé bien que la idea es paradójica, pero a los doce aún confío en la utilidad de los castigos corporales y en la voz del actor que se crece detrás de una pausa: «Estás histérica.» Mi padre era tan cobarde algunos días...

Pero esa noche, aunque creo saber todo lo que ocurre dentro de la cabeza de mi padre equilibrado, bueno y paciente, sólo quiero que a mi madre se le caiga de la piel esa pátina amarilla. Tengo miedo de tener la culpa, pero también de que mi madre se muera. Tengo miedo de que mi madre se muera cada vez que no se levanta de la cama. Cada vez que está cansada o coge un catarro. Pero Sonia Griñán me conoce mejor de lo que yo creo, y sus palabras de ayer estaban lamiendo incluso la posibilidad de la herida que se me pudiera abrir. Mi madre había considerado mi capacidad para enterarme de las cosas que no debo.

—Cati, yo te quiero mucho.

Daniela Astor esa noche no viene. Tampoco me distrae repasar, bajo la lucecilla de una linterna, mi recuperado cuaderno de monstruas y centauras: la boca de Sara Mora, los ojos de Pilar Velázquez, el pelo rubio de Maribel Martín. Me viene a la cabeza el cartel de la carnicería donde se indican los nombres de los diferentes cortes del vacuno: solomillo, contra, cadera, babilla, rabillo, morcillo, lomo alto, lomo bajo. Mi madre conoce todos esos nombres y qué parte de la vaca le conviene más a cada guiso. Para empanar o para guisar con cerveza en la olla exprés. La realidad me pega a la tierra y Daniela Astor se me escapa. Me digo que no importa. Que tengo que verlo todo con los ojos abiertos. Aunque el aire no me llegue a los pulmones y sepa que voy a ver imágenes que no podré olvidar. Como la cabeza de la niña de *El exorcista* o las garras de Lorelei.

Sólo la voz de mi madre me alivia.

Tengo que dormir, pero estoy despierta incluso cuando duermo. Cada vez que me meto en la cama algo me dice que debo escuchar por detrás de las puertas. Estar pendiente por lo que pudiera pasar.

Estoy muy cansada, pero no puedo dormir.

Caja 6
Destape

(Se oye la voz en off sobre las carátulas de películas de Paco Martínez Soria. Florinda Chico le hace ascos a unos huevos fritos en *El padre de la criatura.)*

Al morir el dictador se siguieron rodando algunas pesadillas fantaterroríficas y otras pesadillas que adoptaban forma de comedia y enlazaban con la rijosidad y el machismo basal de las películas de Paco Martínez Soria. Estas propuestas tenían, sin embargo, un punto gracioso: las ejemplares madres de familia eran señoras de sensualidad revistera como Queta Claver o Florinda Chico que, en *El padre de la criatura* (Pedro Lazaga, 1972), se queda tardíamente embarazada. El primer síntoma de embarazo es una curiosa relación con los huevos fritos.

(Secuencia de *Estoy hecho un chaval:* los alemanes se matan por comprar un tapete en el establecimiento de Martínez Soria, que viste de flamenco igual que Queta Claver, su esposa en el film. La voz en off habla de la Claver.)

Por su parte, Queta Claver, que ha engendrado gemelos con su provecto marido, deja de hacer *petit point* a destajo en Alemania en *Estoy hecho un chaval* (Pedro Lazaga, 1976), para reincidir en el parto gemelar en *Amanece que no es poco* (J. L. Cuerda, 1988): los hijos poscoitales e instantáneos son fruto de su relación adulterina con Fernando Valverde.

(La voz en off enmudece para dar paso a la secuencia mencionada de *Amanece que no es poco.* La voz en off retoma la palabra mientras se ve una serie de imágenes promocionales de la maternidad: felices embarazadas, felices lactantes, fragmentos de anuncios de papilla y de bálsamos para el culito feliz.)

Del cotejo de estos datos se sacan tres conclusiones: primera, Queta Claver era una mujer que rezumaba un aura de generosa fertilidad; segunda, para Lazaga y Martínez Soria, ser un machote consistía en hacerles muchos hijos a mujeres cuando uno ya ha traspasado la barrera de los sesenta y cinco años; tercera, la buena mujer, la mujer completa, la entera y verdadera mujer, es la que perpetúa la especie. Las otras o tienen una tara de fabricación o no son de fiar.

(Carátulas de las películas mencionadas por la voz en off, así como de otras películas de Ozores, Lara Polop y Fernández.)

En las películas de Mariano Ozores, Ramón Fernández o Lara Polop se perpetúan los mismos valores, la misma moral machista y carpetovetónica. En este sentido, hay que subrayar el éxito de *No desearás al vecino del quinto* (Tito Fernández, 1970), la película más vista del cine español antes de *Lo imposible* (J. A. Bayona, 2012) y de *Torrente 2, misión en Marbella* (Santiago Segura, 2001), que, a su vez, apeó del *ranking* de las más vistas precisamente a una película de Martínez Soria. En *No desearás al vecino del quinto* Alfredo Landa se acompaña de una princesa que, por aquellos tiempos, hizo cine y salió en la prensa rosa, protagonizando un curioso proceso de desclasamiento al revés. Hablamos de Ira von Fürstenberg. En *No desearás al vecino del quinto,* Landa interpreta a un falso peluquero homosexual que tiene muchísimas clientas y lleva una doble vida en Madrid. Sin embargo, la consulta de su vecino, un guapísimo ginecólogo, siempre está vacía...

(Ahora la voz en off puede oírse sobre fotogramas, pretendidamente sociológicos, de Madrid a finales de los años sesenta y durante los setenta.)

A este «híbrido entre cine erótico y comedia castiza» –así se define el género de destape en la entrada de Wikipedia correspondiente a Adriana Vega, nacida como Antonia López Arroyo– también pertenecen algunas comedias de temática erótica en las que el cuerpo aún es una veladura como *Aunque la hormona se vista de seda* (Vicente Escrivá, 1971), una «reflexión» sobre la homosexualidad –el tratamiento del homoerotismo en estas cintas requeriría un detallado análisis psiquiátrico– protagonizada por Summers, Landa, Ana Belén, Mari Paz Pondal y Mirta Miller; o *Fin de semana al desnudo* (Mariano Ozores, 1974), con Landa, Lina Morgan y Helga Liné.

(Cartel promocional de *¡Susana quiere... perder eso!*: las letras del título de la película –en blanco– conforman una braga tanga sobre un fondo púrpura. La palabra *eso* se sitúa precisamente sobre el pubis. Con este caligrama como fondo, habla la voz en off habitual que es sustituida por otra cuando llega el momento de leer el texto del blog *La abadía de Berzano* que aparecerá en pantalla.)

¡Susana quiere perder... eso! (Carlos Aured, 1977), con una guapísima Patricia Adriani que se prodigó poco en el cine español, es una muestra de cómo directores que se habían dedicado al fantaterror se reciclan en el género de la comedia de destape; así se explica en esta entrada *La abadía de Berzano, el rincón de los cinéfilos más desprejuiciados*:

> *¡Susana quiere perder... eso!* supone un punto de inflexión en la carrera de Carlos Aured, ya que con ella comienza una segunda etapa enfocada en los terrenos del cine erótico, dejando atrás unos primeros años como realizador exclusivamente de cintas de terror y thriller, géneros a los que retornaría con escasa fortuna ya a mediados de los ochenta en sus dos últimos trabajos como director. Sin embargo, este cambio de registro por parte del murciano tampoco resulta demasiado sorprendente, ya que en sus anteriores trabajos, especialmente en las dobles ver-

siones rodadas de cara al exterior de sus colaboraciones con Paul Naschy, y a pesar de que el fin de estos montajes para su exhibición en el extranjero fuera en el fondo ese mismo, la aparición de los elementos eróticos era potenciada a unos niveles bastante más atrevidos de lo que solía ser habitual en este tipo de productos.

(Póster de promoción de *Zorrita Martínez*. La voz en off de siempre continúa hablando.)

Una manifestación plena del destape sería *Zorrita Martínez* (Vicente Escrivá, 1975), con José Luis López Vázquez y Nadiuska, que hace una exhibición de bailes insinuantes y lencería.

(Vídeo, en youtube, de Nadiuska con los mejores momentos de *Zorrita Martínez*. Se conserva la música de fondo disco-bacaladera del vídeo. Todo tiene un aspecto cutre, retro y suburbial.)

También en youtube se puede ver una divertida escena de este film.

(Se incluye el vídeo: Nadiuska, Bárbara Rey, Carmen Platero y una actriz sin identificar desfilan ataviadas con abrigos negros por los pasillos de un hotel. Irrumpen en una sala de conferencias, dejan caer el abrigo con sensualidad, se quedan en bragas y sujetador, y claman a coro: «¡Que viva, que viva, el pueblo americano, que compra, que compra, el mejillón hispano! ¡Well, well, well, very, very well!» El plano se abre y descubre al espectador de *Zorrita Martínez* que el público del número que acaban de protagonizar las macizas es un puñado de curas. Obispos o coadjutores. Las chicas se han equivocado de sala y la situación es más hilarante de lo que parece si tenemos en cuenta que hay asuntos que no han cambiado tanto en casi cuatro décadas.)

En *La lozana andaluza* (Vicente Escrivá, 1976) el director sí muestra el cuerpo desnudo de la actriz italiana Maria Rosaria Omaggio.

(Se incluye el vídeo: la criada desnuda a la lozana, que enseña el pecho y las nalgas, las piernas con medias negras hasta mitad del muslo. Un hábil giro de cámara escamotea la visión del pubis. Cambio a los títulos de crédito de *El libro de Buen Amor:* la canción interpretada por Patxi Andión suena suavemente para que pueda escucharse el texto de la voz en off.)

Un año antes, en 1975, Jaime Bayarri, que se especializará en cine S, había dirigido *El libro de Buen Amor,* iniciando un subgénero de destape basado en la adaptación de clásicos de la literatura. En la película, además de Patxi Andión y Maruchi Fresno en el papel de Trotaconventos, destacan las primas Estrada y Didi Sherman, después esposa del realizador Valerio Lazarov, verdadero espeleólogo de talentos femeninos de la época.

(Planos psicodélicos de cualquier programa de Lazarov que dan paso a fotogramas encadenados de las películas que se citan en el párrafo que lee la voz en off.)

En *Historia de S* (Lara Polop, 1979) Alfredo Landa y Sara Lezana hispanizan, en claro homenaje intertextual, la sofisticación erótica de películas como *Emmanuelle* (Just Jaeckin, 1974) o *Historia d'O* (Just Jaeckin, 1975), que inauguraron las salas S en España. *El liguero mágico* (Mariano Ozores, 1980) es una parodia de lo fantaterrorífico, con Pajares sin Esteso y desnudo integral de Adriana Vega. En *Brujas mágicas* (Mariano

Ozores, 1981) se aplica la misma fórmula que en *El liguero mágico,* aunque Andrés Pajares disfruta en esta ocasión de la compañía desnuda de Azucena Hernández y de la presencia de María Casal, que también fue azafata de *Un, dos, tres. Agítese antes de usarla* (Mariano Ozores, 1983), con Beatriz Escudero –otra de *Un, dos, tres*– y Jenny Llada, es el ejemplo típico de comedia del dúo Pajares y Esteso. Los cómicos habían iniciado su andadura como pareja en 1979 con *Los bingueros* (Mariano Ozores).

(Corte: Catalina H. Griñán mira a cámara. Es una mujer de casi cincuenta años que parece un poco más joven. Menuda. Con orejas de soplillo. Los iris, muy grandes y de color *nutella,* se jaspean con briznas amarillas. Las manos, sarmentosas, muestran manchas de la edad. Son unas manos expresivas y grandes que acompañan su discurso y no se corresponden con su cara pequeña y casi juvenil. Catalina, sin maquillar, mira a cámara y se burla del texto en off. Lo remeda malintencionadamente: «Una guapísima Patricia Adriani», «Nadiuska hace una exhibición de lencería», «Valerio Lazarov, verdadero espeleólogo de talentos femeninos». Catalina hace una pausa. Se ríe: «¿Quién está hablando por mi boca?» Vuelve a reír: «Siempre hacemos ejercicios de ventriloquía esperando que alguien nos practique un exorcismo. Pero nadie puede hacerlo. Ya no creemos en Dios.» Catalina guiña un ojo a cámara: «Por supuesto esto no pretende ser un mensaje subliminal, sino una clarísima injerencia de autor.» La imagen de Catalina H. Griñán desaparece de golpe sustituida por secuencias de Benny Hill, con su sintonía a todo volumen, que va atenuándose para que los espectadores puedan escuchar la voz en off.)

El desnudo se transforma en destape cuando se vacía de sentido y de oportunidad, y sobre todo cuando se enfoca en primer plano la mirada del macho y el movimiento: la represión sexual, el morderse los labios y sacar los ojos de las órbitas ante la contemplación de un cuerpo de mujer, cada acción inhibida se desata, y hombrecillos feos corretean detrás de mujeres imponentes palpándoles el culo en un movimiento vertiginoso y circular, como si fueran muñecos de cuerda cuya cara, en un giro diabólico, es siempre la de Benny Hill.

Mi padre parece muy contento durante los días siguientes. Exhibe una actividad desbordante. Viene y va. Nos gasta bromas. Intenta sacarme monedas del pelo o del cuello de la blusa. Me hace torpes juegos de manos. Le regala a mi madre ramos de margaritas. Mi madre dice:

—Gamarzas. Son gamarzas, no margaritas.

Saca su voz de mujer de secano y le recuerda a mi padre que ella hasta hace muy poco iba a su pueblo a recoger té de los riscos. También traía bolsitas con tomillo, romero y otras hierbas aromáticas para asar aves y preparar estofados con aguja de ternera. Mi padre no quiere discutir:

—Bueno, Sonia, pues serán gamarzas, pero son bonitas, ¿no?

—Crecen en las cunetas de mi pueblo.

—Pero son bonitas, ¿sí o no?

—Se las comen los burros.

Mi madre deja el ramo sobre la mesa. Lo abandona. Las gamarzas son flores muy burdas. No son como los gladiolos o las rosas de té y, sin embargo, cuando me fijo y miro las flores en primer plano, me doy cuenta de lo complejo y hermoso que resulta el orden de los pétalos. También descubro que, al mirar en primer plano, la realidad se deforma como si uno estuviese bajo el efecto de un narcótico. Ya en mi pensamiento de entonces aparece la palabra *narcótico* que es de uso habitual en las series policíacas. También empiezo a ser consciente de lo difícil que resulta tomar distancia para mirar las cosas. Al mirar las flores, detecto un punto de alegría en un ramo de gamarzas envueltas en el mismo papel con que la panadera nos envuelve los cuernos de chocolate. Dulces años del chocolate líquido de los cuernos de bollería industrial. Mi padre me da pena y, a la vez, me parece un cobarde por no decirle a su mujer que es una impertinente. Una ingrata.

—¿A que son bonitas las flores, Cati?

Le digo que sí a mi padre con la cabeza para que mi madre no me oiga. Además, yo no sé si son o no son bonitas. Bonitos son los calendarios de gatitos y algunas canciones melódicas. No estoy muy segura de lo que debo decir para no equivocarme. Sé que en este caso la respuesta no es única, correcta o incorrecta, aproximada, como cuando en la clase de matemáticas nos piden que resolvamos la raíz cuadrada de trescientos setenta y siete. Mi madre coge su cuadernillo de ecuaciones. Se olvida del ramo. Mordisquea el extremo de su lápiz de madera y su goma de borrar Milan. Mi padre coloca el ramo en un jarrón de vidrio. Habla de otros asuntos que no tienen que ver con las margaritas.

—Lo de la Operación Galaxia es para echarse a temblar...

Mi padre incluso friega los platos después de la cena. Nunca lo había hecho. Deja a un lado esas carpetillas que se cierran con una goma. Las carpetas guardan todos los secretos de la intendencia familiar y de las decisiones importantes: el modelo de utilitario, el seguro de hogar más provechoso, las letras de la casa, las facturas, el color del gotelé, la garantía de la nevera, la vieja autorización para que mi madre pudiese trabajar en la consulta de un dentista en lugar de en una gestoría... Ahora mi padre no coge sus carpetillas azules. No revisa las nóminas ni los recibos de la luz. Después de cenar, friega los platos. Habla de la temperatura y de los embotellamientos en la M-30, de la tragedia del camping de Los Alfaques que ha dejado doscientos cuarenta y tres muertos, de Sáenz de Yniestrillas y Armada, de su intención de votar sí, sí, sí, de lo bien que han adaptado a la tele *Cañas y barro:* Victoria Vera hace de Neleta y se descubre como una buena actriz, pero a mí no me gustan ni el gesto de su boca siempre entreabierta ni sus ojillos pequeños que brillan entre el rímel; Luis Suárez hace de Tonet y protagoniza una de esas escenas que yo no quiero ver y que, sin embargo, quizá por casualidad, he visto, una de las que me obligan a taparme los ojos y después se me repiten dentro inesperadamente mientras me regodeo y me regodeo en lo que me repugna: Tonet mata al bebé, ahoga al niño, lo hunde en el agua cenagosa de La Albufera.

Mi padre habla y sigue hablando. Del radicalismo de los Bagur, de lo mucho que he crecido, del precio de la gasolina y de la afición a oler pegamento de algunos niños que aún no han acabado la egebé... Mi padre siempre encuentra algo de lo que hablar. Pero no le pregunta a mi madre cómo se encuentra. Ésa es la pregunta más prohibida de todas. A mi padre se le desata la lengua y a mí me parece que sólo busca hacer ruido, cubrir las palabras que de verdad se están escuchando en el salón y en todos los rincones de la casa. Mi padre se hace el sordo mientras el tiempo irreparable va pasando. Me siento aturdida.

—¿Adónde vas, Cati?

—A mi cuarto.

Mi padre no quiere quedarse a solas con mi madre después de cenar. Necesita testigos mientras le coloca a su mujer los mechones detrás de las orejas. Ella estudia sus asignaturas con la televisión encendida. Él actúa como si yo no estuviese, pero al mismo tiempo me necesita. No me deja ir a dormir. Me retiene para que no me esconda en la habitación de al lado mientras mi madre le dice a la cara una de esas frases sinceras que pueden resultar tan insultantes. Mi padre le recorre a su mujer el perfil de la oreja con la yema de los dedos y le hace cosquillitas justo en el punto, sensible y algodonoso, donde se unen la mandíbula y el oído. Me demuestra lo mucho que quiere a mi madre. A mí no me gusta que tenga que demostrármelo.

—Déjame.

Sonia Griñán es desagradable. Un cardo borriquero en la cuneta. Un zarzal. Odio a mi madre cuando se pone arisca. Pero hoy empiezo a tener dudas sobre quién me cae peor: papá o mamá. Casi por primera vez me acerco a entender el desagradecimiento de mi madre. Lo siento dentro del vientre. A lo mejor es que no tiene nada que agradecer. Mi padre intenta sacarme monedas del pelo. Hace ilusionismo. Juega a ser un magnífico bailarín que entretiene al auditorio. Mi madre muerde las puntas de los lápices y yo me siento fuera de lugar. Me levanto.

—Cati, ¿no quieres ver la tele un rato más?

Mi padre actúa con desesperación y yo, de pronto, reparo en lo mucho que a veces puedo parecerme a Sonia Griñán. No me importa. No corrijo el gesto de mi cara cuando descubro en ella una arruga que he visto mil veces en la cara de mi madre:

—Tengo sueño.

—La niña tiene que dormir.

Mi madre hace aletear su mano para que me acerque a darle el beso de buenas noches. Yo le pongo la cara porque, aunque siento que quiero a mi madre un poco más que de costumbre, también le guardo rencor. En el fondo, ella es la culpable de esta situación incómoda. De que a los tallos de las flores les broten espinas. Quiero que me dejen en paz e incluso agradecería que me mintiesen un poco y fingiesen delante de mí.

—Buenas noches, Cati, princesa.

Mi padre nunca me había llamado princesa. Nunca me había tratado como a las niñas de la televisión. Hace unos días, unas semanas, me hubiera encantado que me llamase «linda, princesa, muñequita, cielo». Hoy su forma de nombrarme me marca en el ceño una curva de escepticismo que, otra vez, se parece a la sequedad de Sonia Griñán. Mi madre me da las buenas noches con un poco más de modestia:

–Hasta mañana, hija.

Pocas veces he sentido tan intensamente que mi habitación era un refugio y un lugar de descanso. A los doce años entiendo sólo relativamente las razones de mi extenuación. Intuyo las causas de mi malestar a partir de rudimentarios conceptos. Hoy estoy segura de que, bajo la algarabía de mi padre, había una estrategia para que nos olvidásemos de todo. Correr un tupido velo. Esperar. Dejar que las cosas sigan su curso. Dejarlo pasar. Dejarlo correr. Que lo irremediable suceda. A mi padre le habría gustado que su mujer tragara la cucharada de yogur, el trozo de filete, mientras él le hacía el avioncito delante de los ojos. Mi padre quería que mi madre se distrajese y que, de pronto, sintiera una punzada de afecto, una necesidad, ganas de llorar al meterse en la ducha. Un instinto de protección prefabricado. Mala conciencia. Arrepentimiento. Realismo a la hora de decidir qué era lo más fácil. Mi padre estaba seguro de que ella no se atrevería y de que todo se iba haciendo un poco más difícil de hora en hora. Más impracticable. Estaba seguro de que el tiempo jugaba en su favor.

Al recluirme en mi cuarto, vuelvo a odiar a mi madre por no evitar el conflicto. Por haberlo provocado. Por tener la culpa. La imagen de mi padre haciendo juegos de malabarismo tampoco me despierta simpatía.

Oigo a mi padre entrar en el baño, el ruido de la cisterna. Le oigo irse a dormir. Mi madre se queda en el salón. Supongo que muerde su lápiz mientras pasa la vista por el cuaderno de ejercicios.

Oigo cómo se secan las gamarzas dentro del búcaro.

Mis dos abuelos están muertos y enterrados. Tiene razón Angélica cuando me dice que los hombres viven menos.

–Me lo ha contado mi madre.

A Angélica su madre, su madre, su madre, no se le cae de la boca. Como es socióloga, a la madre de Angélica le gusta mucho hablar en general y utilizar datos estadísticos. A veces pienso que mi amiga, cuando se haga mayor, va a ser una mujer muy infeliz. Incluso conocemos minucias de la intimidad de la mamá de Gloria Adriano porque Angélica se empeñó en comprender a fondo al personaje. Sabemos cómo la madre de la señorita Adriano trata al servicio. Estamos al tanto de su condescendencia, elegancia y magnanimidad como atributos que definen su carácter. Sabemos que habla desmayadamente, que prefiere el té con una nubecilla de leche y que le encanta dar terrones de azúcar a los caballos cuando visita las cuadras de su mansión inglesa. Sin embargo, Daniela Astor no ha tenido necesidad de reconstruir la biografía de sus padres. Es una mujer autosuficiente y sin historia, que ha surgido de una vaina de guisante o de un corazón de col. O de lombarda.

–Oye, ¿y tu madre cómo sigue?

Hablar de mi madre es hablar de mi madre verdadera. Daniela Astor alimenta su aura misteriosa con una posible orfan-

146

dad. Angélica y yo estamos cada vez más cansadas de nuestros propios juegos y, casi sin sentir, nos deslizamos hacia el espacio de lo real. Finjo que no he escuchado a mi amiga y que voy a comenzar a rodar una escena en el Extremo Oriente. Pero ella no se deja engatusar:

—Catalina, oye, que tu madre ¿cómo sigue?

—Amarilla.

Angélica no tiene ni idea de lo que de verdad le pasa a mi madre. Hablo de ella menos que nunca. Angélica va a interrogarme otra vez cuando nos sorprende el timbre. En esta espectacular mañana de domingo, mi abuela Consuelo nos hace una visita. Gloria Adriano y yo nos quitamos los pañuelos que llevamos anudados a los pechos inmaduros, y dejamos de ser definitivamente dos bailarinas asiáticas, nos sacudimos los pocos restos que nos quedan de ellas, como si fueran un polvillo sobre el gabán del empleado de la papelería, y recobramos la fisonomía de Cati y de Angélica Bagur. Esa fisonomía de la que no nos despojamos ni al mordernos los carrillos por dentro para acentuar la línea de los pómulos y dar la sensación de que nuestras caritas redondas, que están para comérselas, se afilan como cuchillas de afeitar. Salimos a saludar a la abuela Consuelo, que, peripuesta y firme, me retira un mechón que se me ha quedado pegado en la frente:

—Hija, qué sofocada estás...

Siempre, siempre, estoy sofocada. O eso es lo que nos dicen. Mi abuela Consuelo no le presta atención a Angélica. Convierte en invisible a una niña que pesa más de cincuenta kilos. Mi abuela hace como si no la viese. A mi abuelita no le gustan las gordas. Mientras tanto, Angélica no aparta la vista de mi abuela Consuelo sin conseguir que se inmute. Es evidente que mi abuela no quiere igual a todo el mundo y no le importa hacerlo notar. Yo voy a heredar todas las joyas de mi abuela Consuelo. Su amor hace que me sienta una privilegiada. No hay mucha gente capaz de fabricar ese tipo de amor. Daniela Astor, frente a las joyas, tiene una actitud transparente: no le interesa la atolondrada posición de Marilyn Monroe en *Los caballeros las prefieren rubias,* pero considera que a las joyas con valor sentimental, a las joyas de familia, hay que tenerles cariño. A Daniela Astor le repugnan las conductas excesivamente materialistas. Comparte ese parecer con el noventa por ciento de las actrices entrevistadas en las revistas del corazón. También usa la misma estrategia que ellas cuando le preguntan por un nuevo amante. Dicen: «Estoy enamorada del amor», y sonríen con cierta picardía. Al lado de mi abuela Consuelo, que hoy se ha puesto ese collarcito de perlas que algún día será mío, mi madre parece una fregona. Siempre le habla de usted:

—Consuelo, ¿quiere que le prepare un vermú?

—Pues no te digo que no.

Mi otra abuela, Rosaura, vivía con nosotros antes de morir. No la trataban de usted ni su hija ni el marido de su hija. A mi abuela Rosaura no le gustaba lavarse. Sobre todo en su última etapa. Tampoco tenía perlas. Guardaba los cupones del hogar y los cambiaba por ollas y sartenes. Por *tupperwares* de plástico de distintos colores y formas. Cuando murió, yo me mudé de cuarto para entrar en la leonera de la abuela Rosaura. Allí encontramos de todo –pinzas de la ropa, papel de envolver, bobinas de hilo, paquetes de galletas, cajas de zapatos, periódicos viejos, tubos de pasta de dientes, pegatinas, peluches, cantos rodados, manzanas pochas...– y tardé meses en dejar de sentir su olor cuando me metía en la cama para intentar dormirme. En la leonera, como en un bote de formol, está conservado el fantasma de la abuela Rosaura. Me hace compañía. De noche y de día. Cuando busca el incógnito, Daniela Astor se retira al caserón que mi abuela Rosaura tenía en el pueblo. A Daniela Astor no se le caen los anillos por ordeñar una vaca o darle el biberón a un corderito que se ha quedado sin madre. Las ovejas son muy tontas. Lo sabe todo el mundo.

—Vaya pasando al salón, Consuelo. Enseguida estoy con usted.

Mi abuela Consuelo nos visita en ocasiones especiales y sólo en fechas señaladas nos invita a comer. Es propietaria de un piso bastante grande en un barrio no demasiado noble del centro de Madrid. Mi abuela Consuelo es una viuda que hace su vida y se enorgullece de no dar preocupaciones a sus hijos. No es ninguna beatona. Sólo va a las misas de las bodas, bautizos, comuniones y funerales. Últimamente ha asistido a más oficios religiosos que de costumbre. Porque los años van pasando y, como ella suele decir, «el tiempo es inexorable».

Mi abuela Consuelo juega a las cartas con sus amigas. Las de más confianza la llaman «Consuelito» y le recuerdan que pinta en bastos. O que los triunfos son de copas. El juego preferido de mi abuela es el julepe. Oye la radio todas las noches con un auricular. Sin la radio, mi abuela no puede dormir y esa manía me lleva a sospechar que el insomnio femenino es hereditario. Mi abuela se coloca una redecilla para que no se le estropee la permanente porque no le gusta ir a la peluquería cada dos por tres. Mi abuela Consuelo es una mujer bien informada y presidenta de su comunidad de vecinos. Lee el periódico. Se precia de ser una mujer comprensiva y moderna que ha visto casi de todo sin escandalizarse. Dice mi abuela Consuelo: «Pobrecita Mari. Toda la vida de querida de López y, ahora que el señor se muere, la legítima la deja con una mano delante y otra detrás. Hay mujeres sin entrañas.» Mi abuela Consuelo tiene un abono para asistir a conciertos una vez al mes. Le gustan Bach, Haendel y Vivaldi. Beethoven es demasiado atronador. Siempre nos dice: «Se nota que era sordo.» Mi abuela Consuelo tiene opiniones propias. Va al teatro siempre que puede. El cine no le gusta porque afirma, como casi todas las señoras de su edad, que ya no se hacen películas como las de antes. Mi abuela Consuelo está enamorada de Gregory Peck y de Raf Vallone. Compra en Doña Manolita las participaciones de la lotería de Navidad. Nos las trae a casa y nos las cobra porque «no pagar la lotería hace que no toque». Lo dice todos los años.

Cuando mi madre llega con el aperitivo, mi abuela Consuelo me está preguntando por el colegio. Angélica sigue vigilándola como un perro de presa. Mi madre coloca frente a su suegra un Martini rojo con dos hielos y una rajita de limón:

–¿Y qué la trae por aquí, Consuelo? Alfredo no está. Se ha ido con unos compañeros de trabajo a hacer no sé qué proyecto de actividades extraescolares...

La auténtica debilidad de mi abuela Consuelo son sus tres hijos: Javier, Alfredo y David. Sobre todo, Alfredo, porque desde el principio mi abuela fue consciente de que el hijo de en medio podría quedar desdibujado entre el primogénito y el benjamín. Y ella no iba a tolerar que ningún hijo se le desdibujara. «Ningún hijo va a desdibujárseme. Vaya que no», dice mi abuela Consuelo mientras hace un guiño. A mi abuela le gusta mucho demostrar su sentido del humor. Pero, más allá de la broma, ella nunca consintió agravios comparativos entre Javier, Alfredo y David. Porque mi abuela Consuelo es muy de igualdad, libertad, fraternidad. Y por sus hijos mataría. Ella lo dice siempre: «A mis hijos ni tocarlos.» Y se lo dice sobre todo a sus nueras: Almudena, Sonia y Paquita. Mi abuela habla como si les gastase una broma. Pero está hablando completamente en serio: «A mis hijos ni tocarlos.» Mi abuela Consuelito es desconfiada con sus nueras, pero se siente orgullosa de mi madre porque, gracias a sus consejos, ha dejado de ser «más de campo que las amapolas». Dice mi abuela: «Sonia ya es otra cosita.» Mi abuela Consuelo analiza a Sonia Griñán de arriba abajo para detectar pelo de la dehesa. Yo he aprendido a mirar a mi madre con los ojos radiográficos de la abuela Consuelo. En cuanto a mi madre, siempre se ha mostrado agradecida porque reconoce que su suegra le ha enseñado muchas cosas y que, aunque sea por amor y consideración hacia su hijo Alfredo, se ha preocupado por ella. Entre mi abuela Consuelo y mi madre existe una complicidad especial. Mi madre asegura que a la abuela Consuelo, quizá por su experiencia o por su talante receptivo, siempre le ha contado cosas que nunca le habría contado a su propia madre. Me dan escalofríos al pensar que ése es un detalle más para añadir al listado de similitudes entre Sonia Griñán y yo misma: la desconfianza hacia nuestra propia madre, tal vez el forzamiento del desapego.

Hoy es la primera vez que mi abuela viene a casa sin que esté mi padre. No recuerdo haberla visto nunca en el salón de nuestra casa sin que su hijo, sentado frente a ella en el sofá, le hiciese carantoñas.

—Sabía que Alfredo no iba a estar. Puedo venir aunque mi hijo no esté, ¿no?

—Claro, Consuelo. Venga usted siempre que quiera. Cómo no va a venir.

—También me gusta mucho veros a vosotras...

Entonces mi abuela me pellizca el moflete. Sus nudillos huelen a perfume. Le aprietan los dedos tres sortijas de oro muy amarillo que ella llama «sus alhajas». No tiene muchas más de las que hoy exhibe. Lleva pintadas las uñas de un color feo. Sabemos que mi abuela mataría especialmente por mi padre, que era el hijo que peor comía, el que se hizo maestro como sus padres y el que más la ayudó cuando se quedó viuda. Además, Alfredo casi se le muere de una infección en la época en que aún no estaban comercializados los antibióticos. Mi abuela Consuelo dice «No sabéis la suerte que tenéis», y a mí me viene a la memoria la caja metálica con la jeringuilla de cristal que trae el practicante cuando me pongo enferma. Hoy percibo que mi abuela Consuelito habla a su nuera como si alguna de las dos fuese sorda. Incluso, aunque no lo quiero admitir, creo que trata a mi madre como a una niña que es un poco subnormal:

—¿Cómo te encuentras, hija?

Conozco muy bien a mi madre y, por su manera de entrecerrar los ojos, como un gato al sol, sé que no le ha gustado que Alfredo haya mantenido, a sus espaldas, una conversación con la abuela Consuelo.

–No estoy enferma.

Tiro de la manga de mi amiga y las dos nos levantamos del sofá del salón. Por lo que pueda suceder. Angélica no rechista, entre otras cosas porque mi abuela Consuelito no le cae muy simpática. Además, Angélica siempre tiene ganas de volver a jugar. Cuando mi amiga va a meterse otra vez en la leonera de la abuela Rosaura le digo que es mejor que se marche. Le doy un beso en la mejilla. Es ya casi la hora de comer. Angélica me dice que tengo razón. Ahora podré moverme por los rincones y pegarme a las paredes sin que nadie se percate de que estoy ahí. Con la orejita puesta.

Incluso cuando preferiría ser sorda. Y también un poquito subnormal.

–¡Mamá!, ¡Angélica se va a su casa!

He gritado desde la puerta de la calle. Mi madre, en el otro extremo de un piso que no debe de tener mucho más de setenta metros, también grita:

–¡Adiós, Angélica! ¡Hasta mañana!

Después, he hecho sonar los goznes de la puerta de mi habitación para fingir que estoy dentro. Mi madre sabe que me puedo pasar horas con mis cuadernos misteriosos. Algo me hace sospechar que conoce su contenido porque el viernes me trajo revistas atrasadas de la consulta de Parra. Mi madre tal vez cree que su conversación con mi abuela no me interesa. Aunque no tiene el gusto de conocer a la señorita Astor, mi madre me sabe ensimismada. Incluso a veces me tacha de egoísta, pero me disculpa porque dice que son cosas de la edad. También puede que mi madre esté segura de que me enteraré de todo y de que es imposible interponer filtros o tomar precauciones. Me enteraré de todo, como siempre antes de tiempo, pero lo haré con mucha discreción. Después me dolerá el estómago y no podré dormir.

Por la rendija, escucho a mi abuela Consuelo que estará mirando hacia la puerta del salón por si se me ocurre aparecer. Mi abuela cree que las niñas no debemos oírlo todo por muy maduras e inteligentes que seamos.

—Mi hijo me ha contado, Sonia.

Yo no aparezco y mi abuela no se ve obligada a cambiar de conversación.

—Alfredo está muy triste.

No puedo verles la cara, pero a través de la pared, con los ojos cerrados, me imagino el gesto compungido de mi abuela Consuelo y cómo, al hablar, se va acercando cada vez más a mi madre. Va corriendo las nalgas sobre los cojines del sillón y le coge la mano a Sonia Griñán, que llegó de su pueblo con olor a cuajo y a grajo y ahora lee *Las bellas imágenes,* de Simone de Beauvoir, y *El cuarto de atrás,* de Carmen Martín Gaite, gracias a la prodigalidad de la familia Hernández que, poco a poco, la fue instruyendo, abriéndole los ojos al mundo, civilizándola con sus explicaciones de maestrillos ciruela capitalinos y sus gafitas metálicas de vista cansada. Mi abuela Consuelo estira, a menudo, el dedo índice. Y lo hace oscilar delante de tu cara como un péndulo hipnótico. Es un gesto muy suyo. La familia Hernández es el poder y la gloria, por siempre, Señor de los maestros laicos. Aun así, a mi madre de vez en cuando le salen amapolas en las axilas y llama a las vecinas a voces por el patio interior. Mi abuela se presenta como si Sonia Griñán no la conociese:

—Ya sabes, Sonia, que yo no soy una mojigata...

Mi abuela Consuelo le habla a mi madre sobre la maternidad. Sobre las ventajas de tener dos hijos en lugar de uno. Detrás de la pared, se me eriza el vello del cogote y egoístamente me pongo a redistribuir el tiempo de nuestra vida cotidiana y los metros cuadrados de nuestra vivienda. No me gusta lo que veo, pero me espabilo cuando escucho a mi abuela que intenta convencer a mi madre de que una mujer sólo puede ser una mujer cuando es madre.

—No te digo yo que te pongas a parir como una coneja, pero, hija, dos no son muchos hijos...

Mi abuela Consuelo deja su entonación de profesora de

párvulos y se pone íntima. Esa mañana, detrás de la pared, descubro los muchos significados de la palabra *entrañable:*

–Piensa en lo que te diría la señora Rosaura...

Supongo que mi madre se zafa de las manos de mi abuela y coge aire por la nariz levantando el pecho hasta tal punto que los botones de la blusa pueden saltar y sacarle un ojo a mi abuela Consuelito. No puedo verles la cara, pero de lo que estoy segura es de que la señora Rosaura, a quien mi abuela Consuelo siempre le habló de lejos, como si estuviese despidiéndose, como si se encontrara en un andén y tuviera mucha prisa, Rosaura se habría callado. Porque la madre de Sonia Griñán había perdido su derecho a usar las palabras y, tal vez como medida de protesta, se había resistido a sucumbir, con mayor tenacidad, a los efectos del agua y del jabón. Aunque, ahora que lo pienso, no detrás del tabique de mi alcoba, sino tras el muro transparente que levanta el paso de los años, quizá mi abuela Rosaura le habría ofrecido a mi madre una aguja de hacer punto. Salfumán. Ramilletes de perejil para matar al loro. Mi abuela Rosaura se murió siendo un misterio afónico y, posiblemente por eso y por sus ropajes sombríos, se transformó en fantasma.

–Hija, piensa en tu pobre madre...

Tengo ganas de irrumpir en el salón para darle golpes con los puños cerrados a mi abuela y decirle que deje en paz a mi madre amarilla. Veo a mi abuela Consuelo como una serpiente. Intuyo. No tengo razones. Pero siento que debo proteger a mi madre, aunque no la entienda y me dé miedo que mi abuela Consuelito, que mi padre, que todas estas personas que nos quieren y nos alimentan y nos hacen regalos y conocen todos los afluentes del río Guadalquivir y las capitales de África, tengan razón. Mi madre deja que mi abuela Consuelo perore con un tonillo que se parece al de las homilías de las comuniones de mis primos hermanos. Yo no he hecho la primera comunión. Así lo decidió mi padre. Y no sirvieron de nada mis deseos de un vestido blanco, de una muñeca, de una medallita de la Virgen santísima, de un rosario y de un misal con las tapas de nácar. Tampoco sirvió de nada que mi abuela Rosaura se ofreciese a comprarme el traje de primera comunión. Los ahorros de la abuela Rosaura se quedaron encerrados en una caja de galletas. Ahora mi abuela Consuelito esgrime el derecho de su hijo a decidir. Y el amor. También el amor. Ese día, detrás del tabique, veo para cuántas cosas sirve el amor.

—Lo querríais muchísimo, Sonia. Sería un niño muy afortunado.

Cuando me he olvidado de que mi abuela Consuelito no está hablando sola, me llega la voz de mi madre. Casi no la reconozco:

—Desde luego que sí, Consuelo.

La abuela Consuelo no capta el doble fondo de la voz de mi madre. Se anima. Cree que su discurso está lubrificando los sentimientos de Sonia Griñán, que su nuera es maleable como el cobre y quebradiza como las hojas en octubre. Mi abuela me hace por un segundo protagonista de la situación:

—A Catalina le vendría bien tener un hermanito.

—¿Por qué?

Comparto, desde mi retiro, la misma curiosidad y me pego al tabique con tanta fuerza que tal vez en la pared del salón se comienza a dibujar el perfil de mi orejita. Las paredes oyen. Pero no con la claridad suficiente. Me separo de la pared y agrando, con sigilo, la rendija de la puerta de mi habitación. La voz de mi abuela Consuelo me llega amplificada por el embudo del pasillo. El pasillo es un megáfono. Una caracola que capta el rumor del mar:

—Es una niña encantadora. Pero rara.

Mi abuela deja de ser una mujer fascinante que me va a legar sus joyas para convertirse en un ser que no conozco. Mi abuela me trata con hipocresía haciéndome creer que entre ella y yo existe un vínculo especial. Pero no es cierto. Mi abuela no entiende nada. Mi abuela me quiere porque soy la hija de mi padre.

—Y te lo digo yo que llevo educando niñas la tira de años.

Me represento las aulas donde cuarenta niñas con babi escuchan las lecciones de doña Consuelo. Todas parecen pacientes de un sanatorio infantil mientras apuntan en sus cuadernos pasados a limpio las características del clima continental. De golpe, se me olvidan los disfraces que los Reyes Magos me dejan en casa de mi abuela, las tortitas con nata en las cafeterías del centro, las tardes de cine, el legado que mi abuela Consuelito me promete siempre. Lo borro. Lo velo como un carrete fotográfico expuesto a la luz. «No conviene borrar los recuerdos», dice mi padre. «¿Sabes lo caro que es un carrete de fotos, Catalina?», dice mi madre. Siempre, siempre, me quedo con las ganas de meter un dedo en la tarta, de manchar una pared, de tirar monedas al fondo de la taza del váter para pedir deseos, de cometer el pecado de velar un sacrosanto carrete.

Soy mucho menos mala de lo que creo ser.

—No. Cati no es rara. Es una niña muy inteligente. Nada más.

Me recorre un fuego por la tripa. Una furia al comprender que, por culpa de mi abuelita Consuelo, mi madre me ha parecido un ser minúsculo. Una paleta. Una estúpida sin elegancia. Me recorre un fuego por la tripa cuando, además, veo con claridad absoluta que a mi abuela Consuelo casi todo le da igual con tal de conseguir su propósito. Mi abuela Consuelito pasa del blanco al negro y del negro al blanco:

—Bueno, pues no, Cati no es rara, pero si haces lo que vas a hacer, ¿qué le vas a contar a tu hija?

Mi madre saca la voz de secano. Raíz rota. Tubérculo. Flor blanca de la patata:

—La verdad.

—Pero, Sonia...

—Le contaré que su madre no quiso tener otro hijo.

—Pero eso es una animalada. Hija mía, razona un poco...

Me da miedo que los paquetes de caramelitos de la abuela puedan contener veneno. Abro el cajón de mi secreter y tiro a la papelera las últimas violetitas que me regaló. Es un pálpito. Corro de nuevo hacia la rendija que comunica mi cuarto con el resto del mundo y, desde allí, miro mi alcoba y veo el secreter, el chifonier, la casi *chaise longue* que adorna una esquina, los nombres con los que mi abuela Consuelo había bautizado un recinto en el que, a veces, se aparece Daniela Astor en *déshabillé*. Me dan miedo el lugar y la fecha de nacimiento de mi abuela Consuelito. Su profesión y su estado civil. Su permanente de peluquería de precio apañado. Ese color ceniza del tinte de su pelo. También me da miedo que mi madre se equivoque porque mi abuela la trata como si Sonia Griñán fuera tonta y no tuviese dos dedos de frente. La trata como a una oveja. Como a una mujer obcecada y cejijunta. Sorda a las palabras necias y quién sabe si también a todas las demás. Porque mi madre hace como si no hubiese escuchado el último comentario de mi abuela Consuelito y zanja la cuestión:

—Le contaré que su madre no quiso tener otro hijo. Y que no lo tuvo.

Consuelo, Piedad, Angustias, Martirio, Dolores, Contracción, Lumbalgia, Anestesia, Amnesia, Amputación, Concepción, Alumbramiento, Ascensión, Purificación, Desinfección, Lavado vaginal.

Mi abuela deja el silabeo y la santa paciencia del docente para pasar a la amenaza:

—Tú sabes que puedes acabar en la cárcel, ¿verdad?

—¿Y a usted eso le parece bien?

Mi abuela Consuelo habla como si desease que sus palabras se cumplieran:

—Tú vas a acabar mal, Sonia. Vas a acabar mal.

Mi abuela no tiene compasión. Nunca le perdonaré haberme inoculado la sospecha de que tal vez mi madre pudiera estar loca:

—Tú no estás bien, Sonia.

—Estoy perfectamente, Consuelo.

A la abuela Consuelo, a quien tanto le repugnan los instintos primarios, los pedos, los eructos, la falta de educación en la mesa, «Límpiate la boquita con la servilleta antes de beber», me dice mi abuela Consuelito, y yo muy finamente me quito los berretes del morro mientras miro a las señoras que, desde las mesas contiguas de la cafetería, aprueban mi conducta; a esa abuela mía, tan cuca, le sale de pronto una cresta de gallina clueca y yo, con los ojos cerrados, a través del cacareo que percibo por la rendija de mi dormitorio, veo ahora el salón de mi casa como una granja del Medio Oeste, una casita de la pradera, la choza entre las montañas donde Heidi y su abuelito ordeñan las cabras y preparan queso. Oigo y reconozco algo tan terrible como la voz de la sangre, que no suena sólo en los establos o en el pálpito que umbilicalmente me une a mi madre, sino también en algunos de los barrios más cultos de la capital. Las madres sienten predilección por sus hijos varones y se sienten hembras elegidas de la especie, hembras que no defraudan: han parido los machos que cualquier estirpe espera para perpetuarse.

–Tú a mi hijo no le vas a hacer esta faena. Vamos. Por encima de mi cadáver le haces tú a mi hijo una faena así.

–Consuelo, yo a usted no le tengo que dar ninguna explicación.

Entonces la abuela Consuelo insiste en que mi madre está enferma. Y a mí me tiemblan las piernitas de Cata y no las pantorrillas sublimes de Daniela Astor. Veo, detrás del muro, la tintura alimonada que cubre el rostro de mi madre:

–Hija, tú no estás bien. Tú tienes una depresión.

La depresión es un campo de campanillas. Medio limón acurrucado en el lugar donde se guardan los huevos en la puerta de la nevera. El veneno que se echa en las esquinas para que no se meen los perros. Pálido azufre. Mi abuela se transforma en médica, dietista, psicóloga. Expresa una sincera preocupación que vuelve a recordarme un terrario lleno de serpientes. La que se enrosca en la copa de los farmacéuticos:

159

–Sonia, ¿comes bien?

Mi madre estará levantando una ceja como sólo ella sabe. También domina un juego de manos que crea la ilusión de que se amputa un dedo. El dedo sube y baja, se separa de su base, de desliza y, al final, se queda en su sitio. Mi madre tiene las manos y los dedos gordos. De trabajadora. De esos trabajos que desempeñó cuando era una niña y de los que en casa no hablamos casi nunca. Mi abuela insiste:

–Hija, ¿hay algo que te preocupe?

Oigo cómo mi madre enciende un cigarrillo.

–Ya sabes que puedes contármelo. Que yo he oído de todo. Hablar desahoga...

Abro los ojos y, en la pared de mi cuarto, veo una proyección de mi abuela Consuelo que le cuenta un secreto al oído a mi padre. Mi madre, al otro lado, debe de estar teniendo una visión parecida:

–No estoy enferma, Consuelo.

Pálido azufre. La abuela Consuelo no aguanta más. Taconea sobre la línea del pasillo. Yo clausuro rápidamente la rendija de mi cuarto. La abuela Consuelito sale impulsada por un chorro de aire a propulsión que la empuja hacia la calle. Desde allí arroja sus maldiciones.

–Estás loca.

También dice que mi madre no tiene argumentos y que siempre ha sido un ser irracional. Que es cruel. Egoísta. Inculta. Ante todo, desagradecida. Que va a arrepentirse. Y que está loca. Completamente loca.

–Estás loca, loca, loca.

Las palabras se profieren a tal volumen que no tengo necesidad de abrir rendijas. Al contrario, esta vez me tapo las orejas con las manos.

–Loca.

Nunca se lo perdoné a mi abuela Consuelo. No se lo perdoné ni siquiera cuando de verdad me había dejado en herencia sus collares y sus gruesos anillos de oro del que cagó el moro y de plata de la que cagó la gata. Cuando mi abuela murió yo no la veía desde los doce años, pero nunca le perdoné la última palabra que le escuché en la vida.

Porque creí en las maldiciones y en los diagnósticos de la abuela Consuelito, y me imaginé a mi madre con camisa de fuerza, bizqueando, mientras le salían espumarajos entre los dientes.

Caja 7
Españolas en París

(Sucesión de fotos sacadas de las películas que se mencionan en el texto leído por la voz en off, así como de los rostros de los artífices de la «tercera vía».)

A lo largo del tardofranquismo, se fue gestando una forma de costumbrismo sentimental protagonizada por una mujer con un cuerpo más verdadero: Fiorella Faltoyano o María Luisa San José fueron la imagen de esa mujer guapa pero presente en la cotidianidad y casi asequible –una prima, la mujer del vecino, una compañera de trabajo–, que bien podía emparejarse con el tipo común que solía encarnar José Sacristán. La mirada preponderante en este género cinematográfico es masculina, pese a que se hace el esfuerzo de comprender a las mujeres concediéndoles cierto protagonismo en un espacio de intimidad que se va solapando cada vez más con el ámbito público. Mientras, se retratan los traumas del hombre, los tabúes que han hecho de ellos seres infelices, enanos, increíbles hombres menguantes, escaladores de los pechos de una Anita Eckberg que anuncia leche en una enorme valla publicitaria. Dibildos, José Luis Garci, Antonio Drove, Chumy Chúmez, Manolo Summers, Antonio Mingote, Pedro Lazaga... Ellos dirigieron, produjeron o escribieron los guiones de películas como *Mi mujer es muy decente dentro de lo que cabe* (Drove, 1974); *Los nuevos españoles* (Bodegas, 1974); *La mujer es cosa de hombres* (Yagüe, 1976); *Hasta que el matrimonio nos separe* (Lazaga, 1977); o *Asignatura pendiente* (Garci, 1977), una película que adquirió celebridad porque supo resumir algunos elementos clave de un imaginario colectivo, sexual y sentimental, lastrado por la represión de la dictadura, en el nuevo horizonte democrático.

(Cartel promocional de *Tocata y fuga de Lolita* e imagen de la página de internet a la que se hace referencia a continuación.)

En 1974, Antonio Drove estrena *Tocata y fuga de Lolita*. Sobre ella encontramos el siguiente comentario en internet:

Las tetas de Amparo Muñoz, 8 diciembre 2009
Autor(a): **tiznao** de España
Me temo que no me equivoco ni un ápice al afirmar que esta película lo único que aportó al panorama cinematográfico español de mediados de los 70 (y por lo que tuvo un largo recorrido en cines, primero de estreno y luego reestreno, sesión continua, cines de verano y alguno más por ahí), es el haber sido rodada en los principios del destape y regalar a los reprimidos españoles de la época el bombazo que era en aquellos tiempos ver en una pantalla grande a toda una Miss Universo enseñando las tetas (...) Ni denuncia social, ni «tercera vía» (movimiento ideado y así bautizado por José Luis Dibildos con la intención de eludir la por entonces cada vez menos férrea censura franquista), ni leches, créanme, las tetas de la Muñoz movieron montañas (de españolitos que ya no tenían que ir a Perpignan a ver un par de tetas francesas o vete a saber).

Cabe la duda de si la coartada cultural, intelectual, sirvió para mostrar carne o mostrar carne fue un procedimiento de normalización y crítica de una sociedad mojigata y claustrofóbica. ¿Se arañaba la espesa capa del tabú o el tabú se engrandecía alimentando el morbo?

(**Animación:** el fotograma de *Tocata y fuga de Lolita* en que Amparo Muñoz aparece con los pechos desnudos, frente a Paco Algora, se transforma en una pintura que, de repente, se emborrona, se diluye y gotea: una mano con un paño húmedo restriega la superficie del lienzo.)

Los juguetes se iban descascarillando dentro y fuera de las pantallas. Al final, eran bellas imágenes diluidas, disueltas, por el restregón de un paño empapado en trementina.

(Secuencia final de *Españolas en París:* Ana Belén camina con su hijo a cuestas por las calles de París mientras Paco Ibáñez canta «Palabras para Julia» de José Agustín Goytisolo. La canción se atenúa gradualmente para que se pueda escuchar el texto de la voz en off.)

Aunque a veces sólo las bellas imágenes, hurtadas durante tanto tiempo, justificaban la existencia de determinadas propuestas, es verdad que a lo largo de ese periodo se rodaron algunas películas que, pese a envejecer regular, siguen siendo interesantes. *Españolas en París* (Roberto Bodegas, 1972) es un film que, valorado con una mirada del siglo XXI, plantea a los españoles la necesidad de colocarse al otro lado del espejo para poder hacer un juicio de valor sobre fenómenos como la inmigración, la libertad sexual de las mujeres –nunca desvinculada de la dependencia afectiva– y la alienación en el trabajo: una alienación que habla del extrañamiento de la cosa que sale de las manos del trabajador, pero también de la plusvalía y del producto interior bruto asociados a una extraña modalidad de patriotismo.

(Se corta la voz en off y se reproduce la secuencia de *Españolas en París* en la que un obrero español que trabaja en una fábrica de coches está borracho en la calle después de escuchar, junto a otros emigrantes españoles, un partido de fútbol en la radio. El hombre, subido al capó de un coche, le pide que le hable, que le hable en español. El vehículo es de fabricación francesa, pero el hombre siente que el coche es tan español como él porque es el producto del esfuerzo y la pericia de sus manos españolas. La voz en off comienza a oírse otra vez sobre el último fotograma –congelado– de este fragmento de la película.)

Cuando experimentamos aburrimiento o molestia al coincidir en la carretera con esos vehículos que cruzan media Europa con sobredimensionados bultos arrebujados en la baca, coches con matrículas de Holanda, Francia o Luxemburgo, que atraviesan el estrecho para llevar regalos a la familia y descansar, tal vez deberíamos acordarnos de escenas como éstas. Sobre todo hoy, que volvemos a emigrar con el hatillo al hombro, con la bata del investigador, con una colección de idiomas mal aprendidos.

(Se corta el off y se reproduce la secuencia de *Españolas en París* en la que Elena María Tejeiro, Dioni, la *bonne* que los domingos por la mañana prepara chocolate con churros a los hijos de su patrona, sube al coche con su novio, un emigrante que trabaja en Stuttgart, para marcharse definitivamente de París. El coche va cargado hasta los topes y da la impresión de que los viajeros no llegarán a su destino.)

La utilización de la vida privada del trabajador, el sentimentalismo como herramienta de productividad, también constituye una muestra de la lucidez y modernidad de esta cinta.

(Se corta el off y se incluye otra secuencia de la película: Simón Andreu alecciona a las patronas francesas sobre cómo deben comportarse con sus *bonnes* españolas. Les afea que no sepan nada de sus vidas y les explica que ese conocimiento de la vida privada y de los afectos de las asalariadas puede ser muy beneficioso para la productividad. Al acabar la secuencia, la voz en off vuelve a oírse sobre fotos fijas de Laura Valenzuela, correspondientes a distintos momentos del film: con Ana Belén, con Sacristán, con López Vázquez, mientras compra queso, negocia con la patrona o acicala a un perrito... El personaje interpretado por Laura Valenzuela se llama Emilia.)

Sin embargo, si por algo nos interesa *Españolas en París* es por su modo de abordar la condición femenina vinculándola a una clase social y a una cultura. Las chicas que van a servir a París lo hacen para que sus hermanos varones puedan estudiar. La mujer renuncia en beneficio del hombre. Las chicas envían giros desde la oficina de correos. Se han marchado de sus casas por necesidades económicas o porque huyen de los estigmas que les ha tatuado en la frente una España moralmente hipócrita: Emilia, el personaje interpretado por Laura Valenzuela, acaba de chacha en París porque ha sido la querida de un hombre casado. Ahora finge ser otra durante sus días libres y seduce a españolitos que hacen turismo o negocios por París tal vez esperando encontrar un pubis francés donde todo el monte sea orégano. Emilia se convierte en una falsa Ninette, a ratos por ternura, pero también por la necesidad de volver rehabilitada y de infligir dolor a los seres que habitan el lugar del que la expulsaron. El sexo estigmatiza a la mujer pero no al hombre. Emilia busca un español rico con quien regresar a su pueblo y despertar envidia. A Emilia el tiro de la venganza y del regreso le sale por la culata. Emilia compra el mejor camembert. Protege a las nuevas. Les negocia el salario. Fuma. Es enternecedora. Inteligente. Ha superado la casi insalvable barrera del idioma. No puede ser sumisa sin interrupción. Pide güisqui a las patronas cuando presenta a una *bonne* recién llegada del pueblo. La sangre le hierve dentro de las venas. Hay algo de rebelde en Emilia. En una peluquería canina Emilia acaba acicalando perros. Les hace limpiezas dentales con ultrasonido. A los mismos perros que Francisca, otra emigrante, pasea por París. En sus días libres, Francisca recorre la ciudad subterráneamente. No sale del metro. Su estación preferida es la de Louvre. Francisca, interpretada por Tina Sainz, mira extasiada las reproducciones de las estatuas del museo que adornan los andenes. Es la cicerone de Isabel, la *bonne* recién llegada, que sí se pregunta qué habrá en la superficie, cómo será el paisaje expuesto a la luz...

(La voz en off enmudece y se introduce la secuencia que se acaba de mencionar. Después, la voz en off reanuda su discurso sobre el visionado de uno de los besos de Máximo Valverde y Ana Belén, que se repite hasta que la voz en off acaba su reflexión.)

En *Españolas en París* no se ve ningún cuerpo femenino desnudo. Sólo los besos entre Máximo Valverde y Ana Belén. Después, la elipsis. No hace falta exhibir partes desnudas del cuerpo porque aquí se está hablando de otra forma de desnudez. Desvalimiento, desarraigo, fragilidad. De otra manera de tener frío. Otra cosa es que, para promocionar la película, se explotase la posibilidad morbosa del desnudo y la exposición pública del tabú.

Como casi siempre que se aborda el asunto del miedo y la desprotección, también se alude al acto de tomar conciencia y a la valentía. La cámara se aproxima con sensibilidad a las mujeres emigrantes tanto desde un punto de vista cultural como económico: la explotación y el desarraigo complican la experiencia, que podría ser enriquecedora, de convivir y ser permeable a una moral diferente. Además, en el planteamiento narrativo de *Españolas en París* prevalece la idea de que la clase, por encima de la solidaridad de género y de la patria, es lo que une y, sobre todo, lo que separa a los seres humanos.

(La voz en off calla para dar paso a una secuencia en la que los patrones franceses presentan a su *bonne* española a unos invitados también españoles. Cuando Isabel, la criada, se acerca a darle la mano a la señora española, interpretada por Emma Cohen, ésta no sólo no le da la mano, sino que le pregunta

desdeñosamente: «¿Y tú de dónde eres?» Después, desde la cocina, Isabel escucha cómo los españoles informan a sus anfitriones de que pagan demasiado a la criada, de que se aprovecha, de que por culpa de chicas como Isabel el servicio está fatal... Esta secuencia se enlaza con la del aborto que se reproduce sin sonido mientras la voz en off prosigue.)

La mentalidad abierta de la película se resquebraja en un momento fundamental: el aborto de Isabel. El reaccionarismo en torno a la cuestión no se relaciona tanto con la negativa del personaje a abortar –una mujer está en su pleno derecho de elegir tener o no tener un hijo en condiciones adversas o favorables– como con el retrato de las mujeres que practican el aborto. En el naturalismo de la cinta irrumpe de repente la estilización deformante de Gutiérrez Solana. Aparecen las brujas. Las instigadoras. Visten de negro. Transmiten, más allá de la pantalla, su olor a rancio, a pliegues sin lavar, a sudor. Las mujeres que van a practicarle un aborto a Isabel comentan que tienen la buena costumbre de hervir el instrumental. La declaración de sus buenas costumbres indica que son sucias. Peseteras. Buscan dinero. Son mala gente. Isabel, tumbada con las piernas colgando sobre la mesa de la cocina, reacciona y las echa a empujones de la casa. Isabel, que es una Ana Belén muy joven y redondita, está fuera de sí. Jadeante y colorada, las insulta: «¡Brujas!» También expulsa de su vida al hombre que se aprovecha de ella porque la sexualidad en esta película es una consecuencia del deseo y de la liberación, pero también de un engaño que, pese a todo, ha fructificado en la convicción, irrenunciable para toda mujer que se precie de serlo, del hijo que ha de parirse y de criarse contra viento y marea. El aborto en el cine español se retrata desde la sordidez y la parafernalia de la hechicería. El aborto son infecciones y desaprensivos médicos que fuman mientras practican un raspado a una mujer que llora y se siente humillada. Una mujer con las piernas abiertas que después se desangrará lentamente subiendo la escalinata de una iglesia a la que ha acudido para arrepentirse de sus pecados.

(Cartel promocional de *Aborto criminal.*)

Ése es el planteamiento ideológico subyacente en películas como *Aborto criminal,* de Ignacio F. Iquino (1973). Ésta es su reveladora sinopsis:

> Rosa, mujer casada; Ana, obrera; Menchu, una menor de familia rica. Todas ellas deciden interrumpir sus embarazos, consecuencias de dispares aventuras amorosas.
>
> Por su parte, una joven prostituta, Lola, quiere dar vida a su hijo porque, según ella, es lo único que tendrá a su lado y la defenderá cuando sea mayor...

(Cartel y fotogramas en blanco y negro de *Trabajo ocasional de una esclava.*)

La aproximación a la problemática del aborto de la película de Iquino no se parece a la que el mismo año hacía Alexander Kluge en *Trabajo ocasional de una esclava.* El trabajo ocasional al que se refiere el título es el de practicar abortos clandestinamente. El espectador asiste a un aborto real en primerísimo plano mientras Roswita, la protagonista, está llevando a cabo la intervención.

(La voz en off calla mientras se visiona la escena del aborto, cuyo último plano se congela mientras la voz en off continúa.)

Roswita no es una bruja, sino alguien que intenta ayudar a su pareja económicamente. También aspira a cambiar el mundo. Roswita tiene vocación asistencial y una conciencia de clase y de género que la empujan a ayudar a las mujeres que no pueden o no quieren tener hijos. A Roswita no la torturan ni la mala conciencia ni el fantasma del pecado ni el prejuicio de que para ser mujer hay que parir. Roswita acaba siendo la líder de una célula revolucionaria. Y Kluge renuncia al naturalismo para pasar a rodar cine de aventuras dejando al espectador desvalido y desconcertado. Sin saber si debe reír o llorar. Poniéndolo difícil.

(Panorámica y fotos en detalle de manifestaciones y concentraciones feministas del periodo al que se hace referencia.)

Pese a las truculentas visiones dadas desde el cine y desde la literatura –incluso desde el cine y la literatura aparentemente progresistas–, en España pronto la interrupción voluntaria del embarazo fue esgrimida como un derecho de las mujeres. En 1976, unas 30.000 españolas al año abortaban en Londres, 300.000 lo hacían en España, y, de esas 300.000, unas 3.000 morían. En España había mujeres encarceladas por haber abortado. El código penal franquista continuó vigente incluso después del referéndum de la Constitución: los que practicaban abortos eran castigados con penas de entre seis meses y un día y doce años de prisión mayor en el caso de hacer el aborto sin consentimiento de la mujer, y de prisión menor, de seis meses a seis años, en el caso de que la mujer consintiera. La mujer que abortaba podía cumplir condenas de entre seis meses y seis años. Pero si lo hacía para ocultar su deshonra, el castigo se rebajaba a un arresto que podía prolongarse entre un mes y un día y seis meses. La jurisprudencia penaba abortar en el extranjero, ya que al feto se le consideraba español por ser de madre española. Las condenas se cumplían sin que fuese una eximente el hecho de no tener antecedentes penales.

En España, hasta el año 1978 no fueron legales los métodos anticonceptivos. La reivindicación del propio cuerpo, del derecho a decidir sobre el propio cuerpo, no era ni es tan sólo un eslogan publicitario que se imprime sobre reproducciones de *La Gioconda* para hacer pegatinas, calendarios, carteles y todo tipo de *merchandising*. En 1979 se produjeron autoinculpaciones masivas en protesta por el procesamiento en Bilbao de once mujeres y un hombre acusados de practicar abortos. En un estudio sobre el aborto, colgado en internet, se señala:

> Durante esos años el movimiento despliega una intensa actividad logrando generar un debate social y poniendo el aborto en la agenda pública.
>
> Las actividades que se realizan son de muy distinta naturaleza: manifestaciones, encierros en Ayuntamientos, en los Juzgados, mociones en Ayuntamientos, edición de diversos materiales; charlas, mesas redondas, jornadas. Iniciativas como la recogida de firmas de 1.300 mujeres políticas, cantantes, artistas, periodistas que declaran: «Yo también he abortado.»

La actriz Ana Belén participa en esa campaña de autoinculpaciones. En 1973 había gritado «Brujas» con todas sus fuerzas por exigencias del guión.

A mis casi cincuenta años, no me puedo permitir un relato nebuloso de la niñez. Ésta es una historia sobre el adulto que todos los niños llevamos dentro y también sobre la niña que se ha quedado dentro de mí. Mi voz es la de Bette Davis, con tirabuzones, mientras canta, vestida de organdí blanco, un estribillo pícaro: una vieja que finge ser una niña o una niña embalsamada. Aún me sueño masticando cristales que no acaban nunca de salirme de la boca.

No me puedo permitir una historia de palabras dichas a medias o de libros de familia que guardan secretos inconfesables. Un relato de iluminaciones que desnuda la cara de perro bajo el antifaz dulce, o el dolor que refleja el ademán –contenido– de quien se practica un torniquete.

No puedo acercarme a la rareza de los cambios de humor de una mujer, el paso de la desesperación a la euforia, sin pronunciar la palabra *alcoholismo;* ni describir a una vecina, siempre con gafas de sol, sin nombrar el maltrato. No todo son sospechas en las vidas infantiles. Ni veladuras. Ni cosas que se entienden más tarde. Ni misterios que se justifican por la tardanza en el aprendizaje del léxico.

Ya no puedo escribir desde la poca ingenuidad que me iba quedando entonces o desde esa oscilación entre el querer saber y el no querer saber nada, el derecho a preservar la niñez artificialmente dentro del congelador. Ahora sólo puedo escribir tomando partido porque lo hago desde la conciencia no de lo que estaba sucediendo sino de todo lo que después sucedería. Como dije al principio, ésta es la historia del adulto que todos los niños llevan dentro. Sólo permanecen en mis frases algunas hebras de infancia. Unas pocas.

Así que sería deshonesta si ahora dijese que no sabía adónde iba mi madre aquella tarde. Lo sabía perfectamente.

Mi madre e Inés Marco nos van a recoger a Angélica y a mí a la puerta del colegio, y mi madre, en lugar de volver a casa, coge un taxi y se marcha sin dar explicaciones. Antes de subir al taxi, me dice:

—Pórtate bien, Catalina.

Esa misma mañana mi madre le había dicho a mi padre que no la pasara a buscar a la consulta porque no se encontraba bien y se iba a quedar en casa descansando.

—Haces bien, cariño. No tienes buen color.

Me alegró comprobar que por fin mi padre se había dado cuenta de que mi madre parecía una enferma del hígado. Pero, para mi padre, no debía de ser un caso de extrema gravedad. No tenía tanto miedo como yo. Se le veía seguro:

—Ahora tienes que cuidarte.

Mi padre pensaba que su mujer había entrado en razón. Me llevó al colegio y siguió hasta su trabajo. A mediodía comí con mi madre. Lentejas con consistencia de engrudo y sus pescaditos de siempre. Mi madre me espoleó un poco, quizá por la costumbre:

—Catalina, cómete el rebozado, que estás hecha una flauta. Ella no comió.

No me sorprende que nuestras madres vengan a recogernos a las cinco. Mi madre estaría aburrida. Lo que es completamente inusual es que se haya arreglado tanto. Huele a agua de colonia. Se ha recogido el pelo. No lleva zapatos de tacón, pero ha lustrado sus bailarinas. Su mejor bolso le cuelga del hombro. Mi abuela Rosaura sólo se lavaba con convicción cuando tenía que ir al ambulatorio. En la puerta de colegio, mi madre me dice:

—Pórtate bien, Catalina.

Yo empiezo a verlo todo en colorines fosforescentes. *Pum pum pum*, me hace el corazón a la altura de la garganta. *Pum. Pum pum*. Me tapo los ojos con el antebrazo porque me molesta el sol. Noto que soy más bajita que el resto de mis compañeras. Mi madre me recoge el pelo detrás de mis orejas de soplillo y, por una vez, yo no vuelvo a tapármelas con mis pobres mechones. No deshago el gesto de mi madre. No lo corrijo con violencia y con disgusto. No le digo: «¡Ay!, ¡quita!» Ella, en cuclillas frente a mí, me sonríe:

—Hoy te quedas a dormir en casa de Angélica. No le des la lata a Inés.

Mi madre me da un capón. Yo no protesto.

—Esto de anticipo por si te portas mal.

Mi madre sonríe. Coge un taxi. Entonces sé adónde se dirige y tengo muchísimo miedo de no volverla a ver. Me vienen sucesivamente a la cabeza: una sala de hospital, una celda en la cárcel, la habitación acolchada de un manicomio. Los electroshocks de una película del hombre lobo que no debería haber visto aún. Me agarro de la mano de la socióloga como nunca lo había hecho. Ella me mira por debajo del filo de sus gafas oscuras:

—Cata, no te preocupes.

Inés Marco me acaricia la cabeza como a un perrito faldero. Me alivia. Es la primera vez que consigue tranquilizarme. Luego, tuvo que hacerlo muchas más veces.

—Tranquila, Cata.

Quiero preguntarle a la socióloga si mi madre está enferma. Si está loca. Si sufre una depresión. Pero no me atrevo. Inés me ayuda porque siente el sudor de mi mano. Mi frío:

—Tu madre está bien. Mañana, cuando te levantes, seguro que Sonia te prepara el desayuno.

Esa tarde Angélica y yo no jugamos a nada. No se nos ocurre nada. No estamos en nuestro ambiente. Mi cuaderno de centauras se ha quedado en el piso de arriba. Esa tarde no nos colocamos un cojín debajo de la camiseta y nos preguntamos con cara de peponas:

—¿Niño o niña?

—Da igual. Lo que importa es que venga bien.

Esa tarde no repentizamos las entrevistas de famosas que hablan del amor:

—Nos vamos a dar una segunda oportunidad.

Hacemos los deberes de sociales. Dibujamos mapamundis que coloreamos según la densidad de población. Leemos tebeos. La tarde no se acaba nunca y a mí se me va un poco la cabeza. Después, ponemos la radio para escuchar las canciones de moda: las bandas sonoras de *Fiebre del sábado noche* y de *Grease,* «I Will Survive» de Gloria Gaynor, «Last Dance» de Donna Summer, «September» de Earth, Wind and Fire... Angélica baila llena de entusiasmo y sicalipsis:

—¡Venga, anímate, Daniela!

Angélica da un giro de trescientos sesenta y cinco grados con tal impulso que está a punto de caerse. Hace tijeritas con las piernas como los bailarines de *Aplauso* y mueve los brazos como si le latiese en el pecho un corazón de elefante. Mi amiga no es buena en gimnasia. Pero le pone voluntad, y hace muy poco ganamos un concurso de rock and roll en el colegio. Angélica hacía de chico y yo de chica. Ella sostenía mis piruetas porque es fuerte y yo me balanceaba a los lados y por encima de su cuerpo, marcando el ritmo y poniendo la gracia femenina a los pasos de baile. En su habitación, Angélica resopla:

—La noche es joven.

Ratifico mi impresión de que las frases de las series televisivas parecen idioteces en los labios de Angélica Bagur. Sólo en sus labios.

—No, querida, no tengo ganas.

Angélica deja de bailar y noto ese olor un poco ácido que lleva a mi madre a abrir la ventana cuando vuelve de trabajar. «Aquí huele a choto», dice mi madre. Pero esta tarde ella no está en la consulta del dentista. Angélica y yo escuchamos música poniendo cara de experimentar pensamientos profundos o románticas evocaciones, recuerdos de episodios que no se han producido aún bajo los reflejos de la bola de espejitos de una discoteca. Cuando el locutor anuncia «¿Qué hace una chica como tú en un sitio como éste?», subo el volumen de la radio. Me gusta creer que el estribillo habla de mí, aunque eso me convierta en una anciana precoz maltratada por la vida. *Mujer fatal. Siempre con problemas. Mujer fatal.* Tal vez la mujer fatal no soy yo, sino mi madre. Frunzo el ceño. Me borro la cara de idiota que pongo cuando estoy dentro de una canción. *No utilices tus juegos conmigo. Mujer fatal. Los años te delatan, nena, estás fuera de sitio.* No soy yo la persona de la que están hablando ni sé por qué yo querría ser esa mujer que se arrastra por los bares.

–Cati, ¿quieres dormir?

Cuando estoy triste, me entra sueño. Pero no me duermo. Me acurruco en los cojines de la cama de Angélica, recogiéndome las piernas con los brazos. Ella, compasiva, no sabe qué hacer o qué decir. Pasamos rápidamente de una cosa a otra. No nos concentramos en nada. No rodamos tres horas de metraje de *Las garras de Lorelei* ni alargamos hasta el infinito la trama de *Las adolescentes.* De pronto, Camilo Sesto arranca con su «Vivir así es morir de amor» y Angélica apaga la radio. Las dos hemos decidido odiar a Raphael, a Julio Iglesias, a Pablo Abraira y a todos los cantantes melódicos españoles. Camilo Sesto es un hortera. Suspiro recostada en la cama de Angélica Bagur:

–A mi madre le encanta Camilo Sesto.

Mi madre. Mi madre. Mi madre. Me da un poco de vergüenza parecerme a Angélica Bagur, que otra vez enciende la radio. *Por amor no tengo más vida que su vida. Melancolía.* O algo así. Me temblequean los belfos. Tengo frío. Siento pena de mí misma. Inmensamente.

—Apágala. Es una mierda.

Cuando empezamos a cenar, Luis Bagur aún no ha llegado a casa. Estamos solas. Mientras como un pedacito de pan, oigo el ruido del ascensor. No he dejado de atender a los ruidos de la escalera. Ni un instante. Ahora aguzo el oído para identificar a la persona que se detiene en el piso de arriba. No reconozco la pisada opaca de las bailarinas de mi madre, pero sí los pasos de mi padre que abre la puerta de nuestro piso. Sus llaves tintinean de una manera especial. Entonces me imagino su desconcierto al ver apagadas las luces. Todas las luces. Mi padre irá abriendo las puertas de las habitaciones: «¿Sonia?, ¿estás ahí Sonia?, ¡Sonia!» Pero mi madre no está jugando al escondite. Mi padre se suele poner histérico si llega a casa y, de forma imprevista, mi madre no está. Él le pone a esa sensación un bonito nombre. Dice mi padre: «Me siento desvalido.» También dice: «No sé qué hacer sin ti.» Mi madre contesta: «Gamarzas.» Mi padre seguirá hablando solo mientras abre la puerta de su alcoba: «¿Sonia?» Al principio pregunta, después grita, luego susurra al reparar en el hecho de que subir la voz es un esfuerzo inútil. Nadie lo va a oír.

Alfredo Hernández, de repente, debe de acordarse de mí y sale del piso dando un portazo. Baja las escaleras a toda prisa. Lo escuchamos con el tenedor suspendido delante de la boca.

No tengo ganas de ver a mi padre. No me gusta la cena. La tortilla que prepara Inés tiene trazas blancas de huevo que me dan asco. Sólo quiero acostarme y esconderme bajo el edredón.

Inés se levanta para abrir incluso antes de oír el timbre.

Nunca había sido sonámbula. Pero esa noche, en la habitación de Angélica, me levanto de la camita que me han preparado en el suelo con un colchón de gomaespuma y me pongo de pie. Señalo la ventana. Señalo el cristal de la ventana. No más allá de la ventana. No señalo una sombra escondida detrás de algún seto de la calle. En el cristal de la ventana, como en un encerado, se reflejan las imágenes de Alfredo Hernández y de Sonia Griñán que hablan de una caja de galletas. Del dinero que la abuela Rosaura guardaba allí para un vestido de primera comunión que yo no me pondré nunca porque mi padre no quiere. Alfredo y Sonia también hablan de unos ahorros que mi madre escondía en los botes de alubias y garbanzos.

Mi madre ríe contra el cristal. Y yo trato de contarle a alguien, a Angélica, a Inés, a quienquiera que pase por allí, todo lo que estoy viendo. Pero no se entiende lo que digo. Por eso, subo la voz y hablo tan fuerte que por fin rompo el sueño de cemento de Angélica. Hablo en un idioma que se parece al de los poseídos por el demonio. Mi amiga se asusta. No me entiende. Yo sigo señalando la ventana con el dedo índice a punto de escapárseme de la osamenta. Veo a mi padre llorar. Mi madre ya no está amarilla, sino blanca como el queso de Burgos. Mi madre no se compadece. Alfredo Hernández llora y yo lo oigo pero no puedo sacarlo de dentro del cristal. No es exactamente pena el sentimiento que mi padre me inspira.

Angélica se levanta de la cama. Va a la habitación de sus padres mientras yo sigo hablando esa lengua del demonio que sólo los sonámbulos conocen.

Cuando abro los ojos, Inés está en el umbral de la alcoba. Luis Bagur me toma suavemente por el brazo y yo no consigo comprender dónde estoy. La mano de Luis tiene la consistencia de las plumas con que se rellenan los anoraks y las almohadas. Miro el pijama que llevo puesto. No es mío. Miro a Luis Bagur que intenta que me concentre en su cara para despertarme sin sobresalto. Veo sus dientes de fumador de pipa y las piezas empiezan a encajar. Vuelvo en mí. Hasta cierto punto. Al principio no recuerdo, pero al mirar el cristal vuelvo a ver la caja de galletas de la abuela Rosaura. Mi madre coge un taxi y me dice: «Pórtate bien, Catalina.» Me acuerdo de Alfredo Hernández que se ha encarado con Inés a la hora de la cena y se ha marchado sin decirme nada, dejándome delante de una tortilla con hebras de clara de huevo que me dan asco. Me pongo a sudar, aunque no tengo fiebre.

Luis Bagur me acaricia la cara y me dice: «Bonita, bonita.» Me da lo mismo.

Inés se acerca, me seca el sudor con su pañuelo. Me da de beber un poco de agua. Me pregunta: «¿Quieres ir al baño, Cata?» Niego con la cabeza para no tener que hablar. Para no tener que despertarme del todo. Preferiría que nadie me hubiera despertado. A un lado o al otro de la cápsula del sueño aparecen los mismos personajes y no sabría decir si siento más angustia dentro o fuera de ella.

Luis me invita a acostarme otra vez en el colchón de gomaespuma. Muy dulcemente. Me arropa. Es para mí lo más parecido a un padre cariñoso. Angélica duerme. No se preocupa demasiado y su falta de preocupación me alivia la quemadura. Me hace bien. Inés y Luis se marchan a su alcoba agrandando la rendija entre el cuarto de Angélica y el pasillo.

Me dan miedo los bultos de esta habitación. No los puedo identificar con la misma eficacia con que pongo nombre a los bultos de mi dormitorio para desactivarlos como presencias malignas. Presiento que mi sueño dentro del cristal de la ventana ha sido la traducción a imágenes de algo que ha pasado realmente en el piso superior. De las voces que han bajado por el tiro del patio y se me han colado por la oreja. Sonia Griñán y Alfredo Hernández, en algún momento, discuten.

Mi madre está ya en casa. La noto. Quiero que la noche pase muy deprisa. Pero no es posible.

Ahora, de mayor, sueño mucho porque duermo mal. No me sumerjo en el sueño como un submarinista. Si el sueño es la posibilidad de bajar en un ascensor hasta casi el núcleo terráqueo, yo me apeo en la primera planta y, desde ahí, es fácil auparme hasta la superficie. Rescatarme de un sueño por el que me gustaría ser tragada. Arenas movedizas. Dejar de respirar. Cualquier cosa, por pequeña que sea, me despierta. Una mano rompe la superficie y me saca del agua antes de que me ahogue. Quiero ahogarme. Pero hay algo que no me lo permite.

Mi último sueño adulto ha sido de andar por casa. En la pared del salón se abre una grieta que se va ensanchando. Cuando me asomo para ver cómo la puedo arreglar, de la grieta se escapa una avispa. Después otra y otra. Otra más. Me protejo la cara con un kleenex, me aproximo y descubro dentro de la grieta un avispero. Mi marido y mi hijo Luis quieren que nosotros solos matemos las avispas. «Hay que ahorrar», me dicen. Yo les digo que no quiero que me piquen, que es necesario avisar a un exterminador. Se lo grito. No me escuchan. Aunque ya no soy una niña, mi marido me lleva la mano para que juntos matemos las avispas. Se empeñan en que haga lo que no quiero hacer. No sé por qué no huyo.

En otra habitación, Jennifer López espera mientras dialoga con Daniela Astor. Jennifer ha venido a depilarme el entrecejo.

Daniela Astor se me aparece, todavía hoy, cuando siento el bolón de la soledad, el alargado vacío que se extiende desde la garganta hasta las ingles. Antes de casarme y de tener a mi hijo Luis, incluso después, ahora mismo, si me siento sola, ella me invita a llamar a un hombre que se cree que soy su madre o a uno que se cree que soy su hija. A uno de esos que te dejan con la culpa enorme, con la monstruosa pérdida, de abandonarte después de decirte que no pueden vivir sin ti. Pienso que hemos debido de hacer algo horrible para que aquellos que nos aman más que a su propia vida nos aparten de su lado.

«Llámalo, llámalo, llámalo», me dice Daniela Astor. «Será una historia tan hermosa, clandestina», me dice Daniela Astor. Daniela Astor, todavía hoy, puede acabar con mi salud. Pero yo, los días de las apariciones, me tomo un comprimido y me voy pronto a la cama para no caer en la tentación mas librarme del mal amén.

Es probable que Daniela Astor se revuelva dentro de la tumba que, para ella y sólo para ella, es mi cuerpo. Pero yo sé que esas historias no son las más hermosas. No es la primera vez que las vivo. Mi padre con lentitud pronuncia sus palabras de despedida:

—Te quiero tanto, Sonia, que no tienes ni idea del daño que me has hecho.

182

Esto sucede después de que yo duerma en el cuarto de Angélica Bagur. Mi padre se va porque quiere mucho a mi madre. Muchísimo. Aunque Inés Marco, la socióloga, asegura que Alfredo Hernández se ha marchado por otras razones:

—Es la primera vez que le llevas la contraria.

—Yo no he hecho nada por llevarle la contraria.

—Pero eso a él le da lo mismo. Eres una desobediente.

—Y una egoísta.

A los doce años no logro entender por qué las dos mujeres acaban riendo. Pero me gusta que rían. Luego, mi madre recupera parte de su gravedad:

—Sólo él tiene derecho a sentirse mal. A juzgarme.

—¿Estás segura?

Desde que Alfredo se ha marchado, Inés sube después de cenar para charlar con su amiga. En el salón resuenan casi siempre las mismas palabras: *desobediencia, egoísmo, respeto, cuerpo, derechos, reveses, violencia, la fiesta en paz, vergüenza, desigualdad, miedo, hombre, mujer, salario, educación...* Angélica acompaña a su madre. Casi imperceptiblemente, nuestros juegos han dejado de ser la razón que nos une: ahora las charlas de Inés y Sonia son el motivo de nuestras reuniones.

A mi padre no lo echo de menos. A lo mejor es que no lo veía mucho. O no lo veía bien. O sólo era el hombre que me llevaba al colegio. Los fines de semana nos decía lo que estaba bien y lo que estaba mal. Nos instruía. Cuando mi madre se va, la casa está vacía. De las malas y las buenas vibraciones. De la emanación vaporosa del síndrome premenstrual. De los castigos injustos y de las arbitrariedades. De una alegría extemporánea. Del olor de las frituras y del ruido de la televisión. Sin embargo, la ausencia de mi padre no supone casi nada en este piso que, cada vez más, es un seno. El interior de una nuez.

Luis Bagur sube para recoger a sus mujeres. Cuando Luis gira la llave de su casa y no hay luces encendidas, se pone tan nervioso como se ponía mi padre. Aunque él dice que lo que le pasa es que le entra tristeza. Sube a toda velocidad. Luis Bagur cada vez llega a casa más temprano. A veces no se cerciora de si Angélica e Inés están en su propia casa sino que llama directamente a nuestro timbre:

—¿Molesto?

Desde que estoy creciendo y me salen granitos en la frente, noto lo pequeña que soy en realidad. Ya no me atrevo a coquetear con Luis Bagur, que es el hombre que me arropa cuando sufro pesadillas. Mi madre lo sabe y se comporta con él como una anfitriona perfecta:

—Pasa, Luis. ¿Quieres tomar algo?

Cuando los Bagur por fin bajan a su casa, a veces mi madre, que no ha perdido su naturaleza hostil, protesta un poco:

—Esta Inés no me deja estudiar.

Yo me pongo inexplicablemente comprensiva:

—Se preocupan por nosotras. Nos quieren.

—Pues sería mejor que no nos quisieran tanto.

Mi madre se queja con la boca pequeña. No quiere renunciar al cariño de los Bagur. Aunque en ese momento ella aún no sabe lo mucho que los vamos a necesitar.

—Cati, ayúdame con este problema.

Mi madre me pide que la ayude para que me sienta importante. Pero ella ahora resuelve las ecuaciones mucho más deprisa que yo. Incluso la pongo un poco nerviosa. Mi madre tal vez empieza a poner en duda esa inteligencia mía que siempre defendió a capa y espada delante de todo el mundo.

—Venga, Catalina, a la cama, que mañana tienes que madrugar.

Desde que mi padre se fue, voy y vengo del colegio con Angélica. Las dos solas. Nuestras madres de repente tienen muchas más cosas que hacer que de costumbre. Sobrellevamos con naturalidad el cambio que se ha producido. Mi madre, por primera vez, abre una cuenta a su nombre en el banco y toma conciencia de todo lo que no tenemos. Memoriza el número de su carné de identidad. Ha doblado turno en la consulta de Parra. Yo, como Angélica, me quedo a comer en el colegio. Separo el tocino del plato de lentejas. No me como la naranja de postre. Retiro las espinacas del potaje. Y el bacalao. Lamo los garbanzos. Deshago el pescado y lo escondo debajo de la espina para que nadie me regañe. Sigo fiel a mis hábitos dietéticos.

Mi madre no quiere que Alfredo Hernández nos ayude económicamente.

—Si se ha ido, se fue.

Mi padre tiene nombre de mariachi y mi madre, algunas veces, parece que canta boleros. Yo vivo entre el piso de arriba y el piso de abajo. Mi padre, tal vez porque le urge borrar todo eso que tanto le duele, necesita olvidarse de mí. Casi lo consigue. Es lo razonable. Pero estamos bien. Mi madre trabaja. Estudia. Se ocupa de las cosas de la casa. Yo estudio. Juego, pero muy poco. Acabo mi cuaderno de monstruas y centauras: en una foto de cuerpo entero en bikini de Norma Duval pego la microcabeza de la dulce Ivonne Sentís. Angélica y yo somos más hermanas que amigas. Nos vamos separando por estar todo el día juntas y por algunas otras cosas que están a punto de suceder. Pero, hasta que ocurran, Angélica algunas veces sigue pronunciando esas frases que ni siquiera en la boca de Gloria Adriano resultan verosímiles:

—Ya verás como tu madre pronto encontrará un hombre que le devolverá la sonrisa...

Los acontecimientos transcurren a una velocidad increíble. Me baja el periodo. Me escondo las minúsculas tetas debajo de los jerséis y agacho la cabeza cuando paso por delante del taller mecánico. Dejo de ser una enana del circo, una liliputiense muy arregladita, una mocosa que anda con los tacones de su madre.

Creo que Daniela Astor se ha marchado para siempre, pero sólo está embalada dentro de una caja de cartón en el trastero.

Es una muñeca hinchable, una funda, como Connie Selleca, como Jaclyn Smith, como Amparo Muñoz. Daniela Astor es una extraña combinación de sometimiento y autoestima. De puerilidad y salud. Un bicho raro.

Daniela Astor se retira del espectáculo y no se vende al mejor postor.

Caja 8
Subasta

(La voz en off se oye sobre la imagen de la página de internet que se menciona a renglón seguido. El cursor, la flechita, dibuja el cuerpo de Paula Pattier mientras la voz en off habla.)

En diferentes sitios de internet se puja por portadas de *Interviú* que aún se conservan en buen estado. Por ejemplo en *www.todocoleccion.net/revista-interviu-n-176-1979-portada-paula-pattier-*

INTERVIÚ – N.º 176-1979. EN PORTADA: PAULA PATTIER
Precio de venta directa:

6,00 € 🛒 Comprar

Items: 1
Estado: 2 – Algún defecto
TIENE LA PORTADA Y CONTRAPORTADA SEPARADA DEL RESTO DE LAS HOJAS
¿Tienes dudas? Pregunta al vendedor
El vendedor admite ofertas

El intento de contemplar con normalidad y deleite la anatomía de las mujeres, de destapar lo que había permanecido oculto bajo el corsé, se transforma en fetichismo de coleccionista. Muñecas recortables, mariposas atravesadas por agujas, las fotos de las chicas de portada de *Interviú* se guardan en fundas de plástico. Se cambian como cromos. Desde 1976 desfilan por sus páginas profesionales del espectáculo, actrices y cantantes. Sus cuerpos están llenos de matices: los pechos, las nalgas, la curva del vientre y las pantorrillas adquieren distintas formas. Búcaros, pipas de agua, perillas, esencieros, cuentagotas, odres, botijos, botas, ciruelas y manzanas. Un melocotón. Hay talles largos y talles cortos. Son mujeres que se liberan. Se quitan el miriñaque y sacan a la luz lo imaginado. Complementan con la exhibición del cuerpo otras habilidades artísticas que se les daban por supuestas. En algunos casos, tendrán que esforzarse para demostrar que, por debajo de esa belleza que provoca cierto temor, hay otra cosa. Las mujeres disponen libremente de las partes comerciales de su anatomía, aunque el comercio sea tal vez incompatible con la libertad. El paso que dan hacia delante es casi siempre irreversible.

(La cámara se va alejando del cursor que recorre el cuerpo de Paula Pattier y vemos la pantalla completa, el ordenador portátil al que corresponde la pantalla, la habitación donde se encuentra el ordenador y el hombre que en ese momento lo usa. A partir de ahí, se pone en marcha la simulación de un día de compras de N. P. –Norberto Pérez–. El actor que lo interpreta hace su puja frente a su portátil. Lleva una gorra de béisbol. De vez en cuando sorbe a través de una pajita el contenido de un vaso de cartón decorado con el logotipo de la Coca-Cola. La voz en off acompaña sus gestos. Planos del dedo corazón de la mano derecha mientras pulsa el ratón y de la flecha del cursor colocada sobre el icono de «Compra», que se contrapuntean con primeros planos de N. P. Gesticula mucho. Transmite una gran alegría cada vez que aprieta el icono «Compra». Aprieta los puños como si su equipo hubiera metido un golazo. Tras la presentación visual de N. P., aparecen las dos primeras portadas: «Rocío Dúrcal en globo» y «Rocío Jurado saca pecho». Sobre la secuencia, un off muy breve.)

N. P. está pujando en internet. Paga 10 euros por la portada «Rocío Dúrcal en globo» y 15 por «Rocío Jurado saca pecho».

(N. P. pulsa «Compra». En la pantalla se sobreimprime la palabra *Vendido* como si alguien hubiera dado un golpe con un tampón. N. P muta el entusiasmo por un gesto meditabundo. Apoya su dedo índice derecho sobre la barbilla. De pronto, se siente demasiado femenino y utiliza el mismo dedo para rascarse la cabeza bajo su gorra. Sobre las evoluciones de N. P. se oye la voz en off.)

N. P. está contento, pero le desconcierta la idea de haberse convertido en una especie de necrófilo. La sensación se acentúa cuando se percata de que Rocío Jurado envuelve algunas partes de su cuerpo con un plástico. N. P. visualiza el interior de un depósito de cadáveres. Se arrepiente de la compra. Le parece una falta de respeto. Después se acuerda de las subastas de fotografías y de objetos personales de Marilyn Monroe. Se calma. Aun así, cambia de página inmediatamente.

(Aparece la portada «Carmen Cervera, por vez primera». N. P. se frota las manos. Su dedo oprime el ratón y el cursor aprieta la tecla de «Compra» sobre la que vemos un carrito de supermercado.)

Paga 20 euros por «Carmen Cervera, por vez primera». N. P. aparta de su mente los posibles titulares de la prensa rosa, las exclusivas y los platós de televisión. Se ve a sí mismo como el malo. Alguien que podría hacer chantaje. Carmen Cervera está muy guapa en la foto de portada: sonrisa de Gioconda, lleva el pelo echado hacia atrás, tal vez húmedo, su escorzo es muy sugerente, tiene los dientes muy limpios... Antes Carmen Cervera era uno de los lienzos de su exposición. Cuando se hace rica, pierde el papel de musa y coge el pincel, moja la pluma en el tintero, reescribe su historia como le da la gana. Si no hay muertos en la cuneta, uno puede reescribir su historia como le dé la gana. Y contársela a sus parientes como si sus parientes no hubieran estado allí. Carmen se ha educado en un colegio suizo. Es políglota. Nunca practicó el sexo anal ni fornicó con su ginecólogo. Los ginecólogos fueron una institución muy importante en la Transición española. Ginecólogos de pago y con un punto de vividores.

(Aparece la portada «Bibi Andersen deja de ser Manolo», N. P. enarca las cejas. Da un botecito sobre el asiento y una vuelta completa en su silla giratoria. Después pone cara de aprensión. Incluso de asco.)

N. P. paga 25 euros por «Bibi Andersen deja de ser Manolo». Le llegan imágenes de una época en que nadie entendía bien ciertos misterios. Bajo el vello púbico, bajo la negra fronda de la pelusa rizada, el tajo o la protuberancia. La interrogación. La posibilidad de que los cirujanos corrijan la naturaleza. La amputación de excrecencias y rabos. La reconstrucción de labios como hojas de ficus gigante. El primor con que hay que trabajar los estambres y pistilos. El nervio del placer. El polen y el néctar. A N. P., botánico de profesión, no le extraña que Bibiana sea hoy partidaria de la cirugía. El cirujano plástico marca con lápiz azul las partes blandas. Tira de los colgajos y presiona los abultamientos. Localiza las retenciones de líquidos. Prescribe microinyecciones faciales y blefaroplastias. Estira, recose, liposucciona. A N. P. le vienen a la cabeza las varillas con las que se remueve la grasa que, después, se escurre por los tubos de drenaje. N. P., en curiosa coincidencia con Laguna –también comparten la pulsión del coleccionista–, cree que dentro de unos años ya no pujará por las nuevas portadas de *Interviú*. No le interesan esas tetas de sanguinaria heroína de cómic. Se repite el dibujo exacto de los miembros. Sólo hay que ir cambiándole la cabeza a un torso de mujer que siempre es igual a sí mismo. Ha mutado el concepto de la hembra deseable. El gusto ya no está en la variación. La belleza es cada vez más una ortodoxia. N. P. se asusta: le han contado que una mama con prótesis de silicona reverbera en la oscuridad con una extraña luz azul...

N. P. es un clásico.

(En pantalla, aparece la portada «¡Por fin, Amparo Muñoz!».
N. P., esta vez, aprieta despacio el ratón para comprar. No es
un tic nervioso. No es un impulso. Es una presión profunda y
consciente que recuerda ciertos movimientos sexuales, cierta
voluntad de sexo parsimonioso y abisal. N. P. suspira. Se produce un cambio rápido: se suceden las portadas de María Salerno, Carmen Platero, Mari Paz Pondal y Silvia Tortosa, entre las que se intercala el icono de «Compra» que se pulsa a
toda velocidad...)

N. P. paga 30 euros por «¡Por fin, Amparo Muñoz!», una
de las portadas más cotizadas de la historia de *Interviú*. N. P.
hoy se fija en los ojos rasgados de Amparo. Con eso es suficiente. Otro día será la melena. Otro día la forma de entreabrir los
labios o la curva de un pecho que sólo se insinúa. N. P., enamorado hasta la médula del cocido, es decir, muy melancólico,
se pregunta por qué compra este tipo de cosas. Se dice que no
es nostalgia. Ni afán de poseer. No es por deseo de dominación. Las mujeres se están muy quietas en las fotos. N. P. quiere creer que lo hace por lascivia. La lascivia, aún. Por encima de
la contemplación de la belleza, la lascivia. Inseparable a veces
no de la contemplación de la belleza, sino de la contemplación
de la fealdad. La cicatriz, la joroba, el diente mellado, un pubis
envejecido y lampiño. N. P. piensa que está llegando demasiado lejos. N. P. se censura por desear el cuerpo de mujeres
muertas. Luego se dice que es demasiado duro consigo mismo.
Piensa N. P.: «Estas mujeres son diosas inmortales.» Después
N. P. gasta calderilla en piezas menores: «María Salerno a palo
seco» (3 euros), «Carmen Platero prendida en Sevilla» (2 euros), «Mari Paz Pondal se lo toma a pecho» (2 euros), «Silvia
Tortosa salta a la vista» (6 euros)...

N. P. ha cubierto su cupo mensual. Quizá el mes que viene, desde la pantalla del ordenador, se le abra una ventana hacia Ágata Lys, Victoria Abril, Charo López, Ángela Molina,

Lola Flores, Norma Duval, Nadiuska... Cuando las portadas le van llegando, N. P. les pasa un trapito, las enfunda y las clasifica en su carpeta por orden cronológico y alfabético. Con esa distancia que otorga el incuestionable amor por las mujeres, N. P. recuerda al maestro Umbral: «De las mujeres nos curamos con un libro» (Ángel Antonio Herrera lo cita en «Las musas de Umbral», firma invitada de la revista *Mercurio* en su abril-mayo de 2012). Hay mucho desprecio en el amor y en esa creencia de que todas las mujeres son la misma: las públicas y las privadas, las ninfas y las nínfulas, las domésticas y las fatales. N. P. se las compraría todas.

(N. P. se estira y hace sonar sus nudillos. Después, pasa el dedo por los bordes de su mugrienta tarjeta de crédito. Cuando está a punto de apagar el ordenador, a N. P. el corazón se le acelera porque en la pantalla, de modo inexplicable, aparece la portada más codiciada, la más simbólica, la que con el paso de los años ha adquirido mayor relieve semántico y peso específico: «Marisol, desnuda y joven». Foto fija hasta el final de la voz en off.)

No seguiremos usurpando los pensamientos de N. P. Tan sólo podemos decir que le inquieta bastante que no aparezca el precio de salida en la puja por «Marisol, desnuda y joven».

Marisol, pionera de las musas de la Transición, ya no baila claqué ni mueve rítmicamente la cabeza de un lado a otro ni sube en tartana al cantar flamenco ni se desdobla ni se venda las tetas para parecer una eterna adolescente. No se casa con el hijo de su productor ataviada con una capucha de encaje blanco sobre los tirabuzones y los ojos azules rodeados de falsas pestañas. No está a punto de fugarse con Antonio, el bailarín. En 1976, Marisol tiene la edad de los que han crecido y se han desarrollado a pesar del franquismo y ahora aspiran a recuperar un país que se escondió bajo una manta de lana rasposa. Marisol coge una rosa amarilla. Se llaman rosas de té. A Marisol se le notan las marcas del biquini. Lleva flequillo. Es casi rubia. Casi. Amarilla. Brillante. Sus glúteos marcan una semiesfera perfecta. Media manzana, una pecera redonda donde los peces se vuelven locos. Una fisioterapeuta ciertamente quisquillosa podría decir: «Atención: lordosis lumbar.» Pero nadie quiere mirar a Marisol con los ojos del clínico. Los pechos se detienen en el punto justo de su deslizamiento. Todos los niños enamorados de España pegan el estirón en una noche al contemplar la foto de Marisol. La foto de lo que nunca iba a ser descubierto. Los niños de España envejecen. Se levantan con los miembros flojos y unas cuantas décimas. Se palpan los dientes y las encías descarnadas, y reparan en que todas las piezas son fijas. No hay dientes de leche para ofrecer al ratón que los cambia por monedas brillantes. Marisol ha dado el primer paso. Se quita de encima la pátina de azúcar glas. Es una mujer que se muestra a los ojos de los otros. Tal como es. En ese mismo instante, a Marisol le pitan los oídos. Tal como es. Tal como es. Tal como es. Y la repetición de la frase, el eco, hace que esas palabras no signifiquen absolutamente nada.

Dos años más tarde, en la misma publicación, la mujer de la rosa amarilla dirá: «No quiero ser Marisol.» Y nos daremos cuenta de la importancia de los nombres y los sobrenombres. Y lo legítimo del deseo de desaparecer. De borrar el propio cuerpo. Escamotearlo para poseerlo nuevamente. Para volver a gobernarlo. Marisol se pone unas gafas de sol horrorosas. Pantalones vaqueros. Se casa con un magnífico bailarín. Tiene hijas. Vive en Altea y come mejillones mirando el mar. Las negras conchas del mejillón. Canta otras canciones que no evolucionan al ritmo del twist. Viaja. Aprende. Milita en PCPE de Ignacio Gallego. Asiste a manifestaciones portando banderas rojas. Se duele. Se divorcia. Desaparece todavía más. Vuelve a la ciudad donde nació. Guarda los álbumes de fotos familiares. Tira los recortes de prensa. Los afiches. Se esconde debajo de las sábanas. Es friolenta. Canta en la ducha y se adormila en el sofá tapada con una mantita sobre los pies, que siempre se le quedan fríos. Baja a las reuniones de la comunidad. Se agarra unos cabreos de espanto viendo la televisión. Prepara tortillas de patata y salsa boloñesa. Se hace las correspondientes revisiones ginecológicas. Habla por teléfono con un acento malagueño cerradísimo.

La desaparición de Marisol habla del hartazgo de la luz, del engaño de la luz, de la mala iluminación, del elogio de la penumbra. De la cuestionable honradez del color amarillo. Marisol, replegada dentro de su concha, es el desencanto. El desencanto dos veces. Lo que podría haber sido.

No queremos usurpar los pensamientos de N. P., sólo diremos que cuando por fin aparece el precio de salida para la puja por la portada «Marisol, desnuda y joven», la cantidad es desorbitada. El límite está en el precio. Incluso el límite de la legitimidad de lo que se vende y de lo que se puede vender: la vida íntima, una foto, un beso negro, el seno de una madre, un niño, el riñón.

(N. P. abre la boca y los ojos, traza un gesto despectivo con la mano que significa «vete», «déjame en paz», «venga ya» y cierra de golpe la pantalla del portátil. Todo se funde en negro.)

–No me digas que se lo advertiste, Alfredo.

–No le diste ninguna facilidad.

–No la apoyaste.

–Quisiste olvidarte del asunto.

–Gamarzas, Alfredo. Eran gamarzas.

–Nosotros nos encargamos de todo.

–Seis meses y un día.

–Buitres.

–No quiere verte.

–No, no quiere.

–No necesita nada de ti.

–Prefiere que la niña se quede con nosotros.

–La niña también lo prefiere.

–Está bien. Muy bien.

–Catalina tiene sus cosas.

–Le hemos buscado otro abogado.

–No hace falta, Alfredo.

–Ni una peseta, Alfredo.

–No, ya te he dicho que no quiere.

–Te agradezco que respetes su voluntad. Por una vez.

–Quizá más adelante.

–Adiós, Alfredo.

Inés Marco no varía el tono mientras mantiene esta conversación con Alfredo Hernández. Ni una octava para arriba ni una octava para abajo. Quizá algún bemol o algún sostenido. Inés pega la boca al micrófono de su teléfono góndola blanco sin evitar que yo la oiga y pueda reconstruir cada una de las palabras de mi padre. Mi padre dirá *coyuntura, paradigma, incomprensible, legislación,* pero no dirá nunca *bonito.* Mi padre fue llamado a declarar en el juicio contra Sonia Griñán. Su testimonio no la perjudicó mucho más de lo que ella se perjudicó a sí misma. Tampoco la ayudó en nada. Después de declarar, Alfredo Hernández se fue sin esperar el veredicto. Hoy llama con cierto arrepentimiento. Quizá la abuela Consuelito le ha pinchado para que lo haga: «Alfredo, compórtate como un señor.» Alfredo, el mediano, ha de quedar bien a los ojos de la gente.

Inés mancha las páginas de su listín. Mientras habla por teléfono, rellena de tinta las panzas de las pes y los agujeros de las oes, engorda el trazo de las letras mayúsculas, subraya nombres al azar, dibuja grecas que rodean los números. Hasta tacharlos.

—No la apoyaste.

La página del listín sobre la que se concentra Inés, mientras sin subir la voz mantiene una conversación difícil con Alfredo Hernández, alias mi padre, queda inservible. Entiendo su sentido del humor y el grado de confianza que ha llegado a alcanzar con mi madre cuando oigo:

—Gamarzas, Alfredo. Eran gamarzas.

No soy capaz de reinventar la cara de mi padre, detrás del hilo del teléfono, mientras escucha la voz de una resucitada que ahora no es arisca, sino dulce, muy dulce. A los doce años, he oído muchas veces la palabra, aunque no alcanzo a comprender exactamente su significado: ahora sé que esa dulzura monocolor de Inés Marco era *jesuítica* y que ella habría sido una papisa increíble.

—Nosotros nos encargamos de todo.

Pese a los automatismos de Inés, pese a su manera de emborronar los números de la agenda, parece que cada uno de sus gestos es concienzudo. Parece que siempre sabe lo que hace y que nunca pierde la calma. Sin embargo, yo empiezo a interpretar las tensiones de su musculatura y el nervio dormido en su lentitud. Puedo ver cómo el corazón le late a más de cien pulsaciones bajo la tabla del pecho.

–Seis meses y un día.

Inés apoya sus gafas de ciega, con los cristales tintados, al lado de un cenicero que rebosa de esas colillas de filtro blanco que ella fuma a todas horas. Me deja ver otra vez esos inesperados ojos azules que, cada noche, se despiden de mí antes de dormir.

–No necesita nada de ti.

Mientras habla con mi padre, Inés no me pide que me vaya a jugar a la otra habitación o que me acerque a la cocina a comprobar si por fin hierve el agua de los espaguetis. Está segura de que me pondría rabiosa o, lo que es peor, de que disimularía y, fingiendo obediencia, ensancharía cualquiera de las rendijas del piso para enterarme de cada pelo y de cada señal. Los tabiques y umbrales son como chicles. Trozos de carne. Carne del estómago o del útero. Interiores de ballena.

–Catalina tiene sus cosas.

Inés no carga más las tintas de la historia de mi preadolescencia escamoteándome información o abultando la capa de polvo del secreto.

–Adiós, Alfredo.

Imagino a mi padre despidiéndose mientras mueve la mano. Dice Alfredo Hernández: «Adiós. Au revoir. Hasta luego. Ciao. Hasta pronto. Agur. Hasta más ver. Bye. Hasta nunca. Arrivederci. Nos vemos. Adéu. Buena suerte. Abur. Hasta la vista. Auf Wiedersehen.» Mi padre es el dueño de las despedidas.

Cuando Inés cuelga, me pregunta si quiero preguntarle algo. Yo le respondo que no.

La presencia de mi padre mientras mi madre está presa se reduce a esta conversación con Inés Marco y a tres o cuatro visitas. Una de las veces que me viene a visitar, me presenta a su nueva novia, que es una chica que se parece a Carolina de Mónaco y da clase de gimnasia en el mismo colegio que él. Si mi madre estuviera aquí diría: «¿Carolina de Mónaco? ¡Pero si esta chica es dentona y tiene cara de pan!» A veces mi madre puede ser muy cruel y, en el preciso instante en que su crueldad aparece, a mí me molesta. Sin embargo, hoy echo de menos la crueldad de mi madre y creo que debería haber mirado de un modo aún más corrosivo para defenderse de ese mundo que se le iba a echar encima.

Carolina de Mónaco y Alfredo Hernández vienen de votar que sí a la nueva Constitución. Inés y Luis no se han movido de casa. Mi madre no habrá podido decir ni que sí ni que no. Mi padre y Carolina de Mónaco están eufóricos. Carolina de Mónaco llega con chándal a conocer a la hija de Alfredo. Es muy diplomática: «¡Pero si no se parece nada a ti!» Soy la hija del lechero o del conductor de autobuses. La hija del electricista. No me importaría no ser la hija de mi padre. Carolina de Mónaco rompe un poco más los lazos que nos unen y hoy me doy cuenta de que la visión que tengo de mi padre está contaminada por todo lo que pasó aquellos días, pero se enturbia especialmente por todo lo que fue sucediendo después. Por su renuncia. Por el rencor que me causa su olvido y por el relato de todos los que participaron en esta historia y no eran yo.

Con mucho tacto, Carolina de Mónaco dice «¡Pero si no se parece nada a ti!» y yo levanto una ceja tal como me ha enseñado Daniela Astor, en quien, no tan incomprensiblemente, reconozco a mi propia madre. El levantamiento de ceja significa incredulidad o desaprobación. Yo levanto la ceja lo más alto que puedo al ver a Carolina de Mónaco vestida con un chándal rojo con dos rayas blancas laterales. Gloria Adriano, que está un poco celosa, me dice:

–Tu papá tiene derecho a rehacer su vida.

«Mi papá» es un alias. Gloria Adriano no renuncia a su progresismo, pero su progresismo apesta a queso mohoso. Me pregunto cuándo podrá mi madre rehacer la suya. No sé si mi madre podrá ponerse en la boca frases hechas como *volver a empezar, borrón y cuenta nueva, recuperar la alegría de vivir, aprovechar las segundas oportunidades, una luz al final del túnel, daba-daba-da, me enamoro del amor, aprecio en un hombre –sobre todo– que me haga reír, es tan importante el respeto mutuo, Dios escribe recto con renglones torcidos y aprieta pero no ahoga y ayuda al que madruga*. «Me cago en Dios»: lo pienso. Un día se me escapa la frase en voz alta. Inés Marco me reprende aunque es atea. Tengo casi trece años y me anticipo a mi convicción adulta de que el dolor es una carga que va gastando los riñones. Que nos encorva. Que no es un mal sueño del que uno se despierta una mañana diciendo «Ya pasó todo. Cura sana culito de rana». La quemadura quema por mucho que se sople. Y la quemadura de mi madre es de cuarto grado. Una quemadura por frío. Por congelación.

Yo siento rencor hacia todas las cosas. Hacia un dios en el que, a mis casi trece años, me gustaría creer para hacerle las recriminaciones que merece. Hacia mi madre que me ha dejado sola cuando yo empezaba a notar que su presencia era imprescindible. Hacia Alfredo Hernández, alias mi padre, el mariachi que fingía ser profesor y poseer todas las palabras para contar el mundo, guardo mi rencor máximo. Por lo menos, el día que llega del brazo de Carolina de Mónaco. Mi padre se transforma en un desconocido. Incluso «mi padre» es una expresión que suena extraña dentro de los vericuetos de este oído, casi perfecto, que se acostumbra lentamente al tono de voz de Inés. También mi olfato se adapta al olor a tabaco negro y a tabaco de pipa, a un modo diferente de condimentar la salsa de tomate, a la nueva bola de esencias que impregna las paredes. Ya no me ahoga cuando me voy a dormir.

No reconozco la ropa que lleva Alfredo Hernández cuando me viene a visitar como si yo también estuviera presa. Su nombre es el de otra persona cuando lo llama Carolina de Mónaco: «Alfredo.» No usa las mismas camisas que le planchaba mi madre para que su marido fuese al colegio oliendo a suavizante de flores y a spray de planchado. Mi madre es una pionera en la utilización de ese tipo de productos venenosos. Y en otros experimentos más tristes.

Alfredo Hernández no ha perdido el tiempo. Nunca supo estar solo. Por eso, si al llegar a casa mi madre no estaba allí, él se sentía «desvalido». Ahora ríe con los chistes estúpidos de una mujer que ama el deporte y utiliza la palabra *bonito* sin reparos. Carolina de Mónaco no aprende nada mientras escucha a mi padre. Quizá es él quien recibe una lección detrás de otra. Se lo merecería. Angélica, investida de la autoridad que le da cubrirse con la piel de asno de Gloria Adriano, mete la pata o, haciéndose la tonta que no es, me clava una aguja en el pecho:

–Carolina de Mónaco le ha devuelto la sonrisa a tu papá.

Angélica Bagur no me deja vivir entre algodones. Mi papá se casará con Carolina de Mónaco más tarde, después de que, en 1981, pueda divorciarse de Sonia Griñán. Cuando Carolina de Mónaco se quede embarazada, mi amiga Angélica pronunciará otro de sus Gloriosos-Adriano dictámenes:

–No importa que sea niño o niña. Lo importante es que venga bien.

Angélica no puede ser tan tonta. Tiene que ser mala. Está en su derecho. Yo, baja de defensas, con la culpa de haber sido siempre demasiado quisquillosa, hago como si no la hubiese oído. Ella se aburre.

–Daniela, ¿me escuchas?

Desde que vivo en su casa, Angélica baja mucho a jugar a la calle. Inés me anima para que yo también tontee con los chicos y coma pipas en las escalerillas del barrio, pero prefiero acurrucarme en un sofá del salón y ver álbumes de fotos, leer tebeos o esos libros que antes le rechazaba a Luis Bagur. Inés no me toca mucho. Tampoco a Angélica. No es una persona efusiva en sus demostraciones de afecto. No es como mi madre. No grita por la ventana. Ni estalla como la olla exprés. Inés es monocorde. Y, sin embargo, protege y da calor. También llena la casa. Suelo poner excusas de mujeres para no bajar a comer pipas y a tontear con los chicos. El bozo que les sale en el labio me da repelús:

—Me duele la tripa.

Temo lo que los chicos me puedan decir. No es un secreto dónde está mi madre.

—No será para tanto, Cata.

—Me duele.

Y es verdad que me duele. Casi todo el cuerpo me está doliendo. La cabeza. Como si me descoyuntaran.

No suelo preguntar por mi madre. No me dejan visitarla. Yo lo agradezco. La primera vez que Inés va a verla a la prisión, me pregunta si quiero preguntarle algo. Inés siempre pregunta si la gente tiene alguna pregunta. Yo le digo que no. Me hubiera tapado los oídos. Cuando Inés me pregunta, yo muevo la cabeza: «No, no, no.» Lo digo febrilmente aunque no emito ningún sonido. Aunque no me veo, estoy segura de que el miedo se me escapa de los ojos. Lo mismo sucede la segunda y la tercera vez. Después, Inés no me pregunta más.

Una vez a la semana, Inés prepara un paquetito y se va a ver a mi madre. Le lleva tabaco, libros, celulosa, porque mi madre aún siente una gran desconfianza por las compresas. De vez en cuando, incluye en el paquetito una tableta de chocolate negro y una crema para la cara. Yo hago como si no la viese, pero miro de refilón el contenido del paquetito y, en algunas ocasiones, me quedo con ganas de hacerle a Inés alguna sugerencia: un frasco, que no sea muy caro, de agua de colonia, unos patucos, porque mi madre casi siempre tiene los pies fríos. Pero no digo nada porque prefiero no pensar en esas cosas.

Cuando hoy Inés, de vuelta de la prisión, mete la llave en la cerradura para abrir la puerta de su piso, yo estoy esperándola medio escondida detrás del perchero. Veo algo que no hubiera debido ver: el gesto de preocupación, las ojeras de Inés Marco, por debajo de sus gafas oscuras. Me muevo entre la ropa porque, en el fondo, quiero que me descubra. Sería ridículo estar escondida de verdad y no estar escondida para lo que uno se esconde finalmente: para que lo descubran. Los fantasmagóricos abrigos, los abrigos sin cuerpo que los ocupe, hacen olas colgados de sus ganchos. Yo soy la culpable de esos fantasmas.

–¡Catalina! ¿Qué haces ahí? Me has asustado.

Inés Marco da un saltito y enseguida cambia el gesto de preocupación por una sonrisa. Me besa. Cuelga su abrigo y su bolso en el perchero. En el cuarto de baño se lava bien las manos con jabón Heno de Pravia. En mi casa usábamos otra marca porque a mi madre el Heno de Pravia la hacía vomitar. Incluso antes de ponerse amarilla. Decía mi madre: «Es un olor que se me pone en el estómago.» Y esa expresión significaba que ciertos aromas eran intolerables para su pituitaria. Mientras Inés se frota las manos, me da aprensión pensar que mi madre vive ahora en un lugar sucio. Cada vez que vuelve de visitar a su amiga, Inés huele a desinfectante y sólo los lugares muy sucios huelen así. Me vienen a la mente imágenes de mazmorras. Ridículas imágenes de presos con una bola en el tobillo. No puede ser así. Tal vez es peor. Y no le pregunto nunca nada a Inés temiendo su respuesta.

–Catalina, hija, ¿qué haces ahí parada?

Hija, hija, hija. Inés se esfuerza. No me sirve. Sin responderle, digo mentalmente: «Nada.» Inés, en realidad, no espera una contestación. Se enjabona y se aclara las manos varias veces. Me aparto de la puerta del cuarto de baño. Oigo cómo corre el agua del grifo. Estoy en un lugar de la casa que no es ningún lugar, el cruce de un pasillo con el recibidor, una pequeña zona muerta entre el calor de las habitaciones, sus diferentes temperaturas, lo que saben sus paredes, lo que cada muro puede decirnos si le ponemos encima la mano y después lo palpamos con la palma abierta.

Cuando Inés sale del baño, la sigo por el corto pasillo. Inés se mira las espaldas mientras yo, como si estuviese jugando, voy tras ella. Gallinas y pollos. Patitos feos. Princesas cisne. Inés se hace la distraída o tal vez me sigue el juego. Entra en la habitación de Angélica, le coge la cara entre las manos, le atusa la ropa. Yo me quedo en el umbral y escucho cómo la madre le pregunta a la hija si ha hecho ya los deberes. No los ha hecho. Pero Angélica miente. Y yo me muerdo la lengua para no chivarme. No estaría mal que Inés y yo empezásemos a compartir algunos secretos. A ser un poco cómplices. Al salir del cuarto de Angélica, Inés me aparta. Me mira interrogativamente y su mirada es una invitación a preguntar. Pero yo callo. Disimulo. Finjo que tengo que decirle algo importantísimo a Angélica. No le digo nada. Me siento encima de su cama mientras ella escucha la misma emisora con la que lleva canturreando todo el día. La sombra de Inés vuelve a pasar por la puerta en dirección a la cocina. Me levanto de la cama de Angélica. Peso tan poco que casi no queda rastro de mi cuerpo encima de la colcha. Voy detrás de Inés. Parezco subnormal. Pero no lo soy y ella lo sabe. Me apoyo en un taburete de la cocina mientras Inés prepara la cena. La observo.

En mi casa, mi madre cocinaba guisos españoles. Cocinaba lentejas con arroz y cocido. Huevos fritos con patatas y tortillas sin trazas blancuzcas. A veces, si llevaba mucha prisa, sobres de sopa Knorr. Pollo con fideos. Estrellitas con verduras. Cocinaba judías verdes rehogadas con paleta baratita de jamón, espinosa japuta con tomate, pisto, boquerones, macarrones con chorizo del pueblo, hediondas coliflores, asquerosas morcillas y ese pescado rebozado con engrudo que ella me metía en la boca como si yo fuera una chiquilla de cuatro años. La cocina de Inés huele a otras cosas. Huele a mantequilla y a nata y a especias de Oriente. Inés prepara ensaladas con queso de cabra, comino y manzana. Pone sirope a lo salado y prepara platos que se pronuncian en árabe, en francés y en muchas otras lenguas que no conozco. *Moussaka. Vichyssoise. Poulet au vinaigre.* Hoy prepara pollo al *curry* y a mí, de antemano, me repugna el color antinatural de la especia. No me voy a comer lo que prepara Inés Marco. Aunque quizá me esfuerce porque es pollo y yo siempre como pollo, mucho pollo, migotes de pan, pan con aceite y sal, alimentos recomendados para el crecimiento de las tetas de los que ya ni siquiera me acuerdo. Miro cómo Inés sofríe cebolla en una sartén. Vuelve la cabeza. Tal vez confía, ingenuamente, en que mi interés por la receta de hoy me borre de la cara el rictus de asco que suelo poner cada noche frente a las viandas. Inés sazona los trozos de pollo que ha cortado en cuadraditos. Quiere ser simpática, pero por su modo de preguntar creo que a Inés, igual que a mi madre, también le molesta que le miren el cogote:

–¿Quieres aprender a hacer pollo al *curry,* Catalina?

Sonrío y le digo que no, que no quiero.

–Entonces, ¿qué haces ahí?

No quiero ir a ver a mi madre, no quiero preguntar, no quiero que Inés me diga que mi madre se ha puesto enferma o que llora o que me manda un beso. Sin embargo, algunos días necesito que alguien me garantice que todo va bien. Pero, como Inés no es mi madre, no puede estar al tanto de todas estas cosas. Aunque yo me haga la encontradiza. Sin que yo le pregunte, quiero que Inés me cuente cómo ha ido su visita a la cárcel. No, no quiero que me cuente su visita tal como se ha producido exactamente. Quiero que me cuente la mejor de las visitas, una visita paradisíaca. Quiero que me cuente que en la prisión cantan los pájaros y que las celadoras son mujeres con alitas de ángel. Que todo está limpio. Que mi madre lee libros con estampas de obras maestras del Museo del Prado. Que le dan para comer esos rabanitos picantes que a ella tanto le gustan. Quiero que Inés me diga todas esas cosas. Pero no me salen las palabras:

–Inés...

–¿Sí, Cata?

La cocina huele cada vez más al aroma amarillo del *curry*. Inés no puede estar mirándome todo el rato porque se le queman las cebollas, la harina, la nata, todo lo que lleve este pollo que no voy a poder comerme ni siquiera por cortesía. Inés separa los cacharros de los fuegos. Me está esperando. Me abre el camino. Repite la pregunta:

—¿Sí, Cata?

Inés adivina, pero no llega a entender. En realidad el juego es sencillo: es como si mi madre estuviera muy enferma y yo necesitara que el médico me tranquilizase. Para poder olvidar.

—¿Catalina?

Inés no se atreve a proponerme ese tema sobre el que necesitamos mantener una conversación. Por si se equivoca. Por si me hace llorar. Inés no me conoce y tampoco podrá luego obligarme a que me coma un muslo de pollo que Angélica ronchará hasta dejar el hueso pelado. Yo parezco hipnotizada por el ojo de la lavadora que, en esta casa, nunca deja de dar vueltas. La cena no puede estar tanto tiempo desatendida sobre los fogones.

Inés se limpia una gota de sudor. Me deja por imposible. A lo mejor es que ella también nota el cansancio.

Para contentar a Inés, un día bajo con Angélica a la calle. Un grupo de chicas y de chicos mordisquean pipas. Están sentados en las escalerillas del parque. Algunos fuman sus primeros pitillos y después no se dan cuenta de que el olor a nicotina se les queda pegado a la ropa y los delata. A veces los veo desde el balcón. Llevan guitarras guardadas en fundas de cuadros y cantan himnos: «Santo, santo, santo, santo, santo es el Señooooor. Llenos están el cielo y la tierra de su amooooor.» No saben todavía si son feligreses o hippies. Algunos chicos empiezan a ennoviarse con chicas que les doblan la estatura. Se creen muy mayores, pero sólo son ridículos. Siento vergüenza por ellos y por mí misma. Vergüenza ajena y propia. Y me resisto a estirarme. Y me tapo para que nadie me vea. Y volvería con gusto a jugar con las peponas que andan guardadas en algún cajón de la leonera de mi abuela Rosaura. Hace mucho que no subo a mi propia casa para que las paredes no se me echen encima al percibir en cada espacio la ausencia de mi madre. Tengo que borrarla, al menos un poco, al menos durante un tiempo, si aspiro a sobrevivir.

Las chicas de las escalerillas se ríen sin destrenzar los dedos de la mano de sus novios. Todas tienen aspecto de estar esperando a que alguien las saque a bailar. Los chicos dicen «macho» y se dan golpes en la espalda y algún puñetazo cariñoso en

207

el pecho. Alguno lleva una corbata fina bajo un jersey amarillo de pico. Alguno fuma cigarrillos More. Alguno lleva en el dedo anular un sello de oro agrandado como recuerdo de su primera comunión. Alguno luce una banderita de España en la correa del reloj. Algunos discuten entre ellos de política, engolando las voces, aunque en el fondo todos piensan exactamente lo mismo de las cosas fundamentales. Ahora que no los observo desde el balcón, los mido y me cercioro de que son igual de menudos que vistos desde arriba. Homúnculos.

Angélica saluda y el grupo la acoge. Se esponja para que Angélica ocupe un sitio donde ella me encaja a mí dentro de una rendija: como una escoba detrás de la puerta del cuarto de aseo. Soy una carpeta bajo la axila de Angélica Bagur. Los chicos de las escalerillas son gente maja, jovial, dicharachera. Digo «hola» con un hilo de voz, pero el grupo parroquial sigue enfrascado en sus cánticos y en sus próximos planes de acampada. Me entero de que lo más importante es saber quiénes compartirán las mismas tiendas de campaña. Me pregunto qué hace Angélica con esta congregación de liliputienses. Me pregunto qué significado tiene para ellos la palabra *casto* y la palabra *hipocresía*. Espero que nadie tenga el don de leer el pensamiento. No me apetece estar en este sitio y me alivia que nadie me vea. Podría ponerme a hablar sola. Estoy de incógnito: ni una pluma de los tocados revisteros de Daniela Astor se me escapa de entre los labios. Soy insignificante. Me pregunto dónde se habrá metido Daniela Astor. Con su desparpajo y sus tacones de aguja. Con su pecho brillante de purpurina azul. Le diría cuatro cosas a esta pandilla de aspirantes a fundadores de un hogar. O quizá les firmaría un autógrafo.

Miro a los comedores de pipas y todos me parecen pollos de granja con sus plumones a medio salir. Cantan «Santo, santo» con gallos en la voz, pero tocan la guitarra incluso con violencia. A la letra la acompaña una música de los Beatles que endurece el mensaje y lo hace rebelde, agresivo, popular, contemporáneo.

Nos miro. Somos feos. Barbilampiños. Tenemos grasiento el cutis. Hasta las niñas que asisten a clase de ballet se mueven con torpeza. Somos la carne de una granja avícola, aunque mis ocultas plumas de Daniela Astor sean de avestruz y estén teñidas de fucsia. Estamos a medio cocer. Olemos a sustancias ácidas que, en grupo, se activan, se espesan y se contagian. Angélica se sienta junto a uno de los guitarristas. Se concentra en él con una cara de imbécil que me abochorna un poco más. Creo entender qué hace Angélica en esta congregación de monjas seglares enanas y futuros padrecitos de familia numerosa. Los rechazo por instinto. Me aliso la falda para que nadie me vea los muslos mientras estoy sentada en las escalerillas. No quiero que nadie me saque a bailar. Ni que me ponga un anillo en el dedo. Ni que me haga buscar en el cielo la estrella de Belén.

Angélica me da la espalda volcada en su guitarrista folk. Yo miro para todos los lados y en lo alto de las escalerillas veo una pareja que se besa. Como si regurgitaran comida del estómago a la boca, se alimentan pasándose con amor el bolo alimenticio. Se besan mal. Los besos no son así. Les van a salir pupas en la boca. Daniela Astor se tomaría la escena con naturalidad. Se fijaría en ellos un segundo y se pondría a hablar de otra cosa, citaría a los periodistas para una rueda de prensa, comenzaría alguno de los movimientos de una coreografía para un programa musical de la televisión, se retiraría un mechón de pelo brillante que le tapa el párpado pintado de azul. Lo sé. A mí hay algo que me mantiene pegada a esos dos adolescentes. Los miro aunque no querría hacerlo. Recuerdo el plato de rebozar el pescado. La masa del engrudo. Me comporto como una pueblerina. Como una niña con gafas de culo de vaso. Parezco pequeña y tonta. Pero es que estos adolescentes me asquean. Y, por esa razón, como siempre, no puedo apartar mi vista de ellos.

–Tú, ¿qué miras?

La voz más aguda de las niñas cantoras me sobresalta. No

soy capaz de responder. De pronto, el «Santo, santo» se va convirtiendo en un eco.

–Que qué estás mirando.

Los comedores de pipas dejan de roer. Las guitarras dejan de sonar. Los santos suben al cielo. Enmudecen y se concentran en mí. Estoy en el centro del mundo. Exactamente debajo del foco. Sin maquillaje, escuálida, sin haber ensayado el papel. Angélica deja de darme la espalda y me contempla, como todos, esperando una contestación. Todavía hay palabras que sé pronunciar:

–Nada.

La chica que me increpa lleva una fina trencita a cada lado de una melena peinada con raya en medio:

–Son novios. No tienes por qué mirarlos.

La chica espera una respuesta por mi parte. El cuerpo de Angélica Bagur se crispa junto a mí. Conozco bien sus emanaciones. Preveo sus movimientos. Por mucho que Angélica se ande buscando otras compañías, de un momento a otro saltará impulsada por ese instinto de equidad y protección que comparte con Gloria Adriano e Inés Marco. La chica de las trencitas no acepta mi silencio. La lengua se le afila contra los dientes mientras mordisquea la cruz de su colgante:

–Tú sí que tienes un montón de monos en la cara, chica.

La chica del beso deja de alimentar a su novio pollito. Ha debido de besar sin muchas ganas. Sin que la mente borre todas sus imágenes y los ojos giren dentro de sus cuencas, apuntando hacia el espacio interior. Así se dan los besos de verdad. Yo creo, incluso cuando aún no he besado a nadie, que los buenos besos te hacen olvidar incluso a quien estás besando. La chica que besa con la condescendencia de quien da de comer a un animalito, la chica que se deja besar y cree que besar es inundarse de saliva, se suma a mi proceso de incineración:

–Sí, tiene monos en la cara. Y una madre delincuente.

Los chicos de la parroquia, por fin, me observan con la atención que yo merecía desde el primer momento. Estaban demasiado ensimismados como para saber quién era. Ahora me desnudan con los ojos. Angélica permanece callada, pero la boca comienza a saberle a hierro. Angélica siempre fue demasiado confiada, incluso conmigo, y no podía prever que estos buenos chicos de la iglesia guardasen en sus corazones tanto rencor. Nunca me hubiera debido ayudar a compartir un peldaño con los buenos muchachos de las escalerillas. La chica de las trencitas parece divertirse:

—Para hacer algo así, hay que ser muy puta.

Se me desmadeja el cuerpo. Me concentro en el filo de las escalerillas y me apoyo en Angélica Bagur. El grupo de los comedores de pipas se crece y las voces se suceden en cascada:

—Oye, ¿tú a qué has bajado?

—¿Por qué no vuelves a subir a tu casa y asesinas al loro con un ramita de perejil?

—Asesina.

—Bruja.

—Hija de puta.

—Deberías quedarte estéril.

—Tú y tu madre. Las dos.

Los buenos muchachos me dedican estos rezos. No me lo estoy imaginando. Pero no siento los golpes. Me aovillo, dentro de Angélica, como un pajarito acorralado por una rata. Cierro los ojos para no ver la oscuridad. Me río con una risa tonta que los comedores de pipas interpretan como un desafío. Formo parte de un estribillo nuevo de misa: «Santo, santo, santo.» Tengo una visión: los homúnculos, llorando de dolor, esgrimen en alto sus penes con fimosis. Angélica Bagur estalla. Se le afina el cuerpo y los ojos están a punto de salírsele de las órbitas:

—¿Pero vosotros qué clase de cristianos sois?

Lleva ensayando toda la vida. Por una vez, a Ángelica Bagur le favorece una frase de telefilm. «¿Pero vosotros qué clase de cristianos sois?» podría ser una frase que la rebelde, pero muy buenita, Laura Ingels pronuncia en un capítulo de *La casa de la pradera.* También es una frase ideal para Gloria Adriano, Inés Marco, Angélica Bagur. «¿Pero vosotros qué clase de cristianos sois?» no es una pregunta muy inteligente. No es una pregunta muy agresiva. Pero, en mi atontamiento, me hacen gracia las comparaciones y además estoy muy orgullosa de Angélica. Incluso de su tamaño. De que casi me dé sombra, como los grandes árboles, y de que después de haber hecho una pregunta que la hace vulnerable, no se arrepienta y alce la voz:

—¿Eh?, ¿qué clase de cristianos? ¡Os estoy preguntando!

Los chicos de la parroquia callan hasta que la chica de las trencitas sisea:

—Unos que no matan niños, pedazo de gorda.

Los chicos de la parroquia aplauden y yo oigo dentro de mi cabeza sus gorgoritos: «Santo, santo, santo es el Señor.» Me gustaría decir que mi amiga no es gorda. Pero mentiría. Podría mentir y decir que es grande. Pero no me atrevo. Hoy Gloria Adriano se queda con todo su heroico protagonismo. El guitarrista del que se había enamorado la agarra violentamente. Tengo ganas de alzarme de puntillas para partirle la cara. Pero estoy débil como un pelele. El guitarrista olvida las dulces palabras de sus baladas de amor divino y de praderas que están más allá del horizonte. Olvida la barca del pescador y la mano tendida de la paz:

—¿Y tú?, ¿por qué has bajado con ésta?

Angélica se revuelve. Se zafa de la presión del homúnculo. Yo parezco lela, anestesiada. La chica de las trencitas se acerca, señalándome. Va aproximando su dedo acusador y me aprieta con él un punto central de la tabla del pecho. Yo noto ahí mismo la acción de un berbiquí. La chica de las trencitas podría extirparme el corazón. Angélica me da la mano para rescatarme de los monstruos. Todos los papeles están hoy dados la vuelta:

—Dejad a mi amiga en paz.

Al caminar hacia el portal aún oímos:

—Sucias.

Después las guitarras y los trinos suenan otra vez. También las risas. Angélica y yo nos hacemos mayores al darnos cuenta de que no tenemos magia en la punta de los dedos.

Angélica me salva. Pero nunca me lo perdonará.

Al llegar al piso de los Bagur, Inés nota algo raro. Me pregunta:

—Cata, ¿estás bien?

«Cata, ¿estás bien?», «¿Estás bien, Cata?», «¿Cati?», «¿Catalina?». Es el mantra que retumba a todas horas por las habitaciones. Angélica se encierra en su cuarto. Tal vez no me perdona el tener que abandonar a su grupo de amigos. Al guitarrista famélico. La posibilidad de asistir a una acampada lúbrica con un grupo de católicos. La posibilidad de ser normal. No me perdona las atenciones que me dispensa Inés. Ni su sospecha de haber sido víctima de una usurpación. No me perdona que fuera tan verosímil nuestro deseo de que nuestros padres intercambiaran a las hijas en el nido de la maternidad. No me perdona el protagonismo sistemático. No me perdona esa precocidad que compartí con ella ni el exilio de Daniela «querida» Astor. No me perdona el cuaderno de las centauras y las monstruas. Ni el cambio de nombre. La documentación falsa. Esos días de rodaje de los que no se quiere acordar y que, sin embargo, echa tanto de menos.

Angélica no tiene ni idea de lo mucho que la quiero. Si lo supiese, se pondría nerviosa y quizá sintiera algo parecido al orgullo. O quizá ya no. Angélica no tiene ni idea de lo mucho que la quiero en este instante en el que no me estorban ni su ingenuidad ni su tamaño ni aquellas agobiantes ganas de jugar. Angélica no sabe. O quizá ya no le importa y, por eso mismo, yo no se lo voy a decir.

Poco a poco, voy entendiendo la obsesión de Angélica Bagur por el rito y por la bimembración: cuando algo se descoloca, a Angélica le cuesta mucho volver a ponerlo en su sitio.

Ahora no sabe en qué caja meterme a mí.

Me acurruco en el sofá mientras espío a Luis Bagur que, muy concentrado, hace crucigramas con un lápiz y una goma. Nunca había visto a nadie hacer crucigramas con goma de borrar, sino con rotuladores o bolígrafos que, ante el error, sólo permiten la tachadura. O la manipulación de las grafías: la M de Módena pierde sus dos patas laterales, sus muletas, y se intensifica el trazo central de la V de Victoria porque la ciudad de los Montesco y los Capuleto no era Módena, sino Verona. Definitivamente, Verona. De Módena, el vinagre. De Verona, los amantes. Confundir Módena con Verona es un error que nunca hubiese cometido Luis Bagur, que sin embargo precavido, incluso humilde, afila su lápiz y siempre tiene a mano la goma de borrar por si comete una equivocación.

—Ve-ro-na. Verona. ¿Te sabías ésta, Catalina?

Yo no sé nada. Ni entiendo nada. Soy una patata escondida bajo tierra.

Los domingos por la tarde cuando Angélica se va al cine con Esther o con Nuria o con cualquiera de sus nuevas amigas —no parroquiales—, Inés corrige los ejercicios de sus alumnos y Luis lee manuscritos o resuelve crucigramas. Angélica ya casi ni me da las buenas noches. Aunque dormimos en la misma habitación, la extraño.

214

—Catalina, ¿no te apetece ir al cine con Angélica?

Me apetece y no me apetece. Pero quiero que Angélica me lo proponga. Angélica calla. Y yo digo que no, que no tengo ganas de ir al cine. Mientras me voy consumiendo, Angélica está cada día más robusta.

—Angélica, no comas palomitas en el cine.

De vez en cuando, el editor Bagur le hace algún comentario a Inés, que le escucha mirándole por encima de las gafas. Ella da su opinión y él cabecea asintiendo. Inés Marco tiene cosas interesantes que decir. Intuyo que Luis no podría vivir sin Inés y que, sin embargo, ella sobreviviría sin mucha dificultad si él se muriese. La idea me da escalofríos, pero de pronto tanta armonía doméstica me pone rabiosa. Observo la escena con odio.

—Cata, ¿estás bien?

Inés me descubre y yo me avergüenzo. Ella vuelve a concentrarse en los trabajos de sus alumnos.

Inés pone una lavadora de ropa blanca. El sonido de la lavadora al centrifugar es el único ruido que se oye en el piso de los Bagur los domingos por la tarde. Lo escucho con atención por si me dice algo. No logro descifrar el código.

Durante ese curso saco las mejores notas de toda mi vida. Pero eso no es bueno. Es malo. Esas notas son una mierda. El síntoma de un dolor. Porque me meto en los libros como en una sepultura. Para que no me llegue la luz. Para olvidar la verdad.

El editor Bagur lee los manuscritos que le llegan para su editorial con el mismo lápiz y la misma goma con que completa sus crucigramas. Como si cada cuadrícula fuera un cuadernillo Rubio que hay que entregar pulquérrimo a la señorita. Saco los cuernos al sol, me estiro un poco y observo a Luis: su madre le pondría colonia, le repeinaría y él sería un niño larguirucho que aún no tendría los dientes oscuros. Puede que Sonia Griñán también deba ganar un espacio en el patio de la cárcel como las niñas que empiezan a ir al colegio. A lo mejor está muy indefensa. Me pongo colorada. Contengo la respiración y el llanto. Voy de mal en peor.

—¿Catalina?

Inés levanta su bolígrafo verde. Estoy en la UVI. A veces me gustaría que me dejaran en paz. Que no me observasen a todas horas. Aunque en el fondo sé que no es cierto.

—Estoy bien.

Antes de comenzar a leer los manuscritos, Luis los sopesa. Los evalúa. Luis Bagur me da algunas lecciones que yo me tomo con el escepticismo que corresponde a mi dolor y, sobre todo, a mi edad:

—Cati, los manuscritos empiezan a leerse antes de pasar la primera página.

Yo levanto la ceja, pero el editor Bagur sabe muchas cosas del libro que va a empezar a leer por la manera de encuadernar el material o de diseñar la portada, por la fuerza de las pulsaciones de la máquina de escribir o la elección de papel Galgo. Luis puede oler la cursilería al ventilar las hojas. Dice que esos libros huelen a ambientador. También puede oler el riesgo. Dice que esos libros huelen a los avisperos que se ocultan en los troncos de los pinos mediterráneos. Inés levanta la cabeza de los ejercicios de sus alumnos y casi la vemos sonreír. Me entran ganas de vomitar con tanta tontería. Digo:

—Ya. Pues vale. Sí. En los troncos. Qué bien.

Casi exclusivamente Luis Bagur es capaz de sacarme alguna palabra. Aunque sea desabrida. Como las de Sonia Griñán.

Inés no dejará de dar clase cuando, dentro de un par de años, Luis Bagur sea uno de los editores más importantes del país. Cuando decida qué historias merece la pena contar y cuáles no. Cuando Luis sea relativamente poderoso, yo me preguntaré si alguien quiere oír la historia de mi madre. Pero el ruido de otros relatos siempre me impide pensar con claridad.

Con el éxito de Luis Bagur descubrimos lo que siempre habíamos sospechado: Luis es un vástago de muy buena familia que nunca necesitó vivir en este piso ni llevar a Angélica a un colegio público. En el momento idóneo, la familia de Luis le respalda y él puede dar un salto mortal con red. Devolver con creces. Inés y Luis se mudarán a un chalecito que, al poco tiempo, les parecerá espantoso.

A punto de cumplir mis trece años, observo a Luis Bagur. Aún es un hombre de falsa clase media que hace crucigramas en el salón de su piso de setenta metros cuadrados. Luis completa sus crucigramas en un sofá individual. Para leer, se tumba en el sillón de tres plazas y se coloca un cojín debajo de la nuca. Toma notas en los márgenes del texto con los folios sostenidos en el aire. Suele poner muecas ininteligibles que no se parecen a la impasibilidad con que resuelve sus crucigramas: *Po, Verona, anquilosar, estuco, Oc, amén.*

–Nise, ¿un güisquito?

Nise. Anagrama de Inés. Respuesta de seis vertical. Nombre de una de las enmascaradas mujeres de los sonetos de Lope. Yo prefiero a Amarilis, pero me arrepiento al recordar a mi madre amarilla y entonces decido que quizá no tengo que estar decidiendo todo el rato. Después de haber querido crecer con todas mis fuerzas, ahora preferiría quedarme encanijada y vivir bajo la sombra de un geranio. Luis Bagur me cuenta historias de Nises y Amarilis. Me interesan mucho, aunque yo lo miro como si fuera un pesado y me molestase. «También Angélica se llama así por sus lágrimas», me dice Luis. Inés nunca quiere el güisquito, pero Luis, cuando se cansa de leer, se pone uno con hielo en un vaso de vino chato. Mientras bebe, hace un crucigrama. Ya no veo a Luis Bagur como ese hombre al que hay que seducir a fin de redimirlo o de redimir a fin de seducirlo. Él ya no es un juego de palabras. Ni un modelo de conquista difícil. Es un sujeto persistente y prolijo en su acepción argentina del vocablo. Luis también me ilustra sobre algunas variedades del idioma.

–Catalina, ¿me pasas la goma, por favor?

Le paso la goma sin mirar la mano donde la deposito. A tientas y a regañadientes. Adopto una postura simiesca como si fuera a morderme las uñas de los pies mientras empiezo a comprender que un hombre que hace crucigramas con lápiz y goma de borrar no puede ser un cínico ni un castigador. Me asusto de lo que revelan posturas y costumbres. Me paralizo en el sofá para que nadie pueda deducir ninguna cosa de mis uñas mordidas o de las calenturas que a veces me brotan en los labios. «Pies quietos». «Antón Pirulero». «A la zapatilla por detrás, tris tras». Se me van olvidando las canciones de los juegos infantiles. Sus rituales. De repente, parezco una niña que se sienta con la espalda muy derechita en la mesa del embajador y sigue, paso a paso, el protocolo. Cuando no muevo ni un músculo y la mirada se me pierde, Inés me da una palmada suave:

—Catalina, vuelve en ti.

Yo, obediente, regreso de no se sabe dónde. Los domingos por la tarde tengo muy mala conciencia cuando me siento bien.

Luis Bagur hace crucigramas con lápiz y goma, y esa elección me habla de cierta humildad y psicosis en su trabajo. La humildad del que es consciente de que puede equivocarse y la psicosis del que prefiere que la página no muestre tachones. Lo miro no para llamar su atención sino para conocerlo a fondo. Luis se rebela:

—¿Se puede saber qué estás mirando?

Últimamente, todo el mundo me pregunta qué miro. Mi mirada ha de ser muy incómoda. Pero Luis me lo pregunta de una manera diferente a la de los guitarristas de Dios. Con los segundos me quedo lívida, con Luis me pongo colorada. Aunque él ya no me despierta pasión sino ternura. Luis no sabe que, del mismo modo que él vigila mi sueño para que no se repita la angustia del sonambulismo, yo lo vigilo a él para que no se haga viejo antes de la cuenta. Porque intuyo que hacer cosas de viejo —crucigramas, tomar manzanillas o agua de limón antes de comer, llevarse a la cama una bolsa de agua caliente o escuchar la

218

radio con un auricular– es un entrenamiento para la vejez. Una anticipación. Un conjuro. A mis casi trece años, ya casi lo sé explicar exactamente con esas palabras, me llega un chisporroteo y no me gusta que Luis tome pastillas para facilitar la digestión. Que haga gimnasia suave para evitar los problemas de vértebras. Que trate de apaciguar la edad. También hay un instinto que me dice que es mejor que no perdamos a Luis. Por lo que pueda ocurrir. No sé qué podríamos hacer tres –cuatro– mujeres solas. No sé de dónde me vienen estas convicciones, pero, por si acaso, hay que cuidar a Luis Bagur. Yo no soy tan valiente como Nise. Ni como Amarilis.

Luis adquiere costumbres de viejo para que después la vejez no lo pille por sorpresa. Sin embargo, no llegará a ser viejo. Muere de un cáncer de estómago en 1999. A los cincuenta y seis años. Inés Marco y Sonia Griñán se apoyan mutuamente. Se van a vivir juntas. Entonces, temo que mi madre se comporte como un ama de llaves que agradece el trato que la señora le ha dispensado a una hija bastarda. Esa actitud forma parte de la naturaleza, asilvestrada y fiel, de Sonia Griñán. Es una enfermedad latente de la que a mi madre no le han permitido curarse. Sin embargo, esto no es una novela victoriana y Sonia e Inés son dos mujeres fuertes que procuran no ceñirse a las exigencias de las historias de otros. A sus guiones. Deciden envejecer sin que sus hijas se preocupen. Angélica y yo se lo agradecemos.

Nosotras nos vemos poco. Cuando Luis muere, vuelvo a llorar sobre el pecho de Angélica Bagur que me consuela muy bien. Me acaricia la cabeza. Esté donde esté, siempre puedo contar con el regazo de Angélica Bagur. Ella es la amiga que, sin estar, está. O quizá me miento a mí misma y la verdad es que Angélica, ni aun estando, estuvo nunca conmigo. Después de la incineración, Angélica vuelve a marcharse. Es una mujer muchísimo más libre que yo.

En el piso de los Bagur, veo que él ejercita la mente para no perder la memoria. Se lava las muelas para que no se le caigan y para que nunca exhalen de su boca esos vapores de viejo que huelen a viejo. Cuando un crucigrama se le resiste, a Luis Bagur le recorre un escalofrío. La vejez ya está aquí. La desmemoria. El olor. Luis Bagur ya no necesita salir por ahí, de noche o de día, para rejuvenecerse. A lo mejor soy yo la nínfula que lo deja atado al sofá. Pero no lo hago a propósito. No me quedan fuerzas para seducir. No voy a ser presentadora de televisión ni a comprarme mil visones. Alrededor ya no escucho a todas horas la música de un anuncio de perfumes. Estoy. Espero. No sé qué va a ser de mí, pero tendré que luchar con todas esas fuerzas que, día a día, noto más disminuidas.

Algunas madrugadas Luis Bagur entra en nuestra habitación, no para admirar mi indefensa belleza, sino para cerciorarse de que las pesadillas no me van a matar.

Yo me hago la dormida. Él se asoma sobre mi cama como quien mide la profundidad de un precipicio y, aliviado por la calma de mi sueño, me arropa. Es diciembre de 1978, enero, febrero, marzo, abril de 1979. Aún hace frío. Cuando Luis se marcha entornando la puerta de la habitación, abro los ojos. Estaba escrito: a Luis Bagur y a mí nos funde un nexo incandescente y metálico. No era un lazo de sangre, ni de carne, no era una placenta ni una semilla, no era un cromosoma. Aunque con los años he comprendido que lo más terrible es sentir que esos lazos –de sangre, de carne, de cromosoma y semilla– de verdad existen. Y atan. Y a veces consuelan.

Luis Bagur nunca iba a ser mi amante: sería mi padre. El hallado padre perdido de Daniela Astor. El padre que necesitaba Catalina H. Griñán, que una de aquellas tardes lentísimas toma la decisión de ir desdibujando su primer apellido hasta reducirlo a la huella de una H. Una H muda.

Primero, un silencio. Después, una desaparición.

Caja 9
Fata Morgana se pone las bragas de oro

(Visiones de fatamorganas en Sicilia, en la Antártida, en Norue-
ga... Sobre los espejismos, se oye el texto de la voz en off...)

La fatamorgana es un espejismo. Adopta su nombre de la
mítica hermana del rey Arturo, el hada cambiante, Morgan Le
Fay. *Fata Morgana* también es una película emblemática de la
Escuela de Barcelona. Firman el guión Gonzalo Suárez y Vicente Aranda, que además la dirige. Estamos en 1965.

(Fondo musical: banda sonora jazzística de *Fata Morgana* que
disminuye su volumen para dar paso a la voz en off. La voz
comenta la secuencia de la película en la que los chicos sierran
el cartel de Cinzano donde aparece Teresa Gimpera para colo-
carlo en una nave donde acumulan máquinas y otros fetiches.)

En *Fata Mogana* no hay desnudos. Teresa Gimpera es una
modelo publicitaria que en el cartel de Cinzano guiña el ojo.
Los chicos, como si fuera una figura recortable, sierran el cartel
y se llevan a la chica del anuncio a un lugar donde conectan al
mismo tiempo todos los electrodomésticos. La traganíquel. El
ventilador. La televisión con sus migas chisporroteantes y su
ruido blanco. A esa hora o en esa ciudad no existe ningún canal
sintonizado. La mujer como electrodoméstico, como artículo
de lujo, como objeto de deseo inalcanzable. La mujer que
amuebla cualquier espacio en que se la sitúe. La mujer cara.
Gimpera representa el espejismo de la feminidad, la multiplici-
dad de sus formas, y encarna la predestinación de la víctima: lo
que se desea y no se consigue es, tarde o temprano, pasto de la
destrucción. La mujer mágica rechaza al caballero y entonces
pierde el lado celestial de sus poderes: se la quema en la hogue-
ra mientras el público aplaude. Morgan Le Fay, hada o hechi-

cera. Las mujeres fatales sufren la paranoia de sentirse permanentemente rodeadas, perseguidas, vigiladas, coleccionadas, perpetuadas en la fotografía y rememoradas en las masturbaciones. Seducen y a la vez causan miedo.

(Subida de la música que vuelve a bajar para que se escuche la voz en off que habla sobre las secuencias en las que Teresa Gimpera camina por calles solitarias. Los hombres la miran, la siguen, la abordan. Ella huye.)

Los hombres ofrecen su protección a Teresa Gimpera porque es un ser frágil y bello como Marilyn Monroe. «Usted podría ser muy inteligente», le dice Antonio Ferrandis en condicional. Teresa Gimpera se va y los hombres ya sólo ansían regodearse en el momento de su asesinato. Caída y destrucción de las altas torres. La soberbia que no se le tolera a la mujer-cervatillo. Antonio Ferrandis, un profesor-impostor, afirma que la víctima busca que la maten: de su cabeza emanan radiaciones que convocan al asesino. La mujer hermosa pide su apuñalamiento contra el cristal de una terraza y los observadores hacen de su muerte un espectáculo. El espectáculo de la muerte, las *snuff-movies* se congelan, como las empanadillas y los palitos de merluza, y se exhiben en los estantes de los supermercados y de las grandes superficies. Las fotografías dan la vuelta al mundo y se venden a precios exorbitantes.

(Se incluye el fragmento de *Fata Morgana* en el que Antonio Ferrandis conecta el magnetófono. Sonido real de la película. La cinta magnetofónica reproduce el texto de la conferencia que el profesor-impostor va a impartir poco después: «Todo encuentro es la historia de un asesinato. Todo encuentro es una historia de amor. Toda historia de amor es la historia de un asesinato.» Éste es aproximadamente el modélico silogismo de la grabación. Corte. La voz en off habla sobre el vídeo de youtube donde se recoge una secuencia de la adaptación de *El túnel* que Antonio Drove lleva a cabo en 1987: Juan Pablo Castel (Peter Weller) ve a María Iribarne (Jane Seymour) en el andén de metro contrario al suyo. Echa a correr para alcanzarla, pero no llega a tiempo. Él, jadeante, sentado en el banco del andén, no mueve los labios, pero los espectadores le escuchan pensar: «La idea de volverla a perder me produjo vértigo»)

Implacabilidad del silogismo como en *El túnel* de Ernesto Sábato: María Iribarne, la víctima, es apuñalada en el pecho y el vientre, los puntos físicos de su feminidad. Ella tiene la culpa de su propio asesinato. Al final, en *Fata Morgana* la mujer es destructiva. Usa un fálico estilete, un pez de plata, para apuñalar a los hombres. O es una plaga que lleva la enfermedad allí donde aterriza. El apocalipsis. «La idea de volverla a perder me produjo vértigo.» No es casualidad que se repitan obsesiones en cineastas que casi pertenecen a la misma promoción: Aranda, Suárez, Grau, un Drove más joven que los anteriormente citados...

(Una voz en off, distinta de la que lleva la voz cantante, se oye sobre la imagen del blog *Un lagarto con plumas de cristal*. La cámara sigue las líneas del texto a medida que la voz en off lo lee.)

El jueves 5 de junio de 2008, Tyla escribe en su blog:

> Así pues, a través de un entorno lindante con la ciencia ficción apocalíptica y antropológica, encontramos a una serie de individuos que aparecen y desaparecen (sic) de la acción, cuyas relaciones entre sí no están del todo claras, pero que de alguna forma gravitan alrededor del personaje de Teresa Gimpera, que se erige en cierta forma como un símbolo de la feminidad. Tema éste que se advierte como uno de los principales de la obra.

Y es que, no nos engañemos, tan salidos y obsesionados por las mujeres estaban éstos como Pedro Lazaga o Mariano Ozores, aunque revistiesen sus propuestas de intelectualidad. Al fin y al cabo, con el paso de los años, las formas y contenidos del Aranda director no acabaron distanciándose en exceso de la «españolada landista» más tópica. Y con menos gracia, por añadidura. En ese aspecto, infinitamente mejor el Aranda primerizo (al igual que el Suárez primerizo o el Bigas Luna primerizo). Seguramente, de todos ellos es Suárez el que ha sabido mantener unos mayores niveles de interés a lo largo de su carrera.

(La voz en off original se vuelve a oír sobre un collage acelerado de leones que fornican, Deborah Kerr en *Suspense,* la princesa Aurora que se pincha el dedo en *La bella durmiente* de Disney, Judith cortando la cabeza de Holofernes en el lienzo de Caravaggio, una foto de Roland Barthes y otra de Foucault, la vida sexual de las hormigas y de la mosca que consume alcohol si no se aparea: según un estudio de la Universidad de California, los machos de la mosca del vinagre rechazados por sus hembras se dan al alcohol, mientras que los correspondidos sexualmente se abstienen...)

No sabemos si Tyla tiene razón o no; no compartimos al cien por cien sus opiniones que obvian el hecho de que en la trayectoria de Vicente Aranda quedaban por venir películas como *La novia ensangrentada* (1972), interesante adaptación fantaterrorífica de *Carmilla* de Sheridan Le Fanu, con Maribel Martín y Simón Andreu, *Fanny Pelopaja* (1984) y *Amantes* (1991). Sin embargo, nos interesa la idea de Tyla respecto a la obsesión sexual revestida de intelectualidad. La obsesión sexual se reviste casi siempre de algo: historias de fantasmas, pasajes bíblicos, cuentos de hadas, sueños, semiótica, documentales de animales, metáforas que son paños de pureza o, al revés, un filtro que subraya la suciedad del ojo, las represio-

224

nes, la retícula en que las cosas fáciles se envuelven para hacerlas difíciles...

(Sonido ambiente. Ruido de calle. Imagen de Gloria Berrocal y Javier Maqua sentados en una terraza de Madrid. Toman el aperitivo. La voz en off sigue aportando comentarios y explicaciones.)

Gloria Berrocal rememora lo que ella llama «un espacio de libertad» en la España de los años sesenta: la Escuela de Cine de Madrid donde coincidió con actrices –alguna muy famosa, pero no vamos a engordar con más rumores el cronicón amarillo– que aseguraban que «se acostarían con un mono por conseguir un papel». Antes de que Gloria comience su relato, el cineasta y escritor Javier Maqua, su marido, explica la impresión que su mujer causaba en los hombres:

(Plano medio de Javier Maqua. Es un hombre bigotudo y gesticulante. Grandes cejas. Por debajo del disfraz de su propio rostro debe de estar su propio rostro. Transmite un gran entusiasmo. Comicidad y cólera. Puede darte una dentellada o abrazarte. Inesperadamente. Pronuncia muy bien. Marca cada sílaba. Entona. Acompaña la narración casi con todo el cuerpo. Hace gimnasia.)

«Gloria era una mujer alta, 1,72, mucho para la época. Era guapa. Y lo sigue siendo, claro.»

(Maqua mira a Gloria. Son cómplices. Se come un panchito y comete un pecado: el panchito está prohibido en su dieta cardiovascular. Se limpia la sal de los dedos. Continúa con su descripción.)

«Inteligente. Culta. A su paso todos los hombres se convertían en enanitos. Les daba miedo...»

(Plano de Gloria que asiente mientras fija la vista en un punto indefinido debajo de la mesa. Parece menos tímida de lo que realmente es. Maqua, autoproclamado hombre heroico, prosigue.)

«Aunque es verdad que en aquellos años había mujeres que decían que se acostarían con un mono por conseguir un papel —eso seguirá siendo así e incluso esa actitud se habrá generalizado: hoy no es imposible encontrarse con hombres dispuestos a hacer lo mismo—, aunque eso es verdad, también es cierto que había otras mujeres como Gloria que, embarazada de ocho meses, en una asamblea de la Comisión de los Once, cuando iba a hablar el poderosísimo Juan José Rosón, por cierto, Gloria, ¿no se parecía Rosón un poco a Menem?»

(Gloria levanta los hombros, va a hablar, pero Maqua retoma la palabra antes de ser interrumpido.)

«¿No? Bueno. Pues cuando Rosón iba a ponerse a perorar, Gloria le espetó: "Espere su turno." Y nos dejó a todos helados. Especialmente a Rosón. Ésa es otra imagen muy expresiva de cierta feminidad. Una embarazada de ocho meses en una asamblea le quita la palabra a un gerifalte.»

(Plano carcajeante de Maqua. Ahora la cámara pincha un primer plano de los ojos verdes de Gloria Berrocal y va abriendo plano hacia todo el rostro mientras se escucha la potente, clara y hermosa voz de la mujer.)

«En los sesenta, en la Escuela de Cine, empezamos a hacer algunos montajes que exigían desnudos femeninos. Era nor-

226

mal. Era sano. Las historias pedían esa naturalidad de la vida que se llevaba al cine. En nuestra vida cotidiana hacemos cosas desnudos y cosas vestidos. Por otro lado, también era un modo de superar los tabúes y eso a veces implicaba que había que desnudarse para casi todo. Una forma de lucha contra la moral pacata y represiva de los curas y del franquismo. Pero lo cierto es que nadie se tomaba aquella historia con naturalidad. Los eléctricos se quedaban para ver los ensayos en los que las actrices se desnudaban. Se hacían los distraídos, enrollaban cables o revisaban focos, hasta que por fin la chica se quitaba el sujetador. Estaban locos por ver una teta. Ahora eso no pasa. O a lo mejor sí. No sé si en realidad hemos superado nada...»

(Panorámica y fotos de detalle del playazo nudista de Vera. Unos obreros arreglan el pavimento. La gente desnuda pasa a su lado para acceder a la playa. Los obreros no desatienden su trabajo ni una sola vez hasta que uno se queda con la boca abierta ante la contemplación de una mujer de más de cien kilos con el pubis rubio y los pechos recorridos por veneros de un azul casi eléctrico. Plano medio de Javier Maqua que habla, mira a cámara y levanta el dedo índice al pronunciar «Yo he vivido esa experiencia»)

«Era típica la imagen de la actricita que se ponía a llorar antes del desnudo. Entonces, el director tenía que animarla, que consolarla... Yo he vivido esa experiencia.»

(Maqua se dirige a su mujer.)

«¿Te acuerdas, Gloria, de cuando corriste desnuda por la Dehesa de la Vila con unas trenzas rubias? Hacías de Eva, ¿no?»

(Plano medio de Gloria Berrocal, que ríe y enciende un cigarrillo antes de darle la réplica a Javier.)

«Sí, de Eva. Y llegaron los grises montados a caballo y yo no me enteré y mis queridos compañeros me dejaron literalmente con el culo al aire. Yo, triscando entre las flores, en pelota, ajena a todo, mientras los grises me iban rodeando...»

(**Plano de Javier. Cara de falsa resignación.**)

«Mujer, tuvo gracia.»

(**Plano de Gloria. Irónico.**)

«Tú no estabas.»

(**Plano de Javier.**)

«Por supuesto que no estaba. Si hubiera estado, yo nunca habría echado a correr. Yo soy un señor muy educado.»

(**Fragmento final de *La muchacha de las bragas de oro* (1980), adaptación de Vicente Aranda de la novela homónima de Juan Marsé. Lautaro Murúa hace de Luys Forest, un antiguo falangista que, mientras escribe sus memorias, reinterpreta su propia vida como él cree que fue: no es que manipule el pasado, es que él ya ha construido un recuerdo selectivo que suplanta la realidad. Forest acaba de dispararse accidentalmente. Suben a atenderlo su cuñada y su sobrina, la muchacha de las bragas de oro (Victoria Abril). Mientras la sobrina le cura, Luys, mirando a su cuñada, le dice a la muchacha de las bragas de oro: «¿Sabes lo que dice? Dice que eres mi hija.» Victoria Abril le responde: «Bueno, ¿y qué?» La noche anterior la sobrina se había llevado al tío a la cama. El coito había sido difícil porque el hombre es ya mayor y su verga está blanda. Ella la manipula y se la mete hasta el fondo. Como un pañuelo mojado. Plano fijo del último fotograma de la película.**

Banda sonora jazzística de *Fata Morgana* que se atenúa para que se pueda oír la voz en off.)

El incesto ¿es delito? La mala conciencia y la corrección interesada y autocompasiva –sentimental– del recuerdo se abordan en una película donde Victoria Abril inaugura una escuela de actrices para las que desnudarse empieza a significar otra cosa. Aunque quizá, socialmente, la percepción del desnudo en el cine no haya cambiado tanto. En *La muchacha de las bragas de oro* da la sensación de que Victoria Abril se desnuda porque le da la gana y no porque nadie desee verla. Desnudarse es una manera de dominar. No de someterse. Aunque quizá a esa tortilla también se le puede dar la vuelta.

(La voz en off calla y aparece el siguiente microvídeo de youtube: Victoria Abril va a prepararle unos huevos a su tío. El hombre sugiere que la muchacha de las bragas de oro tiene la misma habilidad que su padre –el padre de ella– para cascar los huevos con una sola mano. La muchacha se enfada, tira los huevos por la pila y acaba preparándole una chuleta. Al finalizar el vídeo, aparecen los fotogramas de las películas de Ángela Molina que cita la voz en off y de las actrices que se mencionan en el último párrafo del texto. Con el punto final sube el volumen de la banda sonora de *Fata Morgana*.)

También Ángela Molina marcó un punto de inflexión entre la actriz de destape y la actriz que se desnuda en una película con sus apariciones en *La ciutat cremada* (Antoni Ribas, 1976); *Camada negra* (Gutiérrez Aragón, 1977), donde ella es el chivo expiatorio femenino de la violencia fascista; *Ese oscuro objeto del deseo* (Buñuel, 1977); y *La Sabina* (J. L. Borau, 1979), donde, al contrario que en la película de Gutiérrez Aragón, Ángela Molina interpreta a La Sabina, el mito de la mujer dragón que seduce, posee y devora a los hombres. La interpretación de calidad y los cuerpos de Ángela Molina –bella, sensual, exuberante– y de Victoria Abril –pequeña, proporcionada, pizpireta– con sus bragas doradas pintadas sobre el culo son los antecedentes de Maribel Verdú, Emma Suárez, Aitana Sánchez-Gijón, Ariadna Gil, Penélope Cruz, Paz Vega, Leonor Watling, Elena Anaya... Mujeres en las que no se barrunta un destino de fragilidad. Mujeres que no dan pena. Alguna de estas actrices desfila frente al objetivo del erotómano nacional –con permiso de Berlanga– Bigas Luna. En cuanto a Berlanga, siempre prefirió a Concha Velasco.

Fata Morgana se pone las bragas de oro. Derribar los tabúes es una forma de destrucción. Las víctimas son el peor de los verdugos. Los intelectuales nacidos en las décadas de los veinte, de los treinta y los cuarenta tiritan, tienen miedo: no saben si en lo sucesivo tendrán más lágrimas que secar.

El travelling es una cuestión moral. Sin conocer las palabras de Godard, experimento en mis carnes ese precepto el día que, con Inés Marco, acudo a recoger a mi madre. Vivo en una película que a veces va a cámara lenta y a veces se acelera escatimándome momentos. Vivo en un lugar que es y no es una historia.

Hemos llegado hasta aquí en el coche de Inés. Mientras conduce, miro sus manos que se apoyan en el volante. Inés adorna sus dedos con antiguos anillos de oro. Siento extrañeza al ver un volante asido por unas manos así. Hay una disonancia, algo misterioso o repelente, en una mano de dedos cortos y anillados que sujeta el cuero oscuro del volante e impulsa, maneja, domina, finalmente, un coche veloz. Fijarme en la mano de Inés al aferrar la palanca del cambio de marchas es una forma de entretenerme. De no pensar en otras cosas. Sin embargo, desconfío y a la vez empiezo a darme cuenta de que mi desconfianza no es mía, sino una transferencia. Como la predisposición a los pólipos o a la bronquitis. Mis padres no ponían objeciones a que las mujeres fumasen o pudiesen, muy pronto, alistarse en el ejército. Mis padres no ponían objeciones a que las mujeres tomasen el sol con los pechos desnudos. Mis padres eran partidarios de que las mujeres dijeran tacos como los camioneros. A mi madre no se le caía el *joder* de la boca. Lo traía de su pueblo y encajaba con el espíritu de la modernidad. Mi madre decía: «Me cago en el copón bendito.» Quería estudiar Historia del Arte y sabía que la palabra *bonito* está hueca.

Tal vez las mujeres, igual que suelen carecer de sentido del humor –todo el mundo sabe que son agoreras y están destinadas a lo trágico–, tampoco tienen esa percepción del espacio y del tiempo –de la distancia de seguridad– que se exige a los buenos conductores. Decía Alfredo Hernández: «Las mujeres no saben conducir.» Decía Alfredo Hernández: «Esa feminista parece una gallina.» Después me mandaba a la cama antes de que yo pudiera ver *Eva a las diez*. Añadía Alfredo Hernández: «Parece una avestruz, un abejaruco, un guacamayo, un loro, una urraca, una perdiz en escabeche.» Nosotras nos reíamos porque queríamos tener sentido del humor. Y demostrarlo. Mi padre era dueño de todas las palabras. Ahora, como aquel día dentro del coche de Inés, me sorprendo de que un hombre tan tonto pudiera ser dueño de nada. Me fijo en la mano de Inés Marco para no pensar. Pero me confundo. Quizá sería preferible comenzar a prepararme para lo inminente.

–¿Vas bien, Catalina?

Desconfío. Tal vez, me estoy poniendo un poco pálida. Y, sin embargo, Inés conduce segura, con suavidad, a una velocidad razonable. Aparca el coche. Bajamos del coche. Caminamos en dirección a un edificio de ladrillo visto. Pero, mucho antes de llegar hasta él, nos detenemos en mitad del descampado que se utiliza como aparcamiento.

Inés Marco me aprieta la mano. Yo me suelto. Prefiero que mi madre me vea sola, del todo sola, tan sola como me he sentido durante muchísimos meses. Prefiero que mi madre no acabe de sufrir del todo porque, si con alguien merece sufrir, es conmigo. Me siento culpable y esa culpabilidad me enfada. Me marca una línea vertical entre las dos cejas. Me obliga a mirar hacia la arenilla del descampado. Hacia sus hormigueros.

—Cata, ¿estás bien?

Inés Marco siempre está preocupada por mi bienestar. Por su culpa, pierdo a mi mejor amiga. No hago caso de la pregunta de Inés. Ni de su preocupación. Me concentro en mi madre, a quien atisbo a lo lejos. No sé si es ella. La distancia me impide reconocer sus rasgos, pero además hay algo en la manera de andar, en el perfil, que ya no es lo mismo. Mi madre camina echando la tripa hacia delante. Temo que, cuando por fin estemos juntas, su olor no será el de costumbre. Hace ya una temporada que he perdido incluso la conciencia de su voz, pese a que todos me dicen que nuestros timbres se parecen mucho. Me hablo a mí misma en la habitación que comparto con Angélica, pero no oigo a mi madre. Sé perfectamente que soy yo quien habla cuando digo: «Catalina, cómete el pescado», «Catalina tiene que dormir», «No te preocupes, Cati», «No te preocupes». Mientras hablo con la lejana voz de mi madre, me acaricio a mí misma la cabeza. La voz que se entremete ahora en mis pensamientos es la de Inés:

—Catalina, ¿no tienes ganas de darle un abrazo a tu madre?

No digo nada. Sigo midiendo la velocidad a la que se acerca Sonia Griñán con una mochililla al hombro. Lleva una camiseta de algodón y unos pantalones que le van un poco grandes. Se ha cortado el pelo y ya no la veo amarilla, sino tirando a un color que se parece al cobre. No es el acero de las ollas a presión. Es el cálido cobre. A cierta distancia, veo que sus labios pronuncian un nombre que es el mío:

—Catalina.

Pero yo no doy ni un paso hacia ella.

Mi madre sigue caminando en línea recta hacia mí, tiemblo, pero quizá Daniela Astor y probablemente mi abuela Rosaura me apuntalan por detrás. Estoy rígida y, con la mirada dura, me mantengo inmóvil mientras ella se aproxima cada vez más despacio. Tiene aspecto de machorra. Me digo que nadie puede cambiar tanto en tan poco tiempo. No quiero creer que nadie pueda cambiar tanto en tan poco tiempo ni que ese cambio se corresponda con una transformación interior. Quiero, con todas mis fuerzas, que mi madre siga siendo la que era, aunque algunas veces yo no la pudiese soportar. Su nueva estampa me lleva a temer que mis deseos no sirvan de nada.

Quizá mi madre quiere disponer de tiempo suficiente para que nos reconozcamos. Puede que tenga miedo. Se ha dado cuenta de que mi estómago hoy está forrado de pinchos. Está indecisa. Entonces noto que yo también puedo ser terrible. Odiosa. Aun así, me enfado cada vez más con mi madre. Porque ella debería conocerme mejor que nadie en el mundo. Mi rigidez es una forma de no romper a llorar. También es posible que mi madre siga siendo la misma, aunque sea en una minúscula proporción, y no quiera, bajo ningún concepto, que llore. Parece que la estoy oyendo: «Catalina, no llores.» Para Sonia Griñán, las lágrimas nunca fueron un desahogo sino una forma estúpida de perder fuerzas. Yo a ella nunca la he visto llorar. Inés Marco sube la voz como cuando sus alumnos se ponen revoltosos. Incluso pierde la compostura y me zarandea un poquito. Sólo un poquito:

–¡Catalina! ¿Me estás escuchando?

Le digo que no. Calculo los metros que aún me separan de mi madre, que avanza despacio. Muy despacio. Casi arrastra los pies y sus playeras levantan la arenilla de este descampado que se utiliza como aparcamiento y nido de hormigas. Las dos estamos posponiendo el instante de encontrarnos porque prevemos todo lo que será difícil. Yo seguiré torva, con la línea vertical que me separa las cejas cada vez más profunda, y mi madre estará muy cansada y en el fondo pensará que debo ser yo quien la consuele.

Durante los años que nos quedan por vivir, mi madre perderá la paciencia conmigo casi a diario. Yo no la ayudaré. Mi madre no me pedirá nada, pero estará esperando algún gesto de mí. A veces tendré arrebatos de culpa, ñoñeces, y querré que mi

234

madre me coja como si yo tuviera cinco años. Y se me saltarán las lágrimas sin motivo. Mi madre me mirará con dureza porque no tengo derecho a tantas pamplinas. Inés Marco me empuja:

–Anda, ve.

Doy un paso al frente y entonces mi madre se para y echa al suelo su mochililla. Se queda mirándome a una prudente distancia. A través del polvo que levantan sus pies, en esa bruma picante, adivino lo mucho que a Sonia Griñán le costará aceptar favores. La veo decirle al doctor Parra «Hijo de puta» cuando no la readmita. Sonia Griñán será una mujer con antecedentes penales y volverá a hacer aquellos trabajos del pueblo que ya creía olvidados. Y otros imprevisibles: lavará perros, se cortará los muslos con las aristas de una caja registradora en un supermercado, hará paquetes. Conmigo será tan inflexible como cuando me obligaba a comerme la merluza rebozada: «Estudia.» La escucho mientras habla por teléfono con mi padre a través de un código de monosílabos. No se dejará ayudar. La veo sin alegría. Mi madre perderá interés por las ecuaciones y por los libros de historia del arte y tendrá que asumir que, si sobrevivimos con cierta dignidad, será gracias a la generosidad de Luis Bagur y de Inés Marco, que ahora agita la mano para saludar a su amiga:

–¡Sonia, Sonia!

Sonia recoge su mochililla y acelera el paso hacia nosotras. Ha cogido aire. Yo doy un paso atrás y, ahora sí, me agarro al brazo de Inés. Le digo bajito:

–Tengo miedo.

–Catalina, tu madre es una mujer muy valiente.

Yo no sé si mi madre es una mujer muy valiente o una mujer muy egoísta. Hay voces que me susurran ideas contradictorias. Lo harán a lo largo de mi vida entera. Pero me apacigua, como si yo fuese un animalito muy pequeño, que Inés esté tan segura. A veces necesito palabras que me anclen a algún lugar. Inés me aprieta la muñeca y repite:

—Muy valiente.

Cuando mi madre llega a nuestro lado y se coloca frente a mí, irradia una felicidad que me cuesta entender. Los clavos del estómago se me han dado la vuelta y me pinchan por dentro. No quiero estar aquí. Tal vez hubiera sido mejor esperarla en la leonera de la abuela Rosaura, con mi cuaderno de centauras y monstruas que estará lleno de polvo sobre una estantería. Como si nada hubiera pasado. Yo estaría a oscuras ensayando un papel de Daniela Astor, cometiendo alguna de esas minúsculas maldades que me dan vigor. Veo que mi madre lleva meses sin depilarse el bigote. Ella siempre fue guapa, aunque un poco peluda. Espero que Daniela Astor me ayude a calentar la cera. A tirar de la lengua de cera caliente sobre el bozo crecido. Pronto. No me gusta ver a mi madre así.

Reconozco una voz que es la de mi madre. Como si nunca hubiese dejado de oírla:

—Catalina, estás hecha una mujer.

Y pienso que mi madre está equivocada, que tal vez fuera una mujer hace un año cuando Daniela Astor me cubría con su batín de seda y me subía en su descapotable rojo, cuando hablaba cuatro idiomas y tenía un coqueto apartamento con una barra americana en una esquina del salón. Quizá entonces fuera una mujer hecha y derecha, pero han pasado tantas cosas que ya no sé lo que soy. Siento un deseo insoportable de abrazar a mi madre. Pero no quiero hacerme daño. Ella traga saliva:

—Cati...

Mi madre estira un dedo para acariciarme la cara. Yo ya no me acuerdo de si su mano me llega a rozar.

Mi madre no abortó en una mesa de cocina con las piernas colgando.

La persona que le practicó el aborto no fue una remendadora de virgos ni una santera que llenó la habitación de pestíferos vapores desinfectantes y humo de veguero. Nadie mató un conejito para conjurar el mal de ojo ni clamó «Abracadabra. Culo de cabra.» Nadie usó agujas de hacer punto ni le puso a mi madre un palo entre los dientes para que soportase el dolor y no gritase. No le irrigaron el útero con vinagre abrasivo y veinticuatro aspirinas machacadas.

Tampoco tuvo que atravesar un portal iluminado por una bombilla de cuarenta ni pasillos que olían a orines. No puso los pies sobre un felpudo pegajoso ni, al mirar hacia el techo, observó que la pintura estaba descascarillada y con manchas de humedades. No le llegó un tufo a moho ni a animales hacinados con los que realizar experimentos.

No tuvo ganas de irse al ver el panorama y, cuando iba a hacerlo, alguien la agarró firmemente del brazo y, con avaricia, le susurró: «Ven, ven, mujer, no te asustes.» Mi madre no pensó: «Es demasiado tarde.»

A mi madre no la anestesiaron con éter ni perdió la conciencia. Al despertar no tuvo miedo de que le hubieran extirpado algún órgano para traficar con él. No vio matraces ni criaturas macrocefálicas embutidas en botes de compota. Ni fetos de seis meses descuartizados dentro de bolsas del supermercado. No pensó: «Brujas, brujas, brujas...»

A mi madre le practicó el aborto un médico que le cobró el precio de las medicinas y un poco más. El médico, que no tenía las uñas sucias ni fumaba mientras estaba realizando la operación, esterilizó el instrumental y trató a mi madre como a un ser humano que se encuentra en una situación difícil. El médico llevaba una bata blanca. No se precipitó. No manipuló casi a oscuras la vulva de mi madre. No pidió por anticipado las monedas que le correspondían. No las mordió para comprobar que eran buenas.

Mi madre no vio cuchillos con el filo rojo de óxido. Ni trapos. Ni jeringuillas sin hervir cargadas de un líquido blancuzco. No la sujetaron con correas a una camilla con las sábanas salpicadas de secreciones de la anterior paciente.

Ella no cogió una camioneta que la condujo a un barrio periférico. No descorrió una cortina de canutos rojos, como las de los bares donde venden cintas magnetofónicas, cacahuetes y botellines, y al mirar el interior de la chabola se arrepintió y quiso volver por donde había venido. No supo, de repente, que iba a morir.

Cuando cerró los ojos, mi madre no soñó con cajas de huevos. Ni con columpios que se balancean sin que nadie los empuje. No oyó una banda sonora de metales agudos y cuerdas de violín rotas. Chirriantes.

Tampoco tuvimos que llevarla a medianoche, con la frente perlada de sudor, a una casa de socorro o a las urgencias de un hospital desde donde dieron parte a la policía a causa de los síntomas y las lesiones que mi madre presentaba. Una agente compasiva no susurró: «Carniceros.»

Nada sucedió así. Mi madre me ha jurado que nada de eso sucedió.

Ella no convirtió esa experiencia en un episodio épico. No dijo: «Fui muy valiente.» Mi madre declaró: «Fue un momento triste.» Se sintió agradecida por el trato que le habían dispensado en aquella clínica secreta. La gente que allí trabajaba creía que hacía lo que tenía que hacer. Cuando yo quise saber algunas cosas, muchos años después, ella no se regodeó en su soledad. No entró en detalles fisiológicos ni en aventuras fantásticas. No hizo de quince minutos de su vida un relato de revelación: no se presentó ni como mártir ni como redentora ni como ejemplo. Sólo me dijo: «No es agradable.» Después añadió: «No es agradable, pero, para mí, fue necesario.» Yo nunca le falté al respeto pidiéndole explicaciones impúdicas: «No estoy segura», «No es el momento», «No tengo dinero», «Mi cuerpo no va a soportarlo», «No me gusta esta vida», «Tengo otras cosas que hacer», «No, no soy egoísta», «No me da la gana», «No estoy preparada», «Ya tengo cien hijos: algunos de San Luis», «Mi marido es un hijo de puta», «Me duele mucho la cabeza. Mucho, mucho», «Me violaron», «No estoy sana», «El mundo es una mierda». O el mundo es tan hermoso que lo quiero vivir.

Tampoco a mí me hubiera gustado dar ninguna explicación. Porque todas son insuficientes. O sobran. Nadie tiene derecho a pedirlas. Hablamos del mismo cuerpo que Daniela Astor exhibe en las portadas glamourosas.

Mi madre fue a una clínica clandestina donde no la trataron como a una demente. Tampoco como a una mujer sin entrañas. El proceso fue incruento. Limpio. Pero alguien decidió hacer justicia, quizá vengarse, y recopiló papeles, fichas, seguimientos, los pocos datos conservados en los archivadores. Apenas un par de carpetas donde apareció el nombre de Sonia Griñán. Se presentó una denuncia. Mi madre no negó cuando podía haber negado. Se aturulló y de poco le sirvieron los consejos de Inés y de sus amigas abejarucas. Su aturullamiento la transformó en un símbolo y su condición de icono jugó en su contra cuando llegó esa justicia cuya ceguera yo nunca había entendido porque me parecía que la justicia debía tener mirada de águila, rayos equis, ver a las personas desnudas por debajo de la ropa, encontrar a la primera la aguja en el pajar. Después supe que la ceguera aludía a la imparcialidad, la igualdad y la falta de privilegios. Y me reí de todos los ciegos del mundo y de los que hacían el bien sin mirar a quién. También de los que hacían el mal porque eran rectos ciudadanos y personas de orden. A mis casi cincuenta años, aún me escandalizo con cosas de las que creí que ya no tendría que escandalizarme. La crueldad mayor consiste en obligar a una mujer a criar a un hijo que le ha nacido con medio cerebro, condenado a la sonda, la silla de ruedas, los hierros en las rodillas, las correas en la cama, la muerte prematura. Un hijo que no hablará, ni verá, ni oirá y tal vez respire gracias a un fuelle sanitario. La crueldad más sofisticada consiste en obligar a una mujer a parir, a cuidar, a querer a un hijo que nunca deseó.

Mi madre tuvo una suerte muy negra. El mundo está diseñado para atrapar en redes a pececitos de oro como Sonia Griñán. Cuando ya casi habíamos olvidado la noche del sonambulismo y la ausencia de mi padre, procesaron a Sonia Griñán y a otras tres mujeres. Procesaron a dos médicos que pasaron seis años y un día en prisión. La clínica donde intervinieron a mi madre no era como el cuarto de atrás de una carnicería. Sin embargo, ella aún recuerda la sala del juicio. Las sillas de metal y skai, las maderas innobles, las avejentadas caras de los jueces como las brujas –ésas sí– de Macbeth. Mi madre no entendía sus preguntas y, sobre todo, no entendía sus respuestas, sus aseveraciones, sus juicios de valor. Esto me lo contó Inés. A mi madre se le habían quitado las ganas de hablar.

Nosotros no podemos convertir esta historia en un silencio porque el silencio es un modo de subrayar las cosas, pero también de borrarlas. Yo sufrí con lo que no vi. Con lo que imaginé. Con las ondas. Con el paréntesis, la elipsis y las salpicaduras.

En el juicio preguntaron a mi madre si los médicos la habían obligado a practicarse un aborto. Ella miró a los jueces con extrañeza:

—¿Obligarme?

—Sí. ¿La forzaron?, ¿la obligaron a matar al hijo que llevaba en sus entrañas?, ¿la ataron?, ¿le dieron de beber algo que usted no quería?, ¿la drogaron?

—Estas personas se portaron muy bien conmigo. En todo momento.

Mi madre con estas palabras aseguró su condena. El defensor no pudo esgrimir que Sonia Griñán fue obligada a abortar por unos sádicos que la engañaron. Tampoco pudo aplicar la atenuante de que mi madre abortó por defender el honor de su esposo, porque quedó demostrado que la acusada no había cometido adulterio. Ella repitió una de sus ideas fijas:

—No soy una enferma.

Después, mi madre, Inés Marco, incluso las amigas de Inés corrieron un tupido velo sobre lo que pasó en aquella dignísima sala. Porque todo fue insultante y vejatorio. Incluso el texto de una sentencia risible que hoy vuelve a dar escalofríos.

A mi madre no le torcieron la vida los médicos ni se le deslizaron coágulos de sangre por los muslos mientras subía la escalinata de un templo para pedir que un cura la absolviese de sus pecados y de su mala cabeza. De su libidinosidad y de su falta de higiene. No tuvo infecciones. Sólo una melancolía provocada por una sensación de abandono que se relacionaba con los fantasmas pasados y futuros, y con el adiós de Alfredo Hernández. Mi padre tenía nombre de mariachi. Pero yo no me percaté de ese detalle a su debido tiempo. Mi madre no se regodeó en esa melancolía que, como todo el mundo sabe, también amarillea.

Hasta que un día de noviembre de 1978 a las ocho de la mañana dos policías llamaron al timbre. Presentaron un papel y se llevaron a mi madre. Entonces, en la comisaría y en el juzgado, entre uniformes oscuros y togas, empezaron los cuentos de dragones y espadas. El tiempo se hizo petróleo. Nos manchó la ropa. En mi memoria queda un ruido blanco: paisajes difusos, casi borrados completamente, del ir y venir de mi madre. Dentro y fuera. Dentro. Paso días como si padeciese una fiebre exótica. Me sale una calentura. No recuerdo el orden exacto de los acontecimientos. Hay situaciones en las que no sé si mi madre, un holograma, estuvo o no presente. Hasta que desaparece del todo y yo paso una larga temporada con los Bagur.

La catástrofe de noviembre de 1978 queda registrada en nuestra caja negra. Aún hoy sobrecogen los estragos de esa grabación. Antes, durante y después vivimos emociones contradictorias. Incluso momentos buenos.

Después, la vida sigue porque, al fin y al cabo, nunca nada es lo suficientemente devastador.

Cuando un día de noviembre de 1978 a las ocho de la mañana dos policías se llevaron esposada a mi madre, yo sólo me acuerdo de que me empezaron a temblar las piernas y bajé corriendo a casa de los Bagur. No fue como la noche del sonambulismo. No permanecí en vigilia seis horas y, a la mañana siguiente, mi madre, que había regresado sana y salva, me obligó a tomarme el cola cao mojando, por lo menos, seis galletas.

Quizá la memoria de las cosas inútiles es la que nos acaba formando.

Viví varios meses con los Bagur. Ellos se ocuparon de las necesidades de mi madre. También me dieron toallas y unas bragas limpias cuando se dieron cuenta de que me había hecho pis sobre su felpudo.

Después, nos pusimos a ver un programa cualquiera de la televisión.

Caja 10
Los platós bárbaros

(Imágenes de un programa del corazón que una cadena privada emite en horario de máxima audiencia. El público tiene aspecto rural –esta valoración es conscientemente clasista– y adorna, sentado en gradas, los laterales de un plató subdivido en diferentes ambientes: sala para juicios sumarísimos, espacio para conversaciones más íntimas y menos brutales –*tête à tête*–, zonas de descanso, jaulas, cajas, pasillos con máquinas de café, partes traseras y periféricas habitadas por técnicos con auriculares y camarógrafos, barras de bar, paradas de autobús, espacios para cocinar pinchitos y para vender magdalenas y otras modalidades de bollería industrial –también dietas de adelgazamiento sintetizadas a partir de extractos vegetales de alcachofa, achicoria, coles de Bruselas y borraja–, camerinos, camarotes, camarines... Arropada por los aplausos y casi agredida por la sintonía del programa, que interpreta un saxo tenor –el saxofonista persigue a la estrella invitada como el pajecillo que lleva las arras durante una ceremonia nupcial–, aparece Bárbara Rey que se va acercando al presentador y a sus colaboradores, los besa a todos, mientras la voz en off da comienzo a su discurso.)

Bárbara Rey llega al plató más esbelta después de haber pasado un tiempo en una clínica de reposo. Es una mujer de sesenta años que luce un tipo espectacular. Sus emblemáticas piernas, largas y muy bien torneadas, la hicieron famosa cuando en 1976 presentaba, desde un sillón de mimbre a lo *Emmanuelle,* un programa de variedades llamado *Palmarés.* La sustituyó la bellísima Pilar Velázquez. Pero aquello no fue lo mismo. Ningún lugar vuelve a ser lo mismo una vez que lo ha pisado Bárbara Rey.

Bárbara entra en el plató enfundada en un ajustado vestido negro con dos escotes profundos: el de delante y el de detrás.

Tiene prietas las carnes de la espalda y de los brazos. La piel se insinúa pecosa. Bárbara tiene mucho cuidado de no tropezarse con los cables. No lleva puestas las gafas y los focos le nublan la visión. Pero ella entra, erguida y espectacular, lanzando besos a diestro y a siniestro. Fantástica Bárbara tan llena de glamour. Bárbara. Bárbara. Bárbara Rey.

(El presentador toma las manos de Bárbara Rey. La invita a girar sobre sí misma para que el público pueda apreciar las perfectas proporciones y la belleza de la actriz. Ella mete un poco la tripa que, a los sesenta años, resulta encantadora como una pompita de jabón. Bárbara entorna los ojos. El presentador —más bajo que la mujer, *gafapasta*, con el cinturón demasiado apretado, hombre de risa fácil y estruendosa, y de una voz que resulta muy cálida en la pronunciación de los fonemas oclusivos sordos...— besa de nuevo a Bárbara Rey: primero en una mejilla y después en la otra. Ella pone la cara. Presentador y estrella se apartan de la bancada de los colaboradores y comienza una charla en el espacio íntimo del plató. Se crea la fantasía de que Bárbara y el presentador están solos entre tanta gente. Pero todos hemos colocado el ojo en el hueco de la cerradura y la estrella sabe que se va a desnudar para el público. Lo hace como si nadie la viera. Con lentitud. Seductoramente. Un tirante se desliza sobre el perfil del hombro. Luz tenue. Comienza el espectáculo.)

PRESENTADOR: Bienvenida al programa, querida Bárbara. No sabes cuántas ganas tenía de charlar contigo.

BÁRBARA: Gracias. Tú ya sabes que yo también estoy siempre encantada de pasar un rato en una compañía tan buena como la tuya. Y la de todos ustedes, por supuesto.

(Bárbara Rey, que es más lista que los ratones coloraos, rompe la fantasía de recogimiento, la ficción de la charla a solas que no va a salir de estas cuatro paredes —al fin y al cabo, dos, tres, cuatro, cinco cámaras pinchan la escena para captar los posibles defectos corporales de la actriz— y hace ese guiño al público, del que brota un aplauso nada espontáneo. El público va a aplaudir también en los momentos culminantes de maldad o de extrema ignorancia. Ignorancia *punk* y radical que a las mujeres de la generación de Bárbara Rey aún les avergüenza: no a las *starlettes* más jóvenes. El público, controlado por el regidor, se siente libre y a ratos es víctima de un proceso freudiano de identificación. Ya que el público ha entrado en la salita de estar y ha dejado de ser *voyeur* para transformarse en vociferante presencia, el presentador hace notar que Bárbara está muy guapa. Pero se ha retocado. El presentador domina el uso de las oraciones adversativas y concesivas, y siempre que puede procura exhibir unos conocimientos culturales que, como quien no quiere la cosa, lo sitúan por encima de la media que consume su programa. Eso, al menos, cree él.)

PRESENTADOR: Ahora tus labios tienen un indiscutible aire de época.

(Bárbara se lleva los dedos a la boca como si su boca hubiera dejado de ser suya o como si tuviera miedo de que su boca ya no estuviera allí.)

BÁRBARA: Han sido unos toquecitos.

(Del público llega un «¡Guapa!». Bárbara busca al emisor del piropo. No lo identifica, pero igualmente lanza un beso al aire. Las manos de Bárbara delatan su edad. Las uñas pintadas y los nudos de las articulaciones. La atractiva boca de la chica de Murcia que representó a España en un setentero certamen de Miss Mundo, es ahora como muchas otras bocas que empiezan a desprenderse por exceso de silicona. Bárbara se echa un vistazo a partir de la imagen que le devuelve el visor de alguna cámara. Está acostumbrada a analizarse disimuladamente. En un segundo. Sin que nadie lo note. Entonces se atusa el pelo o se humedece los labios con la lengua. Ahora a Bárbara no le gustan sus manos, se retuerce los anillos en los dedos, las oculta y, finalmente –Bárbara Rey es un animal televisivo–, decide desviar la atención sacando a la palestra su capacidad para reírse de sí misma. La pionera de la autocaricatura fue Sara Montiel cuando, en otro extinto programa rosa, habló de sus operaciones de estética y dijo que, cuando la operaban, le quitaban las orejas y las dejaban en una bacinilla hasta que le habían estirado todo lo que le tenían que estirar. No sabemos si el cuerpo es un templo desde que es un templo o si, desde que el cuerpo es un templo, se transforma en un despojo. Bárbara Rey vuelve a tocarse los labios.)

BÁRBARA: ¿A que parecen un filete?

(El público ríe. El presentador se escandaliza.)

PRESENTADOR: Mujer, ¡un filete! ¿A usted, señora, le parece un filete la boca de Bárbara Rey?

(El presentador se ha dirigido a una mujer del público a quien enfoca la cámara. La mujer se ruboriza y niega moviendo enérgicamente el dedo índice de su mano derecha. Bárbara interrumpe el momento de gloria de la interpelada.)

BÁRBARA: Sí, señora, no diga usted que no. Me han dejado el labio como un filete de babilla. Un filete de babilla barbarilla.

(Bárbara ha mirado al público mientras decía su pequeño trabalenguas autocrítico. El presentador se ríe como si no hubiera un mañana. Da la impresión de que se pone duro, de que es un bebé que se priva de aire para conseguir lo que quiere. Las piernas rígidas, el torso, el cuello que se contractura y muestra una papadita nerviosa.)

PRESENTADOR: Ay, cómo se nota tu paso por un programa de cocina, Bárbara. Bienvenida, bienvenida, querida Bárbara Rey.

(Bárbara se levanta y, como si su cuerpo fuese un ánfora que está siendo moldeada en el torno del alfarero, susurra con su voz aguardentosa.)

BÁRBARA: Éste es mi cuerpo.

(Aplausos entusiastas en el plató. Bárbara agradece el calor del público haciéndole pequeñas reverencias. Después vuelve a sentarse y, sonriente, un poco jadeante incluso a causa de la subida del nivel de adrenalina, se queda mirando al presentador, que toma la palabra, repentinamente serio. No se entienden muy bien estos cambios de humor que, en el mundo real, se asocian al consumo de sustancias psicotrópicas y que, en el ambiente del espectáculo, se denominan «producción natural de endorfinas», «cambio de ritmo», «inflexiones», «variedad de registro», «*that's entertainment!*».)

PRESENTADOR: Y es un cuerpo extraordinario. Pero ya sabes que hoy no hemos venido aquí a hablar de tu cuerpo. Aunque deberían nombrarlo monumento nacional, no, no hemos venido a hablar de tu cuerpo...

(Pausa dramática del presentador.)

PRESENTADOR: ... sino de tu alma.

(Silencio expectante.)

PRESENTADOR: De tu alma, Bárbara.

(El público deja de hacer crujir sus paquetes de bollería industrial de regalo y sus bolsas de gusanitos. Desde una esquina del plató –la de las bambalinas técnicas, las cámaras, las mesas de mezclas y los auriculares–, una colaboradora con aspecto de niña encanijada mira con mucho resentimiento a Bárbara Rey. Su mirada parece expresar una sola idea: Bárbara Rey no tiene alma. Bárbara Rey es una funda o un edredón nórdico. Bárbara Rey es lo que parece ser: un personaje. La cámara pincha un primer plano de cómo le relampaguean los ojos a la colaboradora, que finge no darse cuenta de que la están grabando. Pero la colaboradora –toda una profesional– lo sabe. La voz en off abre un paréntesis que ralentiza el ritmo del programa: vemos imágenes a cámara lenta de Bárbara y del presentador. No oímos lo que dicen, pero los dos se mueven como si fueran pececitos de colores dentro del acuario. La voz en off, que se oye sobre esa imagen de irrealidad subacuática, introduce un comentario moral. Será resonante y breve.)

Los platós bárbaros parecen salas donde se imparte justicia. A algunos procesados, en catódica audiencia pública, se les condena a muerte o a cadena perpetua. Pero Bárbara sobrevive. Quizá es una pícara. Quizá es la madre de todas las conspiraciones. Podría darnos una lección de historia. En su página de Wikipedia encontramos ideas para miles de films de espionaje. Cronicones amarillos que rezuman, como leche que al hervir se sale del cazo, por los bordes de las páginas de la prensa rosa, y forman parte del relato de una época y de la fotografía del poder (pedimos perdón por la sintaxis *wikipédica*):

248

Según diferentes informaciones de prensa así como el testimonio de <u>Amadeo Martínez Inglés</u>, coronel del ejército de España e historiador, en su libro *Juan Carlos I, el último Borbón. Las mentiras de la monarquía española*, en el que afirma que Bárbara Rey tuvo relaciones amorosas con el rey de España Juan Carlos I y ésta recibió dinero de los <u>fondos reservados</u> por ello hasta el año <u>1996</u> que fueron retirados por orden del gobierno de <u>José María Aznar</u>.[3]

Pero Bárbara no va a hablarnos de su importancia cortesana. Es cauta, es lista, pegó bien los cupones en su álbum. Y también supo jugar. Pero hoy Bárbara no va a comentar ninguno de esos temas, sino que va a mostrarnos otras cosas que quedan por debajo de las fibras de la musculatura. Su yo más profundo. Bárbara va a abrirse la piel, como si fuera una capa, y, ocultando con su mano las miserias o el riñón cubierto de oro, sacará fragmentos de una desnudez total y más recóndita que la profundidad de su ombligo. Demostrará que los pezones son inocentes. Las clavículas son inocentes. Las tibias y los peronés son inocentes. Cada una de las partes del cuerpo de Bárbara. Bárbara. Bárbara Rey.

Bárbara le puso precio al hueco de su axila. Ahora le pone precio a otros dijes más inmateriales. Bárbara Rey convierte cierta verdad en impostura por efecto de la etiqueta que marca el precio de diferentes productos. Gracias al arrojo de imaginativos publicistas y de mujeres como Bárbara –a la longitud de sus piernas, a la insinuación de un pubis quizá rubio bajo el maillot– somos libres para hablar de cualquier cosa. Gracias a Bárbara, somos una sociedad más saludable. El cuerpo y las enfermedades ya no son un secreto. Hipertensión, hemorroides, depresiones. O quizá es que hay secretos desvelados que sirven para tapar secretos mayores que se encarecen con el paso del tiempo, se pagan, se descubren y sirven para encubrir nuevos secretos. Así, sucesivamente. Quizá somos más desprejuiciados o quizá nos hemos convertido en seres obscenos, desvergonzados, crueles. No conocemos el significado preciso de la palabra *pudor*. ¿Somos animales perfectamente evolucionados o bárbaros que proceden de aquella caverna oscura donde despellejan animales para comerse sus vísceras? *El horror, Kurtz, el horror.* Pero no hay melancolía. Ni siquiera nostalgia.

(Fin de la injerencia moral. La voz en off ha hablado desde el púlpito. Fin de la interacción, ralentizada y muda, entre Bárbara Rey y el presentador. Se retoma la entrevista a velocidad normal. Los temas de conversación no han avanzado casi nada. El diálogo se mueve en círculos concéntricos y, al final, todas las ideas se cuelan por el desagüe. El presentador se muestra entre tentador e inquisitivo con la invitada.)

PRESENTADOR: ¿Está dispuesta a abrirnos su alma Bárbara Rey? Ya sabes que se han dicho muchas cosas y no todas halagadoras, Bárbara...

(El presentador se levanta, se pone de puntillas y mira más allá del espacio del plató dedicado a las entrevistas *tête à tête*. Se recoloca el pinganillo y se concentra en un punto que, aparentemente, queda fuera del alcance de las cámaras.)

PRESENTADOR: ¿Puedo?, ¿puedo ahora o lo dejo para más tarde?

(Se enfoca hacia una mujer con auriculares que está al lado de un monitor. La mujer dibuja un rulo con su dedo índice. El gesto significa «después». El presentador asiente y vuelve a concentrarse en su cámara, que nos ofrece un primer plano de su rostro.)

PRESENTADOR: Bárbara parece dispuesta a abrirnos su alma. Pero eso tendrá que ser a la vuelta de la publicidad. No se marchen.

(Se anticipan los temas siguientes del programa: los problemas de una folclórica con su hijo, la adicción a las drogas de
un concursante en otro programa de la misma cadena, la in-
digencia en la que vive un famoso actor de teatro clásico que
en los setenta protagonizó varios *Estudio 1,* el intento de suicidio de una actriz del destape... Tras los cebos, ráfaga musical y cortinilla de bolitas, publicidad interna de la cadena
—una serie de médicos— a la que sigue una secuencia *koyaanisqatsi* de un bloque de seis minutos de anuncios: spot
de una crema con diez efectos probados sobre la piel femenina, un hombre compra un Mercedes a espaldas de su novia,
pequeños cantores están a punto de utilizar una frase soez
pero acaban bebiéndose un refresco, un hombre traspasa una
cortina y se encuentra con tres maravillosas mulatas y una bo-
tella de ron, una escuálida actriz seduce a un actor-fotógrafo
pero antes de que él la pueda «poseer» ella salta por una ventana y se va en motocicleta, operaciones de reducción de estómago, revistas femeninas con recetarios, compresas que em-
papan las pérdidas de orina de mujeres que responden al mito
de esa nueva hembra inodora, sonriente y feliz, pestañas su-
perlargas y micronizadas —y muchos otros adjetivos incom-
prensibles— que bajan y vuelven a subir enmarcando los ojos
de modelos de fama internacional, etc... Otra ráfaga de música y otra cortinilla de bolitas sobre la que se sobreimprime un
reloj que lleva la cuenta atrás del bloque de los seis minutos
de anuncios. El reloj está falseado porque ha transcurrido más
tiempo... Aparece el presentador en la zona del plató dedicada
a los concursos y a las llamadas de los espectadores. Hoy el
presentador quiere repartir quince mil euros entre todos los
que llamen y elijan un número entre el uno y el diez. Como
en las antiguas rifas escolares. El fajo de dinero le quema sobre la palma de la mano. El presentador habla deprisa, repite
tres veces los números de teléfono a los que llamarán los con-
cursantes y vuelve a dirigirse al punto del plató donde Bárba-

ra Rey, que es una mujer acostumbrada al circo, a los leones, a las ferias de pueblo y a los juicios públicos, lo espera. *Yo a las cabañas bajé, yo a los palacios subí...* Bárbara Tenorio no se inmuta.)

PRESENTADOR: ¿Te acuerdas, Bárbara?

(Escena lésbica entre Bárbara Rey y Rocío Dúrcal en *Me siento extraña*. El presentador, con una sonrisita que aspira a infundir miedo, pregunta con el tono de los actores de culebrón latinoamericano.)

PRESENTADOR: ¿Te acuerdas? De lo que vamos a hablar hoy tiene, en realidad, algo que ver con esto. ¿Te acuerdas, Bárbara?

(Bárbara pronuncia con lentitud, aunque su mente funciona con agilidad. Bárbara tiene vocabulario y no confunde las eses con las zetas. No quiere que la identifiquen con ninguna de sus rivales. Es lista. Conoce gente. Mira, sin parpadear, a los ojos del presentador. Responde con una media sonrisa. Malévola. Evocadora.)

BÁRBARA: Yo siempre me acuerdo de todo.

(Pausa).

BÁRBARA: Pero hay personas que valen más por lo que callan que por lo que cuentan.
PRESENTADOR: ¡Eso sería antes, hija! Porque lo que es ahora... ¿Verdad, Churri?

(El presentador mira otra vez hacia ese lugar fuera del plató donde se encuentra el foco de poder: la mujer de los auriculares levanta el pulgar en señal de asentimiento. Después, el

presentador vuelve a dirigirse a su cámara para soltar un acelerado *speech* donde la palabra *casi* cobra un gran protagonismo gracias a las inflexiones de su voz.)

PRESENTADOR: Bárbara Rey hizo televisión, teatro, revista
y cine. Fue una musa del destape, donde lo enseñó *casi* todo.
Casi. Todo era proporcionado, elegante y con un punto de sofisticación que no era fácil de encontrar en otras actrices. Una
gata rubia. Estilizada y flexible. Fina. Magnética. Cautelosa.

BÁRBARA: Oye, muchas gracias. Qué bonito. Se nota que
tienes alma de poeta. Me encanta eso de «gata rubia», aunque
yo soy más de perro. Pero oye, ¿cuándo llega el hachazo?, ¿no
llega ya? Es que, si no, diréis que me lo estoy llevando muerto...

(Plano de la colaboradora de ojos relampagueantes que asiente con la cabeza relampagueando más que nunca. El presentador no atiende al comentario de Bárbara. Sólo la ha mirado
un segundo de refilón.)

PRESENTADOR: Con una voz ronca, casi masculina, que
alimentó sospechas y todo tipo de rumores en un periodo en el
que, en España, gustaba mucho la ambigüedad.

BÁRBARA: Mucho. Gustaba mucho el no saber si uno era
carne o pescado. O anquitas de rana. Gustaba mucho jugar con
esas cosas. Pero a mí siempre me gustaron los hombres. Ojalá
me hubiesen gustado las mujeres: me hubiera ido mucho mejor...

PRESENTADOR: Tal vez, a causa de esa ambigüedad, en
1977 protagonizaste junto a Rocío Dúrcal la primera película
española dedicada explícitamente a un amor lésbico, *Me siento
extraña,* dirigida por Enrique Martí Maqueda...

(Bárbara vuelve a interrumpir.)

BÁRBARA: Que te recuerdo que también fue el director de *Palmarés...*

(El presentador asiente. El pequeño apunte cultural de Bárbara Rey le importa un pito. Retoma el hilo de lo que de verdad interesa.)

PRESENTADOR: Sí. Pero, después de rodar esta película, la Dúrcal decidió dedicarse exclusivamente a la canción...

BÁRBARA: Se crearon muchas confusiones con aquella película. Y nos pusieron verdes. Decían que la película era muy mala, pero lo que les escocía es que hablase del asunto de la homosexualidad. Por otro lado, en 2010 el Festival Internacional de Cine Lésbico y Gay de Andalucía me dio un premio por *Me siento extraña...* Y tú, más que otros, deberías alegrarte por estas cosas...

(El presentador pone cara de estar muy sorprendido. Atónito.)

PRESENTADOR: ¿Y por qué yo me tendría que alegrar especialmente?

BÁRBARA: Tú me dirás, guapo. Tú mejor que yo sabrás lo que es un palomo cojo, ¿no?

(Risa muy histérica del presentador, que de repente se ha transformado en una auténtica loca. Aplausos del público. Bárbara se toma confianzas y su finura va mutando hacia el desparpajo de una pescadera —otro apunte clasista que se hace a propósito—. Un agradable punto de mundanidad, un residuo del pasado pícaro revistero, un toque chabacano capaz de limar, siempre superficialmente, las ásperas desigualdades de clase. La colaboradora encanijada desaprueba el comentario de Bárbara Rey: fuera del plató central, se le dibuja una mueca rarísima en la boca. De pronto, el presentador hace como si

reparara en esa colaboradora por primera vez. Se dirige a Bárbara y, acto seguido, a la colaboradora.)

PRESENTADOR: Anda, pero si está ahí la colaboradora del programa que más cariño te tiene... Acércate, ayúdame con Bárbara, que, si no, se me come...

(El público aplaude. La colaboradora entra en el plató subida en unos tacones de veinticinco centímetros. Está muy delgada. Lleva un vestido corto de gasa color *nude* con el cuerpo discretamente bordado en lentejuelas. Podría ser una imitación de un modelo de Elie Saab. El presentador se levanta para recibir a la colaboradora. Acerca otra silla. Bárbara Rey no se mueve de su rincón. Quizá el combate esté amañado. Pero el público espera con ansiedad. El presentador se comporta como un niño travieso.)

PRESENTADOR: Vosotras ya os conocíais, ¿no?
BÁRBARA: Perfectamente.
COLABORADORA: Bueno, a Bárbara a veces le gusta hacerse la despistada conmigo, pero te aseguro que hoy no se me escapa...

(Bárbara se parte de risa en su asiento. Primer plano de los ojos flamígeros de la colaboradora. Primer plano del rostro, cada vez más sudado, del presentador. El ambiente es el de una tormenta a punto de desencadenarse, el de una tragedia que se masca de la misma forma que los otros colaboradores mascan magdalenas que les jaspean la boca de migotes esponjosos. Porque el resto de los colaboradores come magdalenas mientras repasa los mensajes en la pantalla de sus teléfonos. Algunos cuchichean a media voz. La colaboradora busca el punto rojo de su cámara y casi lo funde con su mirada incandescente.)

COLABORADORA: ... no se me escapa. Viva.

BÁRBARA: Ay, hija. Tendrías que nacer dos veces para poder hacer tal cosa.

PRESENTADOR: Qué barbaridad. No se muevan de su sitio porque aquí está a punto de suceder algo gordo. Pero eso será... ¡a la vuelta de publicidad!

(En el documental se produce un fundido en negro, un poco más largo de lo habitual, que indica una elipsis, un corte. Cuando se recupera la imagen, ya han pasado muchos minutos de programa. La colaboradora de la mirada flamígera llora en un rincón. Parece que ha perdido la batalla. Incluso la guerra. Nadie le hace el menor caso. El presentador y cinco colaboradores se concentran en Bárbara Rey. Ella está sentada en el borde de su sofacito. Tiene la cara desencajada, el rímel corrido, la boca fruncida de quien está a punto de hacer un puchero. Sin embargo, su voz no titubea, no se precipita, y ejecuta las inflexiones exactas para imprimir emoción a su discurso.)

BÁRBARA: Yo he venido aquí a contar mi verdad y no necesito máquinas que le digan a todo el mundo si miento o no miento. Yo no necesito cables. Soy auténtica, y cuando me callo alguna cosa, no es porque me avergüence de nada, es por proteger a personas que a lo mejor no tienen la culpa. Por proteger a los míos. A la gente que quiero.

(El público aplaude hasta quemarse las palmas de las manos ante el arrebato de autenticidad de Bárbara Rey. Ante su amor por los suyos. Los suyos. Los suyos. Bárbara se golpea el pecho y el micrófono se le descoloca. Chisporrotea. Pequeña pausa dramática. Plano de una colaboradora, cuarteada y rubia, que saca la lengua entre los labios y se los chupa como si tuviera mucha sed. Bárbara se dirige a esta mujer señalándola con otro dedo acusador.)

BÁRBARA: Por eso, tú no tendrías que haber permitido nunca, óyeme bien lo que te digo, nunca, que te hicieran esa pregunta. Nunca. Jamás.

(La colaboradora a quien Bárbara Rey está regañando baja la cabeza y se fija en sus mocasines sin decir palabra. El presentador busca instrucciones en el punto de poder que queda fuera del plató, asiente e interrumpe a Bárbara Rey.)

PRESENTADOR: Discúlpame, Bárbara. Pero, para que nuestros telespectadores no se pierdan, ha llegado el momento de recuperar las imágenes a las que estás haciendo alusión. Las imágenes donde nuestra colaboradora contesta a esa pregunta que nunca hubiera debido contestar. Vean.

(En la enorme pantalla de plasma del plató, aparece la colaboradora rubia y cuarteada sentada en un sofá. Está llena de cables. Tiene cables que se le meten entre la camisa y le deben de llegar al corazón. Cables en las sienes y en el dorso venoso de las manos. Tiene cables en el cuello y en esa parte del brazo donde pinchan a la gente cuando le hacen un análisis de sangre. El silencio en el plató es absoluto. La colaboradora se chupa los labios sacando la lengua por la comisura de la boca mientras espera que el presentador le lance una pregunta más. Cuando responda, la experta en el polígrafo dirá si lo que ha contestado es mentira o es verdad. El presentador pide más silencio si cabe, calla unos segundos, mira a la colaboradora y después fijo a la cámara, de nuevo a la colaboradora, por fin, pregunta: «¿Es verdad que llegaste a tener una relación sexual con Bárbara Rey?» Murmullos entre el público. El resto de los colaboradores abre mucho los ojos. No dan crédito a lo que oyen. La colaboradora de la mirada flamígera se frota las manos. Espera. La colaboradora rubia no lo duda y responde de forma tajante y con un deje de desprecio: «No. No es verdad.»

El presentador mira a la experta del polígrafo que, en ese preciso instante, evalúa los impulsos eléctricos, las curvas en el gráfico, los picos, las subidas y las bajadas que los delicados sensores del aparato han recogido en el rollo continuo de papel. El presentador se sobrepone a un fondo musical misterioso y pausado, y formula una pregunta con una línea melódica acusadamente interrogativa: «¿Ha dicho nuestra colaboradora la verdad?» La experta levanta la cabeza para responder al presentador, va a hablar pero se calla. No dice nada hasta que el presentador, con un gesto de asentimiento, le da permiso. Dice la experta: «Miente.» El plató se viene abajo. Las cámaras cogen un primer plano de la colaboradora rubia, que, adoptando una postura más cómoda, se obceca, se encastilla, no se achanta: «Yo sé lo que pasó y yo no miento.» El público aplaude: siente admiración por esa cabezonería que se parece tanto a la nobleza. Fin del *flashback* sobre la pantalla de plasma. Bárbara, que ha contemplado atentamente las imágenes, vuelve a dirigirse a la colaboradora rubia que hoy viste con una indumentaria muy similar a la de la noche de su polígrafo: camisa, pantalones, mocasines. Todo holgado.)

BÁRBARA: Nunca deberías haber permitido eso. Nunca deberías haber permitido esa pregunta. Nunca. Jamás. Porque tú y yo hace muchos años hicimos un pacto. Y, de igual forma que yo nunca he roto ese pacto, de la misma manera, jamás me hubiese esperado eso de ti.

(La colaboradora rubia vuelve a chuparse la boca. Bárbara no grita, pero la pronunciación de los adverbios temporales es contundente. *Nunca. Jamás. Nunca. Nunca. Jamás.* El público vuelve a aplaudir: en esta ocasión, aplaude la claridad de ideas, el compromiso, la firmeza, incluso la bonhomía de Bárbara Rey. Cesan los aplausos. El público quiere saber, por fin, la verdad. Es absolutamente imprescindible. El presentador se mantiene en un inusual segundo plano. Bárbara se levanta para acercarse a los colaboradores. Se mueve como un tambaleante pez en el agua por el plató. Se muestra abatida. Una mujer de carne verdadera. Con sentimientos auténticos. Relatos. Narraciones. Con una historia que son miles de historias. Y muchas verdades por dentro.)

BÁRBARA: Nunca. Porque yo he querido a tus padres como si fueran los míos. Y tú has querido a mis padres mucho. Y mi padre a ti te adoraba. Y si mi padre estuviera vivo, no lo quiero ni pensar...

(Bárbara parece ahogarse en su propio llanto durante un segundo. Se tapa la cara con las manos. Envejecidas. Parece que ya no le importa mostrar las manos ni posar con su mejor perfil. Se repone, se recompone, mira a cámara, se le ensanchan las fosas nasales y ése es el anuncio de que Bárbara Rey va a decir una gran verdad...)

BÁRBARA: Pero ahora el mal ya está hecho. Y yo tengo que decir aquí, delante de todos, que sí, que efectivamente has mentido.

(Los colaboradores se dan palmadas en la espalda, se sienten felices por comprobar que sus hipótesis eran ciertas, callan en cuanto Bárbara eleva el tono una octava por encima de su tono habitual.)

BÁRBARA: Has mentido. Porque tú y yo, amiga...

(Plano medio de la amiga que se interrumpe para pasar a Bárbara, que coge aire, levanta orgullosamente la cabeza, mira con los ojos empañados a la colaboradora rubia, baja el tono de voz al iniciar una frase inacabada.)

BÁRBARA: ... tú y yo, amiga...

(Bárbara vuelve a elevar el tono cuando, de entre sus labios temblorosos, brota la palabra *noche.)*

BÁRBARA: ... sí que hemos vivido una noche...

(El presentador está inmóvil. La colaboradora que más cariño siente por Bárbara Rey retiene el aire y aumenta una talla de pecho bajo ese vestido que tal vez haya firmado Elie Saab. La colaboradora rubia aguarda con la cabeza bien alta. Sabe lo que va a venir y no tiene miedo. No vuelve a sacar la lengua entre los labios. Bárbara pronuncia su última frase como un estallido y, sin embargo, para decir «de amor» elige un tono entre íntimo y solemne que para algunos espectadores es la prueba de una credibilidad insuperable mientras que, para otros, es un detalle más de una gran actuación. Da lo mismo.)

BÁRBARA: ... una noche. De amor.

(La colaboradora rubia se acerca con paso viril, de zancada larga, a Bárbara Rey. Las dos se abrazan. Bárbara llora. Le moja la chaqueta a la colaboradora rubia. Se separan un poco. Vuelven a abrazarse. El público aplaude. El presentador aplaude. Los colaboradores, ahítos de magdalenas, aplauden. La colaboradora que quiere tan especialmente a Bárbara Rey aplaude: en sus ojos ya no quedan ni furia ni escepticismo ni fuego. Bárbara hipa mientras acaricia la cara de la colaboradora rubia.)

BÁRBARA: Ojalá tú hubieras sido la mujer de mi vida. Pero tú sabías que no... Y hemos sido las mejores amigas. Las mejores.

COLABORADORA RUBIA: Y lo seguimos siendo, Bárbara. Perdóname. Yo no podía hacer otra cosa. Perdóname.

(Las dos mujeres se abrazan otra vez, pero el presentador rompe su abrazo y se coloca entre Bárbara y la colaboradora rubia. Les pasa el brazo por los hombros. Quita hierro a la situación.)

PRESENTADOR: ¿Veis como al final todo era como una parte de *Me siento extraña*? Si aquí no damos puntada sin hilo, ¿verdad, Churri?

(El presentador dirige su mirada hacia alguien que está fuera de plano. Después, asiente con la boca un poco abierta.)

PRESENTADOR: Churri me ha dicho que sí. También me dice que en estos momentos *twitter* echa humo. No me extraña: yo creo que hemos vivido todos una experiencia televisiva irrepetible. Pocas veces en la historia de la televisión se ha hablado con tanta franqueza, y se nos ha hecho partícipes, a ustedes y a nosotros, aquí y ahora, de un sentimiento que, durante tantos años, se había mantenido oculto. Me consta que mis colaboradores piensan lo mismo que yo. ¿Sí o no?

(Plano general de una emocionadísima bancada de colaboradores que asiente de manera unánime. Plano medio del presentador, que aún mantiene agarradas a Bárbara Rey y a la colaboradora rubia. El presentador dice una frase que considera muy inteligente para captar con ella a otro tipo de audiencia.)

PRESENTADOR: A lo mejor, el secreto que se ha desvelado aquí esta noche no tiene ninguna importancia. A lo mejor, lo importante es el hecho de que podamos descorrer las cortinas, el hecho mismo de desvelarlo...

(El presentador aparca el deje misterioso –demiúrgico, alma universal, principio activo del mundo– y se pone cariñoso.)

PRESENTADOR: En todo caso, tenemos que agradecerles a estas dos mujeres su generosidad y su entrega.

(Besos. Plano medio del presentador.)

PRESENTADOR: Volvemos en un momento. No se muevan de ahí.

(Se anticipan los temas siguientes del programa: una presentadora de televisión ha sido maltratada por su novio pero aún no podemos desvelar su nombre, la actriz de destape que ha intentado suicidarse era amiga de Bárbara Rey, toda la verdad sobre la adicción a las drogas –y la zoofilia– de un concursante en otro programa de la misma cadena, famosos sobre los que recaen sospechas de prostitución, sus deudas con el fisco... Después de los cebos, cortinilla de bolitas, publicidad interna de la cadena –la misma serie de médicos– y secuencia *koyaanisqatsi* de un bloque de seis minutos de anuncios: anuncio de un gel que ayuda a mantener el frescor vaginal –una rosa a punto de marchitarse se transforma en una rosa moteada por gotas de rocío–, un niño se come un bocadillo de fuagrás, una vaporosa modelo se salpica del agua de una fuente mientras Edith Piaf canta *Rien de rien,* una mujer come yogures y después se oye el ruido de la cisterna, la aspirina ya puede tomarse sin agua aunque no exista ninguna buena razón para hacerlo, dos amigas hacen cuentas: las tarifas de una compañía telefónica revelan que todas las demás roban a sus abonados, los tristes urbanitas necesitan que un pueblito bueno los acoja, levitan, viajan por las nubes y cuando llegan a su destino, los aguarda una lugareña con una horca con los pinchos hacia arriba... Ráfaga musical y cortinilla de bolitas, sobre la que se sobreimprime un reloj que lleva la cuenta atrás del bloque de los seis minutos dedicados a lo que, eufemísticamente, se llama «consejos publicitarios». El reloj miente, pero al llegar al cero se escucha un alarido y se produce un definitivo y violento corte de luz. Títulos de crédito del documental.)

Todos los blogs, vídeos y páginas web que se citan en esta novela están ubicados realmente en algún lugar de la red. Ofrecemos sus direcciones electrónicas por si al lector curioso le apetece visitarlos y porque la Historia y la Ficción no son lo mismo, por mucho que se interrelacionen.

Caja 1. *Una teta intelectual*

Fuente de la imagen de Susana Estrada con Tierno Galván: batiburrillo.redliberal.com

Las fotos del reportaje «Susana Estrada se rasga la camiseta» pueden verse en movies.kngine.com

Caja 2. *Señoras*

El fragmento del desnudo de María José Cantudo en *La trastienda* está en delealplay.com/informaciondecontenido.php?con =21213

El anuncio en el que María José Cantudo pone su casa en venta puede encontrarse en idealista.com/news/archivo/2012/01/ 25/0388475-maria-jose-cantudo-vende-su-casa

Caja 3. *Fantaterror español*

El cartel promocional de *Trauma* se encuentra en terrorfantastico.com/foro/index.php?topic=8013.0

La referencia de la Enciclopedia de Fantaterror español es fantaterror.com/Directores/DirectoresFantaterror.htm

La página de internet donde se apunta la posibilidad de que Chicho Ibáñez Serrador sea un precedente de Dario Argento es alohacriticon.com/elcriticon/article2024.html

Caja 4. *Fragilidad*

En lenguadetrapo.com/00095-NB-ficha.html aparece la reseña sobre la *Autobiografía de Marilyn Monroe* a la que se hace referencia al comienzo de la Caja 4.

La dirección de la página del blog de Reig donde se ubica el texto necrológico sobre Amparo Muñoz es la siguiente: hotelkafka.com/blogs/rafael_reig/2011/03/siempre-tuvo-tus-ojos/

Las palabras con las que Amparo Muñoz valora su vida pueden leerse en hemeroteca.abc.es/nav/Navigate.exe/hemeroteca/madrid/abc/2005/11/22/108.html

La necrológica que Diego Galán le dedica a Amparo Muñoz está en cultura.elpais.com/cultura/2011/02/28/actualidad/1298847603_850215.html

Caja 5. *La muerte de Sandra Mozarowsky y otras perlas del cronicón amarillo*

El intercambio entre El confidente y Mariesconde puede leerse en blogs.ya.com/cronicasborbonicas/c_34.htm

Caja 6. *Destape*

La entrada de Wikipedia sobre Adriana Vega, donde se incluye una definición del destape, es es.wikipedia.org/wiki/Adriana_Vega.

La página sobre *¡Susana quiere perder... eso!* correspondiente al blog *La abadía de Berzano* es cerebrin.wordpress.com/2008/04/04/susana-quiere-perder-eso/

Las imágenes de Nadiuska en *Zorrita Martínez* pueden verse en youtube.com/watch?v=IpI-4nBuNOk

La secuencia de *Zorrita Martínez* donde las chicas cantan la canción «Que viva el mejillón hispano» está en youtube.com/watch?v=CLk7v_8BEPE

El fragmento de *La lozana andaluza* está en dalealplay.com/informaciondecontenido.php?con=27053

Caja 7. *Españolas en París*

En imdb.es/title/tt0072297/ se encuentra el comentario sobre *Tocata y fuga de Lolita* al que se alude en la Caja 7.

La sinopsis de *Aborto criminal* puede leerse en starscafe.com/es/pelicula/aborto-criminal.aspx

La fuente de los datos sobre las mujeres que abortaron en España en 1976 es elpais.com/especiales/2001/25aniversario/especial/03/repor5/p1.html

El estudio sobre el aborto al que se hace alusión en la Caja 7 es observatori.apfcib.org/docs/doc/Estudioaborto.pdf

Caja 8. *Subasta*

Obviamente, la página todocoleccion.net/revista-interviu-n-176-1979-portada-paula- existe en internet.

Caja 9. *Fata morgana se pone las bragas de oro*

La definición de fata morgana está en es.wikipedia.org/wiki/Fata_Morgana

En youtube.com/watch?v=5v9RfKCjN1I se encuentra el vídeo que recoge una secuencia de la adaptación cinematográfica de *El túnel.*

Los comentarios de Tyla sobre la filmografía de Vicente Aranda se encuentran en unlagartoconplumasdecristal.blogspot.com.es/2008/06/fata-morgana-de-vicente-aranda.html

El vídeo que incluye una secuencia de *La muchacha de las bragas de oro* puede verse en youtube.com/watch?v=JqPl6ZPV_zM

Caja 10. *Los platós bárbaros*

La página de Wikipedia, dedicada a Bárbara Rey, donde se alude a su vinculación con Juan Carlos I y se recoge el testimonio de Amadeo Martínez Inglés sobre el destino de ciertos fondos reservados, es es.wikipedia.org/wiki/B%C3%A1rbara_Rey

Agradezco a los juristas Teodoro Mota, Amaya Olivas y Ramón Sáez el asesoramiento que me han prestado para escribir *Daniela Astor y la caja negra*.

Un agradecimiento especial les debo también a mis amigos los escritores Gloria Berrocal, Javier Maqua, Rafael Reig y Carlos Zanón. Y a Luisgé Martín por lo que él y yo sabemos y no le vamos a decir a nadie.